KB172904

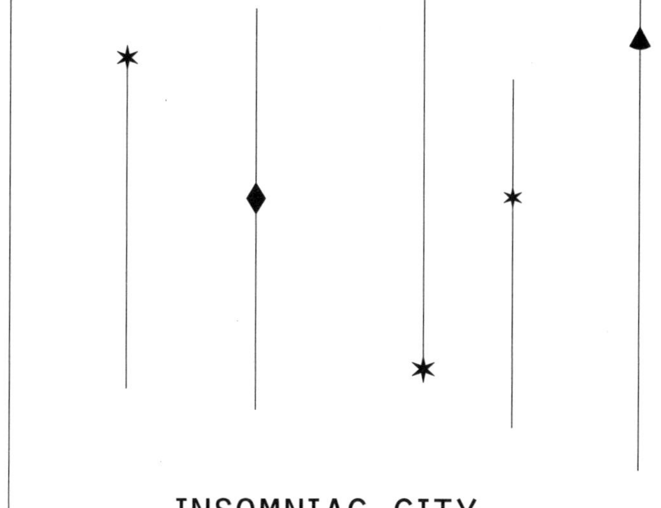

INSOMNIAC CITY

인섬니악 시티

INSOMNIAC CITY
인섬니악 시티

NEW YORK, OLIVER AND ME
뉴욕, 올리버 색스 그리고 나

빌 헤이스　　이민아 옮김

낸시 밀러를 위하여

그리고 올리버 색스를 기억하며

한국어판 서문

낱말을 사랑한 남자

고 올리버 색스는 많은 것에 열정을 가진 사람이었다. 그중 몇 가지만 꼽아도 양치류와 소철, 지렁이, 광석, 금속에 모터사이클과 수영, 훈제연어, 신선한 청어에 바흐까지. 하지만 그 어느 것도 그의 낱말 사랑에는 미치지 못했다.

올리버가 낱말을 사랑했다는 얘기는, 이제는 고전이 된 다수 저작—《깨어남》《아내를 모자로 착각한 남자》《뮤지코필리아》—의 작가로서 글을 대하는 태도만을 의미하는 것이 아니다. 설령 책 한 권 쓸 일 없었다 해도, 올리버가 잠들기 전 가벼운 읽을거리로 돋보기와 함께 거대한 사전을 잠자리에 들고 들어가는 희한한 사람이었다는 사실에는 변함없을 것이다. 그는 어원 찾는 것을 좋아했고 동의어와 반의어, 속어, 욕, 회문回文, 해부학 용어, 신조어를 즐겨 익혔다. 그러나 원칙적으로 축약어는 반대했다. 그는 저녁식사 자리에서 동형이의는 말할 것도 없고 동음이의와 동음이자의 차이를 신나서 분석하는 사람이었다. 그는 이 각각의 법칙에 해당하는 세 낱말을 소리 내어 읽어주는 것도 좋아했다. 올리버 특유의 그 영국 억양으로.

"나를 놀라게 하는 낱말이 날마다 하나씩 나와."

올리버가 언젠가 갑자기 머릿속에 떠오른 낱말 하나를 갖고 기뻐서 어쩔 줄 몰라 하며 한 말이다.

나는 어떤 낱말이든 철자와 정의를 사전처럼 적확히 읊는 O를 "걸어다니는 《옥스퍼드 영어사전》"이라 부르곤 했다. 그럼에도 그는 자신의 방대한 어휘량에 우쭐하는 법 없이 조금이라도 미심쩍을 때는 사전—20권 전집을 보유한 《옥스퍼드 영어사전》이나 아홉 살이 되던 1942년에 올리버가 가장 좋아했던 이모로부터 받았던, 규모는 훨씬 작지만 알찬 《체임버 20세기 사전》—을 찾아 확인하고 넘어갔다.

올리버의 낱말 사랑이 어느 정도였느냐면, 낱말 꿈을 자주 꾸었고 때로는 꿈에서 새로운 낱말을 만들어내기도 했다. 오 년 전 어느 아침에는 주방에 있는 화이트보드에서 올리버가 써놓은 문구를 발견했다. "새벽 5시 구름몽."

"아니 대체 저게 무슨 소리예요?"

올리버는 키득키득 웃더니 그날 밤 꿈을 자세하게 말해주었다. 꿈에 어느 외계 행성에 갇힌 신세가 되었는데, 거기 사는 의인화된 구름

들이 흉포하게 돌변해 자신이 운전하던 랜드로버 차량을 뒤집으려 들면서 겁주었다고 했다—그러면서 그런 꿈 한두 번 꾸었겠느냐는 듯, "하나의 구름 악몽"이었다고 덧붙였다. 새벽 5시에 눈뜨자마자 잊지 않으려고 적어둔 것이었다. 드문 일은 아니었다. 올리버는 일주일에 두 번 만나는 프로이트 정신분석가에게도 자신의 꿈을 보고하곤 했다. 그는 '구름몽nepholopsia'이라는 말은 '구름을 본다'는 뜻도 되고 '구름에 포위돼 있다'는 뜻도 된다고 설명했다. 그의 미간이 찌푸려졌다—'잠깐만, 확실하지 않은데…'라는 뜻이다. "확실하게 책에서 찾아보자." 그래서 우리는 곧장《옥스퍼드 영어사전》(독실한 무신론자인 O가 종종 "나의 경전"이라 칭하던 사전)을 찾으러 갔다.

우리는 구름을 연구하는 기상학 용어인 '구름학nephology'에서 파생된 어휘를 훑었지만 '구름몽nepholopsia'은 없었다. 올리버가 뜻하지 않게 낱말 하나를 만들어낸 것이다. 우리는 한참을 웃었지만, 사실 이런 경우가 처음은 아니었다. '뮤지코필리아'라는 말도 올리버가 만들었는데, 음악에 대한 강렬한 사랑을 뜻하는 이 말은 그의 2007년 저작이 나오기 전까지는 존재하지 않았다. 그는 '뮤지코포비아musicophobia, 음악혐오'라는 아주 오래된 영어 어휘가 있다는 점을 분명히 짚어두곤 했다. 그는 뮤지코포비아가 자신의 발명품을 "뿌듯해할 것"이라고 말했다. "이제 자기한테도 반의어가 생겼다고 말이야."

2009년 봄 내가 뉴욕으로 이사한 지 얼마 안 되었을 때 올리버가 내게 한 조언도 이러한 낱말 사랑—어원애etymophilia라고 불러도 될까—과 올리버가 사고의 한 형태로 간주했던 글쓰기 사랑에서 온 것이다. "일기는 꼭 적어야 해요!"라고. 이 말은 조언이라기보다는 지시였고 나는 고개를 끄덕이며 다짐했다. "꼭 쓸 거야." 나는 그의 말을 곧장 이행하여 방금 그 대화를 손에 잡히는 아무 종이에다 적어두었고, 그 종이는 지금까지 간직하고 있다. 십 대 이후로 일기를 쓰지 않던 나는 뉴욕에서 새로 시작한 생활에서 느낀 점, 인상 깊은 일, 일상의 사건 따위를 시간 순으로 기록하기 시작했다. 물론 올리버의 말도. 너무나 근사해서 그냥 흘려보낼 수 없었던 올리버의 말들…. 이실직고하자면 거의 하루도 빠짐없이 기록했다. 올리버는 한마디로, 일상이 어록이었던 사람이다.

뉴욕 일기는 흐르는 시간만큼 쌓여갔고, 750페이지가 되도록 한 번도 다시 꺼내 읽는 일은 없었다. 그러다가 나의 뉴욕 생활과 올리버에 대한 회고록을 쓰기로 결정하면서 지난 기억을 일깨우는 데, 그리고 정통 내러티브 비소설 장르로서 있었던 사건들을 이야기하는 데, 일기보다 좋은 자원이 있겠는가 하는 생각이 들었다. 그렇게 펼쳐든 일기에는 뜻밖에도 내가 미처 생각지 못했던 무언가가 있었다. 이 책의 일부가 이미 쓰여 있던 것이다. 내가 적어둔 O와의 긴 대화와 숱한 장면들이, 마치 내가 다시 귀 기울여줄 날이 올 것을 알고, 조용히 그 자리에서 기다리고 있었던 것 같았다.

올리버는 살아생전에 《인섬니악 시티》가 완성되는 것을 보지 못했지만, 장담컨대 그는 이 책의 기원이 일기라는 사실에 조금도 놀라지 않았을 것이다. 올리버가 쓴 많은 에세이와 기고문, 올해 10월에 출간될 그의 열다섯 번째 책, 《의식의 강The River of Consciousness》을 포함해 많은 책의 구상은 그가 매일 손으로 쓴 일기에서 시작되었기 때문이다. 어쩌면 올리버는 내게 일기를 적어야 한다고 말할 때 이미 내가《인섬니악 시티》를 쓰게 되리라는 것을 직관적으로 알았던 것이 아닐까.

올리버가 세상을 떠난 2015년 8월로부터 두 해가 지난 지금, 그가 했던 많은 말, 그가 사용했던 많은 낱말에 나는 여전히 웃고 여전히 감동받는다. 가령 말기암 진단을 받고 얼마 지나지 않은 어느 날 밤, 그가 책상에서 고개를 들고 했던 말, 그때는 밑도 끝도 없다고 생각했지만, 그 말을 나는 영원히 잊지 못한다. "우리가 할 수 있는 최선은 지적으로, 창조적으로, 비판적으로, 생각할 거리를 담아 지금 이 시기 이 세계를 살아간다는 것이 어떤 것인지를 글로 쓰는 것이지."

이 말을 들으면서 나는 전율했고 눈에는 눈물이 가득 고였다. 하지만 어쩌다가 내가 그 자리에 있었을 뿐, 나 한 사람만을 위한 말이 아니라는 것을 안다. 어디에 사는 누구에게든지 들려주고픈 말이었으리라. 낱말과 글을, 글쓰기와 읽기를 그리고 책을, 올리버 색스가 사랑했던 만큼 사랑하는 모든 이에게.

빌 헤이스

차례

O

_김현, 시인

누구나 다
사라졌다는 사실

오늘은 그 단어를
기쁨의 원천으로 섬기겠습니다

그곳에
다리가 존재합니다

시간의 돌과 시간의 이끼를 잇는
푸른 다리 아래로 구름이
진실로 흘러가고 있을 때
그 순전한 진리 위에서
당신이 쓰던 눈을 내 손등에 올려놓았습니다
재가 흩날렸습니다

지금부터는 당신의 눈으로
이 세계에 산다는 게 어떤 건지 글로 쓰는 것이지.

죽음을 앞장세우지 말자고
눈 쌓인 나뭇가지를 꺾어
내가 당신에게 줬지요
고마워요, 눈
당신은 침묵의 샴페인을 터뜨리고
흘러나온 걸 제가 다 마셨습니다
당신은 만년필로 적은 내 글씨를
기약도 없이 들여다보다가
고마워요, 눈이라고 말했습니다
나는 인생은 긴 키스
맹세코 누구에게도 발설하지 않았습니다
당신이 쓰던 눈을
남자와 남자가 만나
먼 것을 또렷이 보고 가까운 것을 흐릿하게 본 후에
냄새 맡고 깨물고 서로의 영혼을 핥아주다가
발 담그게 되는 비밀을
더 해드릴 게 있을까요?
존재해줘.

지금부터는 제가 존재하겠습니다
일기를 쓸 거야.

눈을 감고 떠올려봐요

한밤 은빛 속에서

남다른 연인이 눈밭을 뛰어가고

발자국이 남고

그 아름다운 순간을 따라

당신과 내가 손을 잡고 걸어갑니다

뉴욕으로

뉴욕 교차로로

뉴욕의 가죽바지 속으로

뉴욕의 괴물을 무찌르는 히어로들처럼

당신이 물안경을 끼고

눈 뭉치를 들어 공중으로 던집니다

낱말을 찾기 위해서

내리는 시간을 잠깐 멈추고

제가 그걸 혓바닥 위에 올리고

당신의 물안경을 쓱 핥아줍니다

이제 선명합니까

마침내 샴페인이 터지자

당신은 뜬눈으로 의문에 빠졌습니다

인생의 환희가 이토록 깨끗한 것이었다니

그걸 다 하고

우리는 옥상으로 갔죠

남은 건 하얀 야경뿐이라는 듯

코로 깊게 들이마시고

당신은 인생은 넓은 하루

당신의 물안경을 벗기고
양말을 빼주고 이불을 덮어주고
유 세이 굿바이 아 세이 헬로
음악은 비밀의 웅덩이
당신의 찬 발을 어루만지다가
돌능금나무 씨앗을 잘 모아두었습니다

이 정도의 재로
우리라는 단어를 정리할 수 있을까요

당신이 쓰던 눈을 진실 속으로
떠나보냈습니다
다리를 둘로 쪼개서
한쪽은 우리가 끌고 가고
한쪽은 우리였던 것으로 두었습니다
펼쳐진 책장은 늘 두 페이지
움직이는 것
인생은 죽음을 앞장세우지 않습니다

이제
책을 덮고 책을 읽으세요

당신도 곧 사라졌습니다
살아 있기 위해서

"나는 죽음보다 인생을 낭비하는 것이 더 두렵다."

올리버 색스

2009. 10. 31

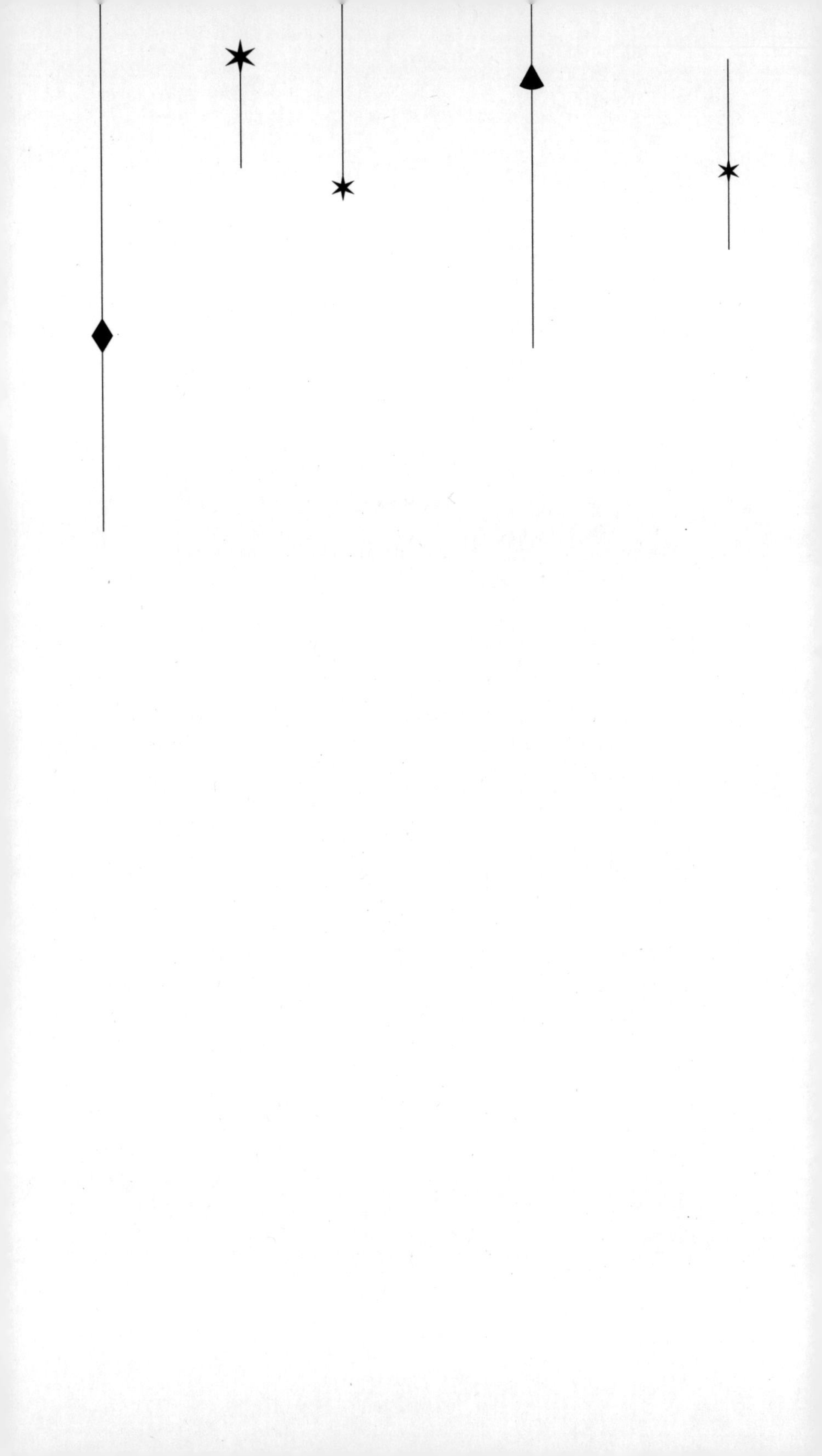

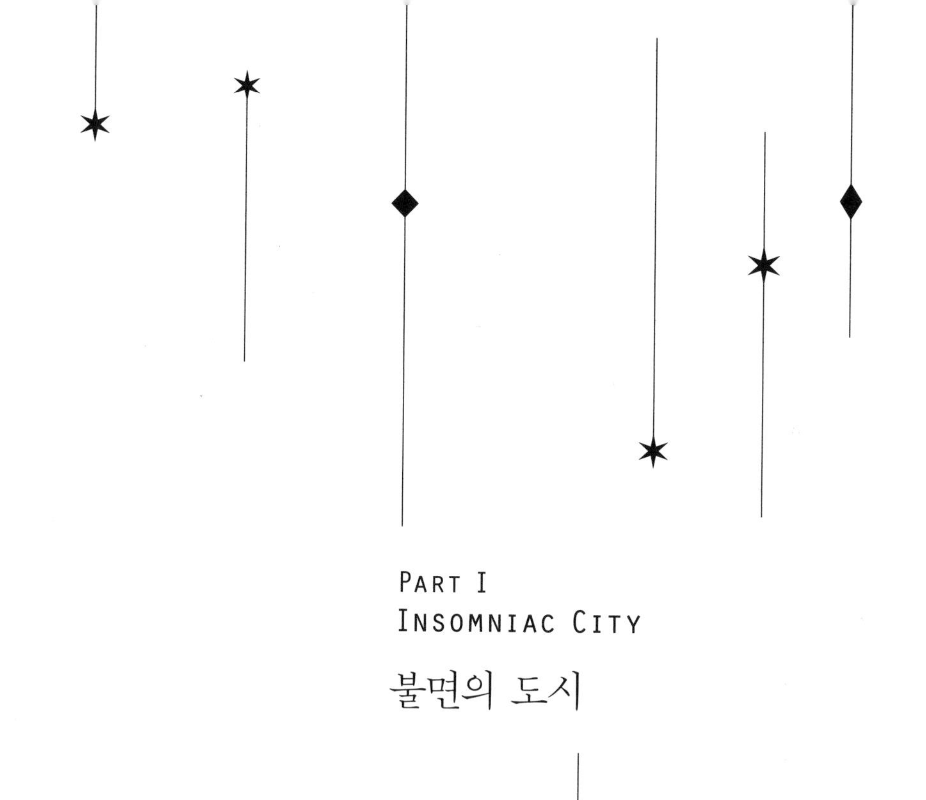

PART I
INSOMNIAC CITY
불면의 도시

✶

눈 덮인 교차로

불면의 도시

INSOMNIAC CITY

내가 뉴욕으로 온 것은 팔 년 전. 오자마자 집처럼 편안했다. 초췌한 빌딩숲 핏발 선 밤하늘 아래 질주하는 내 정신처럼, 멈추지 않고 달리는 열차에서 나는 불면의 나를 알아보았다. 뉴욕이 환자라면 진단명은 흥분성 불면증일 것이다. 불면증, 초조한 기운, 쉴 새 없는 들썩거림, 꿈 행동화의 증상으로 설명되는 이 희귀 유전병은 어쩌면 잠들지 않는 이 도시에, 그리고 이곳에 와서 자신을 재발명하는 이들에게 더없이 적절한 묘사가 될 것이다.

이십오 년 동안 나의 집이었던 샌프란시스코에서는 가져온 것이 거의 없다. 그곳에서 보낸 내 삶을 떠올리게 하는 어떤 것도 가져오고 싶지 않은 마음도 있었지만, 아주 현실적인 이유도 있었다. 새로 구한 아파트는 나무집이나 진배없어 눈높이에 가죽나무 가지가 있는, 여섯 층을 걸어서 올라가야 하는 옥탑층의 작은 집이었다. 책상 하나, 의자 하나, 매트리스 하나 놓으면 더는 빈 공간이 없었을 뿐더러 그 이상 필요하지도 않았다. 맨해튼의 멋진 경관이 붙박이로 있는 바에야.

내가 이 집을 계약할 때 알지 못했던 것은 이 아파트의 아래층에 있는 프랑스 식당이 새벽 2시까지 옥외 테이블을 운영한다는 사실이었다. 말똥말똥한 정신으로 침대에 누우면 여섯 층 아래에서 유리잔을 부딪치며 건배하는 소리가 들려왔다. 처음에는 짜증스러웠다. 하지만 얼마 가지 않아서 여태까지는 알지 못했던 한 가지 현상을 발견했다. 웃음소리는 위로 올라온다는 사실. 행복한 사람들의 웃음소리가 불면증은 치료하지 못하지만 상처받은 가슴에는 개선 효과가 있다는 사실.

나는 종종 어둠 속에서 주방에 앉아 엠파이어스테이트 빌딩과 크라이슬러 빌딩을 바라보곤 했다. 나무랄 데 없이 잘 갖춰 입은 너무나 아름다운 한 쌍, 품이 넉넉한 정장에 밤마다 다른 색조로 빛나는 남자와 팔 뻗으면 닿을 거리에서 섬세한 스커트에 달빛을 받고 있는 여자. 내게 그들은 노부부로 보였다. 차분히, 동요 없이, 새로 얻은 아들을 지켜보고 있는. 이번에는 내가 호의를 베푼다. 엠파이어스테이트가 동트기 전 한눈 붙이려는 듯 야간에 조명을 끄는 순간, 내가 그 자리에 있어주리라.

이곳에 살면서 발견한 또 하나의 경이로운 현상이 있다. 여름철, 밤이 깊어갈 무렵이면 땀에 전 침대를 두고 선선한 공원으로 나와 가로등 아래 책을 읽는 사람들이 있다는 것. 킨들이나 아이폰이 아니다. 종이책, 종이신문, 소설책, 시집이다. 사람들은 자기만의 세계에 들어간 듯 완전히 몰입해 있었다. 실로 그렇다. 어느 날 밤 경미한 불면증에 산책을 나왔다가 지름길로 애빙든스퀘어 공원을 가로질러 가기 전까지는 한 번도 본 적이 없는 광경이었다.

처음 본 것은 신문을 읽고 있던 한 노인의 모습이었다. 누군가(아내였을까?) 잘라낸 신문 기사 쪼가리들은 서툰 솜씨로 짜깁기한 찻잔 받침처럼 보였다. 나는 슬리퍼 신은 사람마냥 발끝으로 살금살금 지나쳤고, 노인은 자택 거실의 푹신한 소파에 몸을 맡긴 듯, 거들떠보지도 않았다.

다음으로는 선명한 벽돌색 표지의 문고판 책을 읽고 있는 청년이 눈에 들어왔다. 청년의 손에 들린 것이 무슨 고전인지는 알겠는데 확인하고 싶었다. 일부러 발치에 열쇠를 떨어뜨리고는 표지의 제목을 확인하려고 웅크리고 앉았다. 그런데 바로 그때 청년이 자세를 바꾸는 바람에 확인 시도는 실패로 돌아갔다. 그래도 괜찮다. 청년이 홀든 콜필드J.D. 샐린저의 소설《호밀밭의 파수꾼》의 주인공가 된 자신을 상상하는 모습을 상상하는 수밖에.

공원 끄트머리에 이르니 한 중년 여성이 페르메이르가 좋아했을 법한 불빛을 쪼이며 교재로 보이는 책을 읽고 있었다. 내일 수업을 준비하는 교사일까? 벼락치기 시험공부 중인 학생일까? 어느 쪽도 아니면? 어쩌면 그저 혼자 공부하는 중일 수도.

물론 이 시각에 깨어 있는 모든 사람이 불면증 환자는 아니다. 이 도시는 문지기, 자전거 탄 배달 소년들, 거리 청소부, 집 없는 사람들, 도박꾼들, 인도로 난 통풍문으로 몸을 내밀고 있는 재료 담당 조리사 들로 생기에 넘친다. 나는 웬만하면 손을 흔들든 고갯짓을 하든 인사를 하고 지나간다. 나는 친절함은 예기치 않은 방식으로 보상이 돌아온다는 것, 외롭거나 뼛속까지 피곤하거나 우울할 때면 문을 열고 밖으로 나가기만 하면 된다는 것을 믿게 되었다. 뉴욕이—말하자면 뉴욕 사람들이—다 해결해준다는 것을.

어느 날 밤 친구네 갔다가 집으로 돌아오는 길에 허드슨 스트리트를 따라 걸어오고 있었는데 길바닥에 떨어진 1달러짜리 지폐가 눈에 들어왔다. 나이를 이만큼 먹었어도 그런 발견은 마법처럼 느껴진다. 공짜 돈이라니! 허리를 수그려 지폐를 집으려고 하는데 한 여자가 바로 앞에서 나와 똑같이 하고 있었다. "1달러네." 여자가 중얼거리는 소리가 들리고, 우리 둘은 머리가 부딪칠 뻔했다. 둘 다 웃음을 터뜨렸다. 어쩌다 보니 내가 먼저 잡았지만, 그대로 가져가는 것은 신사답지 못한 행동으로 느껴졌다. "자요, 받으세요." 나는 이렇게 말하고는 지폐를 여자에게 내밀었다.

"아뇨! 아니에요, 당신 거예요. 먼저 잡으셨잖아요."

"아닙니다. 제 뜻입니다. 받으세요." 이렇게 말했지만 여자는 이미 지나가버렸다. 잘생긴 남자와 팔짱을 끼고서. 그녀는 이미 포상을 받은 사람이었다. 불현듯 영감이 스쳤다. "다른 분을 위해 여기에 두겠습니다!" 나는 여자를 향해 외쳤다.

"훌륭해요!" 여자가 어깨 너머로 말했다. "잘 자요!"

나는 1달러를 도로 그 자리에 내려놓았다. 나를 자유롭게 하는 일이었다. 돈을 내던지는 것, 아니 더 정확하게는 돈을 운명에 맡긴다는 것. 마흔여덟 나이에 내가 뉴욕으로 이주하면서 내 인생을 그리했듯이.

몇 걸음 옮겼다가, 농담 아니다, 나무 뒤에 숨어서 무슨 일이 벌어질지 지켜보기로 했다. 한 커플이 보지 못한 채 지나쳤고, 또 한 쌍이 지나갔다. 마침내 내 또래쯤 보이는 한 남자가 내 방향으로 걸어왔다. 옹송그린 어깨, 고뇌 어린 낯빛의 남자가 담배를 꺼내 든다. 틀림없는 불면증 환자려니, 나는 생각했다. 당신이 가져갔으면 좋겠어요. 당신 거예요. 그럴 자격 있어요.

나는 나무 뒤에서 사내가 지폐를 발견하는 장면을 목격했다. 사내는 멈추더니 근처에 누가 있는지 두리번거렸다. 내 앞에 간 누군가가 떨어뜨렸겠지? 아니, 인도는 비어 있는데. 사내는 달러를 집어 들고는 주머니에 넣으면서 살며시 웃고 가던 길을 간다. 나도 그렇게 나무집으로 돌아왔다.

*

공원의 나무들

잠 : 상실

SLEEP : LOSS

나는 불면증에 시달리는 것보다 더 나쁜 것이 있다면, 눕자마자 곯아떨어져 아침까지 깨지 않고 자는 사람 옆에서 불면증에 시달리는 것이라고 생각하곤 했다.

십육 년이 넘는 시간 동안 그것이 내 인생이었다. 샌프란시스코에서는 잠을, 그래, 아기처럼 자는 남자하고 살았다. 많은 밤, 얼마나 숱한 밤을 문자 그대로 그 잠을 훔치고 싶었는지, 그 눈꺼풀 속으로 기어들어가 홱 잡아 뜯고 싶은 것이 심야에 벌어지는 〈안달루시아의 개〉였달까. 나는 우리 관계에서 최소한 십 분의 일에 해당하는 시간을 뜬눈으로 누워 있거나 책을 읽으면서 보냈다. 하필이면 내가 깊이 잠들었던 날 스티브가 내 옆에서 심장마비를 일으켰다. 그런 아이러니가 있을까. 십 년 전 그날 밤 수면제 반 알을 먹지 않았더라면 나는 깨어 있었을 것이고 스티브를 살릴 수 있었을까?

그의 웃음소리는 더 이상 기억나지 않지만 잠들었을 때 그의 모습은 또렷하게 떠오른다. 구깃구깃한 베개에 받친 머리, 근육질 팔뚝, 입꼬리, 뽀빠이의 파이프가 꽂혀 있던 그 부위에서 따스하게 불어져 나오던 숨결. 이것이 불면증의 좋은 점이리라. 나는 잠든 스티브를 관찰하면서 무수한 시간을 보냈다.

그의 죽음은 빨랐던 만큼 설명하기 어려웠다. 나이는 겨우 마흔셋에 누가 봐도 단단한 사람이었고 심장 병력이라곤 없었다. 처음에는 스티브가 악몽을 꾸나 보다 했는데, 너무나 격하게 몸부림을 쳤고 말 한마디 하지 못했다. 911을 불렀고 심폐소생술을 시작했고 응급구조사가 왔다. 우리가 마약을 해왔는지 거듭 묻던 그들의 모습을 기억한다. 터무니없는 소리로 느껴졌다. 스티브는 그야말로 깨끗했다. 얼마나 건전하게 사는지 맥주 한 모금 입에 대지 않을 정도였다. 그들은 스티브를 태우고 몇 블록 거리의 한 응급실로 떠났다. 하지만 도착했을 때 스티브는 이미 숨이 끊어진 상태였다.

위층에 사는 이웃 비키가 심상치 않은 소식을 듣고 병원으로 찾아왔다. 비키는 나를 응급실에서 끌어내다시피 하더니 있는 정성을 다해 위로하고 스티브를 살폈다. 비키는 깨끗한 시트로 스티브의 시신을 싸고 네 귀퉁이가 모두 야무지게 여며졌는지 확인한 뒤 조용히 기도했고, 나는 손가락으로 스티브의 눈꺼풀을 닫았다. 얼마가 지났을까. 나는 비키에게 이제 갈 수 있을 것 같다고 말했다. 서류 몇 군데에 서명해야 했지만, 그밖에는 더 할 일이 없었다. 비키가 나와 함께 집까지 걸어와주었다.

병원을 나선 지 두 시간 만에 다시 우리의 아파트로 돌아왔다. 그때 나는 충격 상태였다거나 멍했다고 말하고 싶지만, 아니다. 나는 모든 것—그래, 모든 것—을 그대로 느낄 수 있었고 모든 것이 다 아팠다.

우리의 침실은 지진에 얻어맞은 모양새였다. 응급구조사의 몸에 부딪혔는지 램프는 넘어져 있고, 침대는 삐딱하게 밀려 있고, 깨진 유리 조각과 스티브가 아끼던 과학소설 문고판 더미가 여기저기 흩어져 있었다. 바닥에는 에피네프린 주사기며 제세동기 뚜껑 따위가 널브러져 있었다. 비키는 남편과 함께 방을 정리하기 시작했고, 내 친구 제인과 폴에게 전화를 걸어 와달라고 말해주었다. 나는 다른 방에서 그대로 쓰러졌다. 차라리 스티브가 지진으로 죽었다면 받아들일 수 있을 것 같았다.

며칠이 지나서 한 목사님을 찾아갔다. 스티브도 나도 종교를 믿지 않았지만 누군가와 이야기를 나누고 싶었다. 그녀는 신이나 천국이나 사후 세계 이야기는 꺼내지 않았다. 그녀는 진단을 내리는 의사보다 멋졌다. "상실의 아픔을 겪는 것은 뇌수술을 받는 것과 비슷합니다." 그녀가 이렇게 아주 느릿느릿 말해준 것이 참 고마웠다. "좀비처럼 어슬렁어슬렁 다니시겠죠. 머릿속이 맑지 않을 겁니다. 마치 약에 취한 것처럼…."

가끔은 약에 취합니다, 나는 속으로 대답했다.

안전을 위해서 약품 수납장 안에다 메모지를 놓기로 했다. "그래, 앰비엔수면제의 일종 한 알은 11시에 먹었잖아." 이렇게 휘갈겨 써놓은 것은 네 시간 뒤에 깨어났을 때 자문할 것이 분명한 물음에 대한 답이었다. 또는 "2 X @3" 식으로 써두었는데, "새벽 3시에 자낙스항불안제의 일종 두 알"이라는 뜻이다. 아니다, 오후 3시였던가? 지금은 기억나지 않는다.

스티브를 잃은 지 얼마 지나지 않았던 기간 동안 나는 잠은 모자라고 먹는 것도 잊은 채 이승과 저승의 문지방에 있는 듯, 살아 있다는 느낌을 받지 못했다. 그래서인지 스티브와 아주 가깝게 느껴졌다. 그 기간은 낯선 사람들—우체국이 되었건 식료품점이 되었건 불쑥 나타나 도움의 손길을 내밀거나 아니면 그저 상냥한 말 몇 마디를 건네는 사람들—과 끊임없이 만나는 놀라운 시간이기도 했다. 그때 나는 스티브가 내 앞에 나타나준 것이라고, 단 한 번의 의심 없이 그렇게 생각했다.

하루는 천사의 이름을 가진 한 남자를 만났다. 프랑스 남자였고, 억양은 일부러 그렇게 흉내 내는 것처럼 강했다. 어쩌다 보니 대화를 하게 되었고 어떤 일이 있었는지 말해주었다. "괜찮으실 겁니다." 에마뉘엘이 대뜸 말했다. "나쁜 일이 생기고 나면 꼭 좋은 일이 오더군요." 자신의 경험에서 오는 이야기였다. 그의 파트너는 여섯 해 전에 죽었다. 하지만 그는 이야기를 들려주면서 '죽었다'는 말을 쓰지 않았다. 내가 싫어하게 된 완곡한 표현, '세상을 떠났다'는 말도 쓰지 않았다. 그 대신 에마뉘엘은 말했다. "내 파트너가 사라졌을 때…."

이것은 짧은 영어에서 나온 서툰 표현이 아니라는 것을 알았다. 그래도 짚고 넘어가고 싶었다. "사라졌다고 하셨는데…."

그는 고개를 끄덕였다.

"그게 바로 제가 받은 느낌이에요."

파트너나 배우자를 잃은 사람에게는 밤이 가장 힘들고 외로운 시간일지도 모르겠다. 하지만 내게는 그렇지 않았다. 나는 밤에 혼자 있는 데 익숙한 사람이었다. 혼자 깨어 있는 사람. 처음 몇 주가 지나자 잠드는 일이 평소보다 더 힘들 것도 없었다. 어느 정도는 스티브와 내가 껴안거나 밀착해서 잠들어본 적이 없기 때문이리라. 한 번도 가져본 적이 없는 것을 그리워할 수는 없는 노릇이니. 그렇긴 해도 스티브가 누웠던 자리에서 베개를 치우는 데는 오랜 시간이 걸렸다. 엄두가 나지 않았다. 스티브가 죽은 다음 날 밤, 나는 블라인드 틈으로 들어온 은은한 가로등 불빛이 그의 베개 위로 드리운 노르스름한 한 줄기 덩굴손을 발견했다. 그림자와 정반대인 무언가. 이것이 내가 그의 영혼에 대해서 내릴 수 있는 가장 명확한 정의다.

아침이 오면 그 빛은 사라지고, 남은 하루는 공허하고 괴로웠다. 삼 년쯤—천 일가량— 지나야 이런 감정이 가라앉는다고 비슷한 일을 겪은 사람들이 내게 말해주곤 했다. 지나고 보니 맞는 말이었다. 아무도 내게 말해주지 않은 것은 내가 직접 발견한 어떤 것이었는데, 천 일이란 천 개의 밤이고 그의 꿈을 꿀 천 번의 기회라는 사실.

보통은 이런 식이었다. 누군가 땅을 파헤쳐 그의 시체를 꺼내 심폐소생술을 시작한다. 스티브는 바로 되살아난다. 상처 하나 없이. 걷고 말하는 스티브를 바라본다. 상고머리에 아름다운 몸, 삐딱하게 웃는 현대판 나사로다. 죽음으로부터 돌아온 그, 죽음에 의해 변질되지 않았으나 단 하나 결정적인 차이가 있다. 나를 알아보지 못한다. 변한 것은 그가 아니라 나다.

얼마 동안은 데이트도 해보았다. 저녁식사를 하고 영화를 보고 그런 것들. 괜찮은 남자도 몇 사람 만났다. 하지만 관심이 일어나지 않는 내 마음을 감추지는 못했다. 한 달 정도 만난 사람도 있다. 그의 이름은, 짐작했을 수도 있지만, 스티브였다. 처음 만났을 때부터 스스럼없이 친해졌지만 4주가 지날 때까지는 밤을 함께 보내지 않았다. 그가 등을 돌리고 잠들던 순간이 지금까지도 눈에 선하다. 달빛을 받아 반짝이는 그의 등을 보면 사라진 스티브의 등이 떠올랐다.

그날을 마지막으로 오랫동안 그런 일은 없었다. 그날부터 누구든 집으로 보냈고, 상황에 따라서는 내가 집으로 돌아왔다. 불면증이 핑계였다. 차라리 내 침대에서 잠 못 드는 편이 좋겠다고, 나는 해명했다. 완전히 진심은 아니었다. 밤을 보내고 오고 싶은 마음도 있었지만, 나에게는 다른 사람과 다시 사랑에 빠지는 것보다 더 어려운 일이 다른 사람과 함께 잠드는 일이었다.

가끔은 반대 상황이 벌어지기도 한다. 내가 그 집을 빠져나오기 전에 하룻밤 연인이 되어버리는 상황 말이다. 나는 연인에게 하듯 상대를 팔로 감싸 안고, 우리는 보이지 않는 융에게 내면을 고백하는 두 내담자마냥 두서없이 꿈결 같은 대화를 나눈다. 잠시 멈춘 대화가 긴 소강상태가 되고, 어떻게 들어도 틀림없는 숨소리 변화가 느껴진다. 상대가 잠들어버린 것이다. 말도 안 되는 소리 같지만, 내가 주범처럼 느껴진다. 하고 많은 사람 중에 하필이면 내게 히프노스의 팔이 주어지는 기적이라도 일어났는가 말이다. 하지만 낭패로다. 그를 더 가까이 당겨 목을 코로 비비다 보니 하릴없이 고대 그리스인들의 지혜로운 깨달음이 떠오른다. 이 잠의 신에게는 일란성 쌍둥이가 있으니, 죽음의 신 타나토스다.

✶

봄 그림자

까마귀
BLACK CROW

스티브가 죽은 지 대여섯 달쯤 지났을 무렵 루크라는 남자와 사귀었다. 진지한 관계는 아니었고, 그냥 부담 없이 만나는 사이였다. 퍼시픽하이츠에 있는 홀푸드에서 만났는데, 거기에서 일하는 직원이었다. 루크는 나보다 스무 살 어렸고 스티브와는 모든 점에서 달랐지만, 단 하나 예외가 외모였다. 큰 키에 건장한 체격, 약간 비틀어진 코, 각진 턱, 포수의 글러브만큼이나 크고 묵직한 손. 둘이 그렇게 닮았다는 것은 몇 달이 지나고 몇 잔의 테킬라를 들이켜고 나서야 알았다. 사실은 술 잘 마시고 모터사이클을 타고 엄청난 양의 스테로이드에 지배받는 기질의 문신한 텍사스 남자 루크에게 반한 내가 걱정이 된 친구가 그렇다고 얘기해줘서 알았다. 그때는 이미 루크에게 남자친구가 있을 뿐만 아니라 직업이 하나 더 있고, 거기서는 다른 이름을 쓴다는 사실까지 진작 알았던 때였다. 그는 포르노 스타였다. 내가 장난삼아 붙이는 호칭이 아니라, 진짜 스타였다. 자기 이름이 제목 위에 나타나는 하드

코어 포르노 영화가 열두어 편이다. 포르노 감상이 취미인 적이 없었던 지라 나는 전혀 알지 못했지만, 루크에게 남자친구가 있다는 것만큼도 신경 쓰이지 않는 일이었다. 나한테는 오히려 이 사실이 신기했다. 새로 이름을 짓고 새로 몸을 만들고 철저하게 다른 삶을 구축한다는 것, 그렇게 자신을 재탄생시킨다는 발상이 무척이나 매력적으로 느껴졌다. 이제는 내가 무의식적으로 그러기 시작했으니까.

어느 날 밤, 체육관에서 어떤 잘생긴 남자를 낚았다. 그 남자가 나를 낚았듯이. 그를 본 것은 샤워장이었는데, 그 뒤로 체육관에서 나와 주차장으로 따라왔다. "셰인이라고 해." 그는 다가와서 악수했다.

"나는 빌이야." 그러고는 덧붙여 말했다. "빌리, 빌리라고 불러도 돼."

나도 모르게 그냥 튀어나온 말이었다. 이 이름은 내가 거의 평생을 불려온 이름 빌이 어색하게 느껴질 만큼 적절했다. 빌리는 지소사 개념의 애칭이고, 그 점은 나도 잘 알고 있다. 어려서는 빌리라고 불렸지만, 중년이 되면서는 그런 느낌으로 다가오지 않았다. 오히려 빌리가 나보다 더 크고 더 센, 무적의 존재로 느껴진다.

그 이름과 더불어 빡빡머리, 턱수염, 더 불끈한 근육, 문신을 장착했다. 문신은 늘 원했지만, 무슨 까닭인지 문신을 불쾌하게 여겼던 스티브가 아니었다면, 적어도 팔뚝 하나는 문신으로 채웠을 것이다. 하지만 스티브의 죽음과 함께 예기치 못한—적어도 나로서는 예상하지 못했던—일이 일어났다. 스티브가 어떻게 생각할지 또는 어떻게 생각했을지, 예전에는 나 자신이나 내 생각보다 스티브의 생각을 훨씬 더 중요하게 여겼는데, 그것이 완전히 뒤바뀐 것이다. 나는 여전히 스티브가 늘 지켜보고 있다고 느꼈지만, 죽음과 함께 모든 판단은 뒤로 하고 떠난 것이다. 이제 그는 더 이상 동의하거나 반대하지 않았다. 어느 쪽에도 표를 던지지 않았다. 스티브가 내게 바라는 것은 한 가지, 단 한 가지뿐이라고 나는 여겼다. 행복할 것.

나는 한 생의 끝과 다른 생의 시작을 상징하는 문신—스티브가 죽은 달과 날인 10월 10일을 로마 숫자로 표기한 문양—을 고안해 맥이 뛰는 자리에 새겨 넣었다. 죽도록 아팠지만 마음에 들었다. 문신을 기념하기 위해서 루크를 찾아갔는데, 테킬라와 대마가 마취제 역할을 톡톡히 해주었다. 아주 늦어서 집으로 돌아와 모든 방의 블라인드를 내렸다. 최근에 스티브와 나의 옛날 사진이며 엽서 따위를 전부 벽에서 떼어냈다. 바닥의 발포고무 매트리스만 남겼다. 스티브와 내가 함께한 몇 년 동안 같이 썼던 침대, 그가 죽었던 침대를 포함해서 많은 가구를 없앴다. 집 안은 마치 누군가 이사 들어오다 말았거나 이사 나가다 만 모양새였다. 어느 쪽이라 해도 현재 상태를 설명해주기엔 부족해 보였지만. 목재 마룻바닥이 달빛을 받아 반짝거렸다. 열어놓은 창으로 안개 머금은 서늘한 바람이 불어왔다. 나는 대마로 몽롱해져서 아이팟을 귀에 꽂았다. 비요크의 〈Hyper-ballad〉, 〈Unravel〉, 〈Undo〉, 라디오헤드의 〈There, There〉, 그리고 도저히 맞추어 춤추기 어려운 곡이지만 내가 땀이 나도록 오래오래 춤추던 조니 미첼의 〈Black Crow〉만 끝없이 돌려 듣던 시기였다. 내게는 슬픔을 달래는 데 가장 효과적인 진통제가 음악이었다.

다음 날 아침, 잠에서 깨니 약간의 핏방울과 문신 먹물이 침대보에 얼룩져 있었다. 커피 마시러 비틀비틀 주방으로 갔다가 간밤의 흔적을 보고는 웃음이 나왔다. 주방에서 흰색으로 남아 있는 한쪽 벽, 내 키 높이에 〈Black Crow〉의 가사가 적혀 있는 것이다.

내 인생은 온통 계시와 타락, 뛰어내림
뛰어내려 모든 빛나는 것을 집어 든다

얼마 뒤, 나는 샌프란시스코에서 벗어나 런던에서 한 달을 보내보기로 했다. 친구가 세 들어 사는 캠든의 아파트를 사실상 공짜로 빌렸다. 떠나기 전에 루크에게 내 아파트 열쇠—그냥 복제열쇠가 아니라, 그러니까, 스티브의 것인데—를 주었는데, 돌이켜보니 이상한 짓이었다. 내가 그렇게 한 것은 루크와 그의 남자친구가 불안정한 시기를 겪고 있어서 한 번씩 묵고 갈 공간이 필요할지도 모른다는 생각이 발동했기 때문이었다. 하지만 솔직히 말하면 이 대역 스티브가 내 침대에서 자고 내 공간에 기거한다고 생각하니 흐뭇했다는 것이 진짜 이유일 것이다.

런던은 아무렇게나 고른 장소가 아니었다. 스티브와 나는 지난번 책 조사 작업 때 두 번 런던을 찾았고, 이 도시와 사랑에 빠졌다. 다시 런던에 가면 기운이 날지도 모르겠다 싶었다. 그런데 너무 순진했다. 비행기가 이륙하자마자 눈물이 얼굴을 타고 흘러내렸다. 하마터면 며칠도 못 있고 그대로 돌아서서 런던을 떠나올 뻔했다. 내가 가져간 단 하나의 짐, 카메라만 아니었더라면.

나는 샌프란시스코를 떠나기 전날 밤에 충동적으로 주머니 크기의 캐논 디지털 카메라를 한 대 샀다. 신중하게 생각했더라면 절대 사지 않았을 것이다. 혼자서 가는 여행이니 관광지 기념사진이나 누구 다른 사람하고 같이 사진 찍을 일도 없을 테니까. 하지만 바로 깨달았듯이, 이 카메라 자체가 나의 길동무가 되어주었다. 나에게 그때까지 보지 못했던 런던의 구석구석을 사진에 담기 위해 날마다 아파트에서 밖으로 나올 이유를 주었으니까.

그때 찍은 사진들은 다른 어떤 사람도 아닌 나 자신을 위한 것이었고, 그것만으로도 내게는 새로운 일이었다. 지난 십육 년 동안 내가 써온 거의 모든 글은 누구보다 스티브를 위한 것이었다. 나는 내 책 세 권을 모두 그에게 헌정했다. 스티브와 함께 산다는 것은 여러 가지 면에서 간단치 않은 도전이었다. 스티브는 HIV/AIDS 환자였고, 나는 HIV 음성이었다. 스티브가 AIDS 관련 질환과 증상—만성설사, 폐렴, 종말증후군, 야간발한—뿐만 아니라, 기이하게도 말단비대증이라는 병을 야기한 양성 뇌종양(이 종양으로 스티브는 신경과 수술을 받아야 했다)을 앓고도 살아남는 등 우리는 많은 역경을 함께 헤쳐 나갔다. 1990년대 말에 단백질 분해효소 억제제가 나오면서 스티브는 생명을 구했고, 몇 년 동안 안정적으로 건강한 생활을 누릴 수 있었다. 이것이 심장마비로 인한 스티브의 갑작스런 죽음이 그토록 충격적이었던 단 하나의 이유였다. HIV와는 직접적인 연관 없이 심실세동으로 유발된 마비였을 가능성이 가장 높았고, 부검으로 확인되었다.

내가 런던에서 찍은 사진들은 스티브를 위한 것이 아니었지만, 그래도 자꾸만 스티브가 생각났다. 그는 런던의 모든 것을 사랑했다. 지하철도 그중 하나였다. 나는 몇 시간씩 열차를 타고 땅속으로 다니고, 역에서 어슬렁거리고, 가파른 에스컬레이터를 타고 사진 찍을 거리를 찾아다녔다.

나는 지하철에서, 공원 벤치에서, 거리에서, 팔짱을 끼고 걷는 커플들한테서 눈을 떼지 못했다. 사랑에 푹 빠진 커플들은 얼굴만 봐도 알 수 있다. 하지만 내가 그들의 얼굴 사진을 찍지 못한 것은 한 장 찍어도 되는지 묻지도 못할 만큼 수줍음이 많아서는 아니었다. 그들의 얼굴에 머금은 미소에 가슴이 무너졌기 때문이다. 대신 내가 찍은 것은 그들의 손이나 발이었다. 기도하듯 깍지 낀 그들의 손이나 키스의 전주곡이 될 염무를 추는 그들의 발이었다.

런던에 있는 동안 스티브의 생일을 맞았다. 마흔네 살이 되었을 것이다. 이날 하루는 스티브가 특별히 더 좋아했던 곳을 다시 찾기로 했다. 대영박물관의 로제타석, 캠든에 있는 손바닥만 한 만홧가게 같은 곳들. 그러면서 어떻게든 스티브의 향취를 다시 느끼고 싶은 마음이었는데, 결국 내가 찾아낸 것은 그런 것들은 다 사라졌다는 사실이었다.

이날의 여정은 런던의 여러 다리를 누비고 다니는 것으로 마무리했다. 나는 버리고 싶었지만 그럴 수 없었던 스티브의 자잘한 개인용품 몇 가지를 챙겨 왔다. 스티브가 쓰던 콘택트렌즈가 그중 하나인데, 샌프란시스코 우리 집 약품 수납장에 그대로 있던 것이다. 나에게 스티브의 렌즈는 그의 눈 일부일 뿐만 아니라 그의 몸, 생명의 일부처럼 느껴졌다. 렌즈 없이는 거의 아무것도 볼 수 없었던 스티브였다. 그것을 템즈 강에 던져버리고 내게 다양한 세상을 보여주었던 스티브에게 고마운 마음을 보냈다. 내가 건너는 다리 하나하나가 정화 의식을 치르는, 그리고 번번이 다시금 눈물을 쏟게 하는 장소가 되었다. 런던 브리지에 도착해서 마지막 남은 화장 재를 뿌렸다. 스티브의 유물 중 강물에 던져지지 않은 유일하게 의미 있는 것은 나 하나였다. 그 생각을 해봤다는 얘기는 아니다.

애도는 사람만 경험하는 행동이 아니다. 침팬지, 오랑우탄, 여우원숭이 같은 우리의 영장류 친구들한테도 애도 같은 행동이 나타난다는 사실은 과학자들이 이론의 여지없이 동의하는 바이다. 예를 들면 어린 새끼가 죽었을 때 붉은털원숭이 어미는 마치 슬픔의 안개에 갇혀 차마 이대로는 보낼 수 없다는 듯이 며칠 동안 죽은 새끼를 입으로 물고 다니다가 가죽과 뼈만 남았을 때 비로소 멈춘다.

회색기러기는 백조처럼 평생 한 상대하고만 짝짓기하는 습성이 있는데, 짝이 죽거나 사라지면 마찬가지로 통절한 애도의 행동을 시작한다. 먼저, 짝을 애타게 찾아다닌다. 잠도 안 자고 먹기도 중단한 채 밤낮없이 돌아다니는데, 엄청난 거리를 비행하면서 없어진 짝이 있을 만한 곳을 샅샅이 뒤진다.

그렇게 넋이 빠져 짝을 찾아다니다가 결국 길을 잃고 무리로 돌아가지 못하는 경우도 왕왕 발생한다. 그러다가 자연에 먹히고 말 수도 있다. 어떻게든 무리로 돌아가더라도 전과는 확연히 다르다. 쭈뼛거리고 겁에 질려 있고 가장 어린 기러기조차 두려워해 달아나려 든다. 이렇듯 짝 잃은 기러기는 불안에 사로잡혀 사고에 취약해지고, 나이와 상관없이 무리 내 서열이 바닥으로 떨어진다. 거기서 끝이 아니다. 이 새는 몸의 변형까지 일어난다.

"사람의 얼굴이 그런 것처럼 거위의 눈가에는 깊은 슬픔의 자국이 영구적으로 새겨진다"고 노벨상 수상 동물행동학자 콘라트 로렌츠는 말한다. "교감신경계의 긴장이 낮아지면 안구가 안와 깊숙이 가라앉고, 동시에 눈 아래쪽을 지탱해주는 바깥쪽 얼굴 근육의 탄력이 떨어진다.

두 요소가 함께 일찍이 고대 그리스 가면에서 전통적인 애도의 표정으로 그려냈던, 눈밑살 처짐을 야기한다."

하지만 회색기러기는, 슬픔에 사로잡힌 침팬지나 개, 까마귀도 마찬가지지만, 상실감에 빠져 있는 사람과는 한 가지가 극명하게 대비된다. 눈물을 흘리지 않는다는 점이다. 동물의 눈에서도 눈물이 나오지만, 이는 윤활 기능이지 슬픈 감정 때문에 흘리는 것은 아니다. 적어도 우리가 아는 한은 그렇다. 이것이 그저 사람이 보지 못해서 그렇게 알려진 것인지 아니면 영영 보지 못할 일인지 가끔은 의문이 생긴다. 외롭고 상심한 기러기들은, 잃어버린 짝을 찾으러 다니는 대신 런던에 와 있는 나처럼, 어쩌면 일부러 가장 차가운 바람 속으로 날아들어 그저 눈물이 흩어지도록 하는 것인지도.

*

지하철 사랑

O와 나

O AND I

그가 내게 편지를 한 통 보내왔다. 우리는 그렇게 만났다. 그는《해부학자》의 교정본을 읽고 마음에 들어 했다. "원래는 추천사를 쓸 생각"이었지만 "몰입하는 바람에 잊고 말았죠"—재치 있는 인정이라고 생각했다. 내가 아직 샌프란시스코에 살 때인 2008년 초였다. 그렇게 오래전은 아니지만 아직까지는 사람들이 일상적으로 편지를 쓰던 시절, 편지를 받으면 차분히 자리 잡고 앉아 답장을 쓰던 시절이었다.

"친애하는 헤이스 씨…."

"친애하는 색스 박사님…."

이렇게 O와 나의 서신 교환이 시작되었다.

그리고 한 달 뒤 뉴욕에 가게 되었는데, 올리버의 초대를 받아 방문했다. 우리는 그의 진료실 건너편 카페에서 점심을 먹었다. 홍합과 감자튀김, 벨기에산 흑맥주 예닐곱 순배. 우리는 자리를 떠날 줄 모르고 오후가 지나도록 이야기를 이어갔다. 우리에게는 글쓰기 이외에도 다른 공통점이 있다는 것을 알게 되었다. 그에게도 평생 따라다닌 불면증이 있었다. 그는 불면증 가족 출신이었다. "어린 나이에 이미 진정제 없이는 잠들지 못한다는 것을 알았죠." 그는 냉소하듯 말했다.

나는 그가 이성애자인지 동성애자인지, 독신인지 아니면 사귀는 사람이 있는지 알지 못했다. 내가 기억하는 한 이런 건 생각해보지도 않았다. 점심이 끝나갈 무렵 나는 어느 쪽으로도 아무런 확고한 결론을 내리지 못했다. O가 수줍음을 많이 타는 데다 격식을 차리는 편이었기 때문이다. 나에게는 없는 자질들이다. 하지만 내가 그에게 호기심이 생겼고 끌렸다는 점은 잘 알 수 있었다. 누군들 그러지 않았으랴. 총명하고, 다정하고, 겸손하고, 잘생겼고, 느닷없이 소년 같은 뜨거운 열정을 폭발하곤 하는 그에게. O가 19세기 의학 문헌의 "소설적 속성"—나도 공유했던 열정—에 대해서 흥분해서 이야기하던 모습이 기억난다.

우리는 연락을 이어갔다. 나는 센트럴 공원에서 찍은 잎 없는 나뭇가지 사진을 그에게 보냈다. 나는 그 가지들이 모세혈관처럼 생겼다고 생각했다. 신경과 의사의 시선에서 그는 그것이 신경세포로 느껴진다고 했다.

"나보코프가 겨울나무를 거인의 신경계에 비유했던 일이 떠오르는군요." 그의 답신에 적힌 글이었다.

그럼에도 그뿐이었다. 그때로서는. 우리는 나라의 양 끝에 살고 있었다. 30년이라는 나이 차는 말할 것도 없고. 한 해가 넘게 지나서 뉴욕으로 이사하기로 했던 내 결정은 사실 올리버와 관계가 없었고, 그와의 관계는 전혀 생각해보지 않았다. 그저 내 인생의 행로에서 샌프란시스코와 그 안에 담긴 모든 추억에서 벗어나 새 출발을 시작해야 할 시점에 이르렀던 것뿐이다. 하지만 이사와 동시에 O와 나는 함께 시간을 보내기 시작했고 금세 서로에 대해 잘 알게 되었다.

*

웨스트빌리지

뉴요커 되기

ON BECOMING A NEW YORKER

나는 나보다 먼저 온 그리고 앞으로도 이어질 수백만의 다른 사람들과 똑같이 이 도시에 들어왔다. 편도 티켓과 어떻게 성공하겠다는 아주 막연한 생각만 들고서. 저축해놓은 돈 한 푼 없었고 짐은 여행가방 몇 개에 다 꾸려 넣었다. 케네디 공항에 착륙해 내 생애 첫 메트로카드를 사서 10달러를 충전했다. 무제한 이용권에 대해 알았더라면 망설이지 않고 그것을 택해 신나게 돌아다녔겠지만, 그렇다 해도 내가 받는 느낌은 무제한이었다. 무엇이 어때야 한다로부터 자유로우며 다음은 어떻게 되는지를 근심하지 않는.

케네디 공항에서 파로커웨이행 A선 지하철을 탔다. 그런데 맨해튼으로 가는 잘못된 방향이었다. 뉴욕 사람들이라면 바로 알았을 것을 나는 나중에 알게 되었다. 하지만 엉뚱한 방향에 올라타고 예상치 못한 연착과 이따금씩 나타나는 기계 고장을 겪는 것은 정말로 해볼 만한, 어떤 여행에서든 피할 수 없는 일이다. 우리는 그렇듯 방향을 바꿔

가며 바른 길 찾는 법을 터득해간다.

뉴욕에서 첫날밤은 어퍼이스트사이드에 사는 친구의 친구네 집에서 묵었다. 다음 날 아침 나가서 매트리스를 구입하고 웨스트빌리지에 구해두었던 작은 아파트로 당일 배달을 예약했다. 텅 빈 침실 바닥에 앉아 트럭 오기를 기다릴 때 모르는 번호로부터 내 휴대폰에 전화가 걸려왔던 일이 기억난다. 샌프란시스코에서 아파트 아래층 살던 이웃의 누이였다. 자기 언니의 부고를 알리는 전화였다.

어린 남자아이의 이름을 가진, 야생의 늙은 새 같은 제피는 폐암을 앓았다. 나는 떠나오기 전에 제피와 꽤 많은 시간을 같이 있으면서 가끔씩 외출할 때 도와주거나 아니면 그냥 수다를 떨었다. 그녀의 눈동자는 환한 파란빛이었다. 제피는 죽는 것을 두려워했고, 내가 뉴욕으로 간다니 기뻐했다. 제피는 내가 그 아파트에서 혼자 늙어가는 것을 원치 않았다. 자기처럼 되지 않았으면 좋겠다고.

내가 작별 인사를 하기 위해 제피한테 내려갔을 때, 제피는 자기한테서 뭔가를 꼭 가져가달라고 했다. 내가 원하는 것이면 뭐든 된다고. 나는 그녀의 오래된 식탁 램프—20세기 중반에 나왔고 실제로 20세기 중반에 구입한 물건—를 좋아했다. "당신 거야." 이 말로 내 것이 되었고, 지금 이 글을 쓰는 동안에도 내 책상에 놓여 있다. 램프갓이 드리우는 은은하고 따스한 호박색 빛에 그녀가 어려 있는 듯하다. 아닌 게 아니라 이 갓은 제피의 오랜 흡연으로 담배진이 얼룩져 있다.

제피 소식을 들은 뒤 나는 내 아파트 건물에서 여섯 층을 달려 내려가 길 건너 독일 식당으로 직행했다. 맥주 한 병을 주문하고 창가에 섰다. 배달 오는 트럭을 지켜볼 수 있도록. 거기 서 있던 한 남자에게 말을 붙였다. 미치라는 이름의 낡은 재색 정장을 차려 입은 덩치 큰 사내였다. 아내를 기다리고 있다고 했다. 내가 막 이리로 이사 왔다고 말하자 다른 말 없이 바로 바텐더에게 손짓을 보냈다.

"패트론." 그가 주문했다.

우리는 술잔을 챙 부딪쳤다.

"환영합니다." 미치가 말했다. "뉴욕에 잘 오셨습니다." 패트론 테킬라는 금속—내가 발음하지 못하는 이름의 어떤 원소—처럼 명징하고 밝은 맛이 났다.

맥주를 절반도 못 마셨는데 트럭이 들어왔다.

"제 침대입니다."

"이제 공식적으로 집이 생겼군요. 계산은 내가 하죠. 들이켜요."

그는 내게 명함을 주고 혹시 도움이 필요하다면, 어떤 일이 되었건, 전화를 하라고 했다. 시간이 그렇게 흘렀건만, 거의 십 년이 지난 지금까지 간직하고 있다. 로런스 H. 슈테인, 변호사.

뉴욕은 그동안 여러 차례 방문했지만 여기 산다는 것은, 얼마 안 가서 알게 되었지만, 완전히 딴 얘기였다. 뉴욕 주소가 하나 생긴다고 뉴욕 사람이 되는 것은 아니다. 나에게 그 순간은 내가 이 도시를 처음 벗어났을 때였다. 크리스마스를 가족과 함께 보내기 위해 비행기를 타고 시애틀로 돌아갔다. 비행기가 이륙하자마자 후회가 몰려왔다. "뉴욕 사람이 된다는 것은, 이 도시를 벗어났을 때 뭔가 놓치는 것 같다고 느끼는 것"이라고 나는 칵테일 냅킨에 적었다. 이것은 라디오시티의 로케츠 공연이나 타임스스퀘어의 제야 행사나 또는 메트로폴리탄 미술관

에서 하는 어떤 굉장한 전시회를 놓치는 따위의 이야기가 아니다. 뉴욕은 항상 어디에선가 굉장한 일이 벌어지고 있고, 나중에야 그 소식을 듣고는 땅을 치며 후회하게 되는 곳이다.

그러니까 내 이야기는 찰나에 지나가버린 일, 엿듣고 알게 된 일, 기대하지 못했던 일을 놓치는 것을 말한다. 도시를 뒤덮어 평화로운 신세계로 만드는 눈 같은 일. 아니면 어스름한 여름밤 공원에 나타난 반딧불이의 광경, 웨스트빌리지의 자갈길에 울리는 야경 도는 기마경찰의 또각거리는 말발굽 소리, 지나가는 사람들 귀에 다 들리는 연인들의 말다툼 소리. 물론 내 귀에는 음악처럼 들리는 소리가 다른 사람에게는 견딜 수 없는 소음일지도 모른다. 이곳의 삶은 존 케이지의 음악, 설득력 있는 불협화음이다.

그 정수를 나는 지하철에서 발견했다. 모든 노선, 모든 차량, 모든 칸에 놀랄 거리가 타고 있으며, 우리는 일이 분이라는 짧은 시간, 제한된 공간 속에서 무작위로 추출된 인간 군상의 표본을 만난다. 누굴 만날지, 누구 옆에 누가 앉아 있을지는 알 길 없다. 나는 앉기보다는 서 있는 것을 좋아하고, 타고 가는 동안에는 졸거나 뭔가를 읽거나 하는 일이 없다. 그렇게 하다가는 놀라운 광경을 놓치고 만다. 가령, 열차 두 대가 동시에 출발할 때, 순간적으로 앞서거니 뒤서거니 하는 장면 같은 것 말이다.

늦은 밤이라면 맨 앞칸에 올라 맨 앞자리에 선다. 유리를 통해 전경이 잘 보이도록. 지하철이 쏜살같이 달려 별빛 같은 조명이 양옆에서 깜박일 때면, 언제 어떻게 어느 땅 위에 내려앉을지 알지 못한 채 아득한 시간을 통과하는 로켓을 타고 가는 듯한 느낌이 든다.

*

세탁소집 딸

지하철에서 만난 사람들

SUBWAY LIFER

뉴욕에서 살기 시작한 첫 한 해 동안 나는 매일 A/C선 지하철을 타고 출근했다. 나는 AIDS 백신 개발을 목적으로 하는 한 비영리단체의 상근직으로 모금 활동을 맡고 있었다. 웨스트 4번 스트리트 역은 아파트에서 5분 거리에 있다. 내가 가장 좋아하는 시간대는 이른 아침이다. 역은 아직 붐비지 않고 지하철 이용자들도 서두르지 않는다. 사람들은 말없이 책을 읽거나 아이팟을 들었다. 흡연자들은 이른 아침의 흡연자 기침을 토해냈다. 머리 위의 아이I 자 강철 들보에서 새는 물방울—겨울철에는 녹이 서린 눈물방울로, 여름철에는 땀방울로 상상하곤 했다. 덜 끝난 꿈이 아직까지 사람들의 살갗을 뚫고 퍼져나오는 듯, 부드러운 공기의 시간.

그래도 기다림은 민감한 일이다. 인내심이 순식간에 초조함으로 돌변해 내가 '비스듬히 보기'라고 부르는 자세가 튀어나오기도 한다. 승강장 끄트머리 노란 선에 서서 한 발은 단단히 붙이고 다른 한 발은 발은 뒤로 벌린 채 몸을 잔뜩 (하지만 너무 많이는 말고) 기울여 열차가 들어오는지 보는 것이다. 여기에서 자칫하면 자살이 되거나 아니면 미니멀리즘 춤 동작이 된다. 사람들이 하나 둘, 물론 나도, 몸을 내밀고 이 자세를 취한다. 모두 다 같이 하면 터널에서 열차를 불러낼 수 있을 것처럼.

가끔은 실제로 효과를 본다. 드물게는 한 대가 아니라 두 대를 동시에 불러들이기도 한다. 웨스트 4번 스트리트 역 남쪽 승강장으로는 A선 열차가, 반대쪽으로는 C선 열차가 오는 것이다. 그런 순간이면 아주 작은 선택이라도 사소하지 않다는 사실을 깨닫는다. 두 열차 모두 내가 내리는 풀턴에 가지만, A는 급행열차, C는 굼뜬 구간열차다. 각 열차는 다른 승객, 다른 개성을 끌어당긴다. 오늘 아침의 나는 A일까 아니면 C일까? 어느 쪽일지 나는 생각할 것이다. 급행열차를 타서 버는 그 몇 분에 무슨 일이 일어날까? 열차에서 빠져나가다가 다음 연인을 만나게 될까? 아니면 실수로 넘어져서 다리가 부러지려나?

주말에는 빨간 노선지하철 1, 2, 3호선을 주로 탔는데, 한 정거장만 가면 바로 시내였다. 이 도시에는 아는 사람이 많지 않았는데, 나는 그 점이 마음에 들었다. 음부티 피그미 부족민에게 숲이 그랬던 것처럼 내가 먼저 관계를 맺은 대상은 도시였다. 우리는 할렘과 워싱턴하이츠, 브루클린, 어퍼웨스트사이드를 통과하는 장거리 지하철 여행을 통해 서로를 알아나갔다. 나는 항상 카메라를 들고 거리를 다녔다. 흥미로워 보이거나, 매력 있게 보이거나, 특이하게 보이거나 또는 너무 평범해 눈에 들어오는 사람들—모르는 사람들—에게 접근해서 간단히 한마디 건네곤 했다. "제가 사진 한 장 찍어도 될까요?"

하루는 온종일 도시를 돌아다니다가 밤중에 미드타운에 있는 링컨센터에 이르렀다. 나는 메트로폴리탄 오페라하우스 앞에서 한참을 서서 입구 분수대에서 빛나는 야광 조명의 춤을 구경했고, 이제 곧 시작하는 오페라 티켓을 아슬아슬하게 구해서 극장 안으로 들어갔다. 조명이 꺼지고 크리스털 샹들리에가 스르르 천장으로 들어갔다. 서곡이 시작되는데 눈물이 흘렀다. 누군가와 함께 있었으면 좋았을 거라고 생각했을까? 그랬을지도. 그래서 나는 휴식시간에 내가 느낀 기쁨을 사람들하고 거리낌 없이 나누었다.

무슨 까닭인지 그날 밤 콜럼버스서클 역에는 지하철이 다니지 않았다. 택시 탈 돈은 없고 해서 50번 스트리트 역까지 걸어갔다. 역에는 승강장의 울퉁불퉁한 표시선을 탁탁 두드리며 걷는 시각장애인 한 사람을 제외하면 텅 비어 있었다. 나는 한동안 그를 지켜보다가 철로로 떨어질까 봐 걱정되어 안쪽 벽으로 인도했나. 우리는 서로 자기소개를 했다. 그의 이름은 해럴드였다. 자정이 지난 시간이었고 우리 둘 다 귀가하는 길이었다. 나는 크리스토퍼 스트리트로, 해럴드는 155번 스트리트로.

그런데, 당시 내가 아직 지하철 노선에 대해 많이 알지는 않았지만, 해럴드가 155번 스트리트로 가고 싶은 것이 맞다면 아무래도 방향이 틀렸다고 생각해 조심스럽게 일러주었다. 해럴드의 대답은 불합리한 추론으로 느껴졌다. "가끔은 말이죠, 빌리, 밑으로 내려가야 올라갈 수 있어요." 그때 열차가 와서 함께 올라탔다. 해럴드는 42번 스트리트 역에서 내려 인파 속으로 사라졌다. 그제야 나는 해럴드의 말이 뉴욕 생활의 우여곡절을 극복하는 데 필요한 현자의 조언이 아니라는 것을 이해했다. 50번 스트리트 역에서는 155번 스트리트 행 열차가 운행하지 않았던 것이다.

뉴욕에서 오래 산 사람들은 예전에는 지하철이 끔찍했다고 말한다. 여기저기 쓰레기투성이에 낙서로 뒤덮여 있고, 여름철이면 질식할 것 같고, 일 년 내내 늦은 밤이면 위험한 곳이었다고. 물론 요즘도 지하철 타는 것을 질색하는 사람이 많다는 것을 안다. 지하철이 얼마나 안전하고 깨끗하고 쾌적한데 그러느냐고, 나는 그런 사람들에게는 같이 한번 타보자고 한다. 나는 지하철을 탈 때마다 일이 분이라는 짧은 시간 안에 인류의 무작위 표본을 한데 모아 우리의 호의며 친화력을 시험하는 그 복권 조합 같은 방식에 경탄을 금치 못한다. 예의란 그런 것이 아니냐고.

요전 날에는 외곽으로 가는 구간열차 6호선을 탔는데 유모차에 아기를 태운 한 젊은 여자 옆에 앉아 가게 되었다. 열차가 설 때마다 남자(매번 남자) 한 명이 우리 칸에 탔고 꼭 우리 앞에 자리를 잡고 섰다. 나는 아이팟을 들으면서 지켜보고 있었다. 그 남자들 모두가 어김없이 우스꽝스러운 얼굴로 아기를 보며 웃었고, 아기도 웃으면서 표정으로 답했다. 열차가 설 때마다 앞에 선 남자는 다른 남자로 교체되어 맡은 역을 수행했다. 처음은 나이 지긋한 라틴계 남자였다. 그 남자가 내리자 젊은 흑인이 등장했다. 그러고는 정장 차림의 백인 남자. 다음은 안전모를 착용한 건설 노동자. 강인한 사내들. 뉴욕 사내들. 모두가 아기를 웃게 만들기라는 중대 임무를 수행하느라 여념이 없었다.

지하철에 관해서는 하고 싶은 이야기가 많다. 또, 내가 1, 2, 3, C,

F, D, 4, 5, L 노선을 좋아하는 까닭도 얼마든지 열거할 수 있다. 하지만 꼭 한 가지만 말하라고 한다면, 내가 뉴욕의 지하철에 대해서 무엇보다 좋아하는 점은, 그것이 하지 않는 것에 있다. 평생을 뒤만 돌아보면서—후회가 가득하든 그리움이 가득하든, 아니면 부끄러움이 되었든 애착이 되었든 슬픔이 되었든—혹시라도 다시 기회가 주어진다면 그렇게 하지 않았을 것이라고 생각하며 사는 인생도 있다. 하지만 지하철은 오르고 나서 문이 닫히면, 그 차량이 향하는 대로 자신을 맡길밖에 다른 선택의 여지가 없다. 지하철은 한 방향으로만 간다. 앞으로.

일기에서

2009. 5. 9

O가 반드시 일기를 적어야 한다고 말한다.

그래서 그러기로 한다.

종이 쪼가리나 봉투 뒷면, 칵테일 냅킨 같은 데다 메모를 한다. 날짜를 적을 때도 있고 그러지 않을 때도 있다.

2009. 5. 12

내가 포도주를 한 병 가져가서 O의 옥상으로 올라갔다.

내가 뉴욕에 온 지 한 달 기념일.

"잔을 가져올까요?" O가 허둥대며 물었다.

"아뇨, 그러실 필요 없어요."

우리는 돌아가며 병나발을 불었다.

2009. 5. 31

친구 미구엘이 방문했다. 바닥 말고는 앉을 자리가 없다. "법적으로 허용하면 안 되는 집이야." 미구엘이 말한다.

"필시 어디선가 규정을 위반하고 있는 거라고."

2009. 6. 2

기억할 것 :

아침 5시 30분에 눈 떠 창밖의 나무를 바라본 일—나뭇가지들이 통풍장치 위에 떠다니는 것처럼 보이던 모습.

이파리들이 기린의 속눈썹처럼 파닥거리던 모습.

해가 뜰 때, 크라이슬러 빌딩이 매트라이프 빌딩에 그림자를 드리우던 모습.

2009. 6. 17

"누구 만나는 사람 있어요?" 누군가 물었다.

"뉴욕뿐입니다." 내가 답했다.

100퍼센트 진실은 아니다.

O는 사람들이 우리에 대해 아는 것을 불편해한다. 같이 외출했다가 아는 사람이라도 만날까 봐 얼마나 긴장하는지, 그 떨림이 몸으로 느껴진다.

*

보데하에서

마이클 잭슨이 죽은 여름

THE SUMMER MICHAEL JACKSON DIED

2009년 6월 25일 밤이었다. 나는 7번 애비뉴 사우스그리니치빌리지의 가로등 앞에 서 있다가 이 소식을 들었다. 누군가 마을의 전령처럼 큰 소리로 외치면서 가로등 조명을 가로질러 지나갔다. "마이클이 죽었다! 마이클이 죽었다! 마이클이 죽었다!" 그의 죽음이 내게는 타블로이드 언론, 타블로이드 문화에 대한 질책처럼 느껴졌다. 마이클에 대해 쓰인 모든 것, 소문으로 떠돌던 모든 것, 그의 뒤를 끈질기게 따라다닌 모든 암시와 의혹이 그를 고립시키고 괴물로 만들었다. 그 모든 것이 이제는 아무런 의미도 남지 않으리라고, 나는 확신했다. 이제 의미 있는 것은 마이클의 음악뿐일 것이다. 뉴욕 도처에서, 자동차 오디오에서, 술집에서, 계단참에 내놓은 초대형 카세트 라디오 스피커에서 그의 음악이 울려 퍼졌고, 사람들은 춤추었다. 거리에서, 인도에서, 지하철 승강장에서 그의 음악은 낭만에 가까울 정도로 무구하고 유쾌하게 느껴졌다. 적어도 일주일 정도는 그랬다. 그러고는 그의 죽음을 둘러싼

상세한 정보가 흘러나오기 시작했다. 마취제 과용, 되잖은 주치의, 평생 시달린 불면증과 수면제까지. 그리고 머잖아 마이클 잭슨의 죽음은 실비아 플라스보다는 안나 니콜 스미스 쪽으로 그려지기 시작했다. 순식간에 그의 음악마저 저속하게 느껴졌다. 한물갔거나 부정직하게 느껴지고 다 나쁘게만 들렸다. 〈Rock With You〉가 들려올 때마다 나도 모르게 불면증 환자 마이클이 프로포폴 주사에 취하는 모습이 머릿속에 그려지곤 했다.

O가 마이클 잭슨이 누군지 전혀 알지 못했던 일이 기억난다. "마이클 잭슨이 뭐죠?" 뉴스가 뜬 다음 날 O가 묻는데 '누구'가 아니라 '무엇'이었다. 어떻게 그 뛰어난 가수가 한 사람의 인간에서 외계생물체 같은 존재로 변질되어갔던가를 생각해보면, 아주 이상한 동시에 그 이상 적절한 표현도 없을 듯했다. O는 자기가 1955년 이후의 대중문화에 대해서 아는 것이 없다는 얘기를 자주 했는데, 결코 과장된 말이 아니었다. 그는 대중음악을 알지 못했고, TV에서는 뉴스 이외에는 보는 것이 없었고, 현대 허구 장르는 즐기지 않았고, 자신을 포함해서 유명인이나 명성에 대해서는 아무런 감흥이 없었다. 그는 컴퓨터 한 대 소유해본 적이 없고 이메일이나 문자메시지를 이용하는 일도 없었다. 모든 글은 만년필로 썼다. 이런 태도는 결코 허세가 아니었고 이런 자신을 자랑스러워하지도 않았다. '시류와 어울리지 않는' 이 느낌은 그를 극도로 수줍은 사람으로 만들었다. 하지만 그의 취향, 그의 습관, 그의 방식, 그 전부가 돌이킬 방도 없이 확고부동하게 우리 시대의 것이 아니라는 점은 부인할 수 없었다.

"내가 다른 세기에서 온 사람 같아요?" 그는 가끔씩 사무치듯 내게 물었다. "내가 다른 시대에서 온 사람처럼 보여요?"

"그래요. 그렇게 보여요."

이것이 내게는 그에게 매료되고 끌리는 부분이었다. 뉴욕에서 맞이한 첫 번째 여름에 다른 사람을 몇 명 만났지만, O와의 데이트는 완전히 달랐다. 우리는 영화관이나 현대미술관, 새로 생긴 식당이나 브로드웨이 연극을 보러 다니지 않았다. 우리는 브롱크스에 있는 식물원에서 긴 시간 산책했는데, O는 거기에 있는 양치식물의 모든 종에 대해서 아주 상세하게 알려주었다. 우리는 자연사박물관도 자주 찾았다. 공룡이나 특설 전시회가 아니라 보통은 사람 없는 예배당 같은 전시실의 보석과 광물, 그리고 특히나 원소를 보기 위해서였다. O는 그 원소 하나하나가 발견된 뒷이야기를 아주 소상히 알고 있었다. 밤이면 우리는 웨스트빌리지에서 이스트빌리지까지 천천히 걸었다. O는 걷는 내내 들떠서 쉬지 않고 이야기했고, 맥솔리의 올드에일하우스에 도착해서는 맥주와 버거를 먹곤 했다.

나는 O가 누군가와 사귀어본 적이 없을 뿐만 아니라, 게이라는 사실을 공개적으로 밝힌 적도 없다는 사실을 알게 되었다. 하지만 어떤 면에서는 그럴 이유가 없었다. 그의 말로는, 삼십오 년 동안 섹스를 하지 않았다나. 처음에는 그 말을 믿지 않았다. 사람이 오로지 일밖에 모르고, 읽고 쓰고 사고하는, 그렇게 수도승처럼 산다는 것은 경탄이 나오는 동시에 상상이 되지 않는 얘기였다. 두말할 여지없이, 그는 내가 아는 가장 특이한 사람이었다. 그리고 얼마 지나지 않아서 깨달았다. 내가 그냥 O와 사랑에 빠진 것이 아니라는 사실을. 그 이상의 무언가, 이제껏 내가 경험해보지 못한 무언가였다. 나는 그를 온마음으로 사모했다.

✶

올리버와 돌능금나무

일기에서

2009. 7. 9

O의 일흔여섯 살 생일.

아주 긴 키스가 끝났다. 나는 혀로 그의 입과 입술을 샅샅이 탐색했다. 그의 두 눈은 여전히 감겨 있었지만 어쩔 줄 모르는 놀라움이 얼굴 가득했다. "이런 게 키스인가요? 아니면 당신이 발명한 건가요?"

나는 웃음을 터뜨렸고, 무장해제되었다. 내가 특허 낸 거라고 하니, 비밀을 지키겠다고 맹세했다.

O가 살며시 웃는다.

"내가 여기서 더 꼭 안으면 당신 뇌에서 일어나는 일을 들을 수 있어요." 내가 그에게 말했다.

2009. 8. 18

우리는 〈로마의 비가〉에서 괴테가 잠든 연인의 등을 6보격 시 가락에 맞추어 손가락으로 톡톡 두드리는 장면에 대해 얘기했다.

"그녀의 잠 속 달콤하고 보드라운 숨결을 세는 손끝." O가 기억 속의 구절을 읊었다.

"또는 그의 잠 속." 내가 이어받았다.

2009. 9. 29

가끔 사람들이 올리버를 알아볼 때가 있다. 오늘 밤에는 한 젊은 남자가 우리 테이블로 다가와 자기를 소개했다. 노골적으로 끼를 부렸지만 O는 재미있어 하면서도 받아주지는 않았다. "내 인생에 이미 아주 매력적인 추가분이 하나 있으니까." 나중에 그가 말했다.

"그거면 충분하죠."

2009. 9. 30

재미있는 일 :

나는 가끔 섹스할 때 말하는 것을 좋아하는데, 사실상 귀가 먹은 사람과 섹스할 때는 이게 썩 효과적이지 못하다는 사실을 발견했다.

"뭐라고요? 말을 한 겁니까?" O가 한참 달아올랐을 때 더할 나위 없이 진지하게 물었다.

"올리버! 자꾸 두 번 말하게 할 거예요?"

그 순간, 동시에 웃음이 터지는 바람에 두 사람은 분리되었다.

"귀머거리 섹스", 우리가 이 상황을 애정 담아 부르는 명칭이다.

2009. 10. 24

C선 지하철로 72번 스트리트에서 14번 스트리트로 갔다. 날듯이 달려 사람 붐비는 칸에 올라타고는 기둥을 잡고 숨을 골랐다. 먼저 잡았던 승객의 체온이 남아 기둥은 아직 따뜻했다.

"그거 아팠어요?" 어디선가 들려온다.

목소리가 나는 방향으로 돌아섰다. 바로 앞에 앉은 젊은 라틴계 여성—열아홉이나 스물쯤 되었을까—과 눈이 마주쳤다. "그거 아팠어요?" 내 팔뚝을 가리키며 물었다. "그 문신이요."

나는 웃었다. "그랬죠. 사실 아팠어요. 피부가 아주 얇은 부위거든요. 신경종말이 많이 모인 곳이죠. 하지만 할 만했어요."

여자가 고개를 끄덕였다.

"어떤 걸로 하고 싶은데요?" 내가 물었다.

"요정이요. 아주 작은 걸로요. 그리고 운명을 뜻하는 이집트 상형문자도요."

여자는 앞머리를 완전 일자로 자른 구릿빛 단발머리 가발을 쓰고 있어 그런지 이집트 공주처럼 보였다. 그녀는 C선 지하철의 클레오파트라다.

"근사하겠는걸요. 해보세요." 내가 말한다.

클레오파트라는 미소로 답하며 좌석에 도로 앉았다.

2009. 10 추가한 기록

입원한 O를 찾아갔다. O는 슬프게도, 다년간 들었던 슈퍼헤비급 역도의 후유증으로 슬관절 전치환술을 받았다. 처음에는 우리 사이를 알지 못하는 한 친구가 병문안을 와 있었던 까닭에 몹시 당황한 기색이었다. 하지만 조금 지나니 내가 찾아와서 기뻐한다는 것을 알 수 있었다.

2009. 11. 11

무릎 수술이 좌골신경통과 디스크 같은 다른 문제들을 악화시켰다. O는 격심한 통증 때문에 앉은 자세로는 글을 쓸 수 없었다. 이러다 척추 수술까지 받아야 할 판이었다. 나는 주방 조리대에다 지하실에서 찾은 널빤지 한 장과 책 더미를 이용해 직립용 책상을 만들어주었다. 올리버는 이제 밤새도록 쉬지 않고 새 책《마음의 눈》집필에 몰두할 수 있다.

"글 쓰는 것이 통증보다 훨씬 더 중요한 일이야." 올리버가 말했다.

2009. 12 추가한 기록

머리를 O의 가슴에 대고 누워 있으니 그가 내 이두근을 보드랍게, 아주아주 보드랍게 어루만진다. 나는 딜라우디드강력한 진통마취제가 효과를 보기 시작했구나, 생각한다.

"요 녀석 맘에 들어요?" 내가 물었다.

"오, 물론이지. 얘들은 그러니까…, 아름다운 종양 같아."

나는 키득키득 웃었다. 어찌나 우쭐한지.

"요염한 발기랄까!"

나 : "뭐 필요한 거 있어요?"

O : "양말 좀 벗겨줄 수 있을까?"

나는 웃으면서 부탁을 들어주고, 그의 이마에 키스하고, 잘 자라고 인사한다.

"빌리하고 있으면 황홀하게 편안해." O가 말한다.

2009. 11. 21

혼잣말. 이동통신회사 우편봉투 뒷면에 씀.

"힘이 들 때면 애초에 어쩌자고 이리로 이사한 걸까, 하는 의문이 들 것이다. 하지만 항상 뉴욕이 답을 줄 것이다."

그래, 이걸 기억해. 뉴욕이 항상 답을 줄 거라고.

2009. 12. 22

크리스마스 휴일을 가족과 함께 지내기 위해 공항 가는 길, 작별 인사를 하려고 O의 사무실에 들렀다. 지금까지 몇 주 동안 마음속에서 서서히 자라나고 있었지만 한 번도 표현한 적 없는 무언가를 고백했다.

"당신을 사랑하게 됐어요, 올리버." 올리버가 눈물을 꾹 참는 모습이 보였다. 그의 머리에 입 맞추고 그를 꼭 안고서 다 괜찮을 거라고 그에게 말했다. 시애틀에서 금방 돌아올 거라고. 그는 고개를 끄덕여 대답했다. 우리는 O의 방에서 나왔다. 두 명의 비서 케이트와 헤일리가 일하고 있었다. "이 친구 잘 감시해요." 내가 말했다. 그런 뒤 O와 나는 (둘만의 자리가 아니었기에) 악수로 인사했다.

2009. 12. 26

O가, 뉴욕에서 전화를 걸어와, 더듬거리며 말한다. "내가 온갖 제약을 갖고 있다는 거 알아요. 장벽을 쳤죠. 빌리하고 사람 많은 곳에 다니는 것도 꺼려했어요. 이제 말하고 싶어요. 나도 당신을 사랑하고, 어디

든 당신과 함께 가고 싶다고."

나라 반대쪽에서 나는 함박웃음을 지었다.

"나도, 당신하고, 어디든 가겠습니다, 젊은이." 내가 말했다.

*

공원의 젊은 연인

지하철의 낚시꾼

A FISHERMAN ON THE SUBWAY

어느 날 저녁 1호선 지하철에서 낚시꾼 한 사람을 만났다.

아무리 사람이 붐비는 퇴근 시간이었더라도 그를 못 보고 지나쳐 버리기는 어려웠을 것이다. 그는 잠망경처럼 모든 이의 머리 위로 불쑥 솟아 있는 기다란 낚싯대 한 쌍을 들고 있었다. 내가 탄 다음 정거장에서 탑승한 그는 한 손으로는 낚싯대를 잡고 한 손으로는 열차 기둥을 잡고서는 내 어깨 너머로 지하철 노선도를 훑고 있었다. 190센티미터는 돼 보이는 큰 키에, 나이는 이십 대 중반, 도미니카 공화국과 베트남 사람의 혼혈로 보였다.

그는 찡그린 눈으로 지하철 노선을 따라가다가 방향을 확인하고는 흡족해하면서 두리번거리다 내 옆의 빈자리에 앉았다. 무릎 사이에 낚싯대를 꽂고는 다리를 바짝 오므렸다.

지하철에서 강태공이 옆자리에 앉았는데 말 한마디 건네지 않는 것은 예의가 아니다.

"좀 잡았어요?"

"오늘은 허탕이네요." 그다지 괘념치 않는다는 투다.

나는 퇴근길이었다. 직장이 아니라 낚시하고 돌아오는 길이라면 기분이 그만일 것 같았다. "사람들은 어디로 가나요? 내가 물고기를 잡고 싶어지면 어디로 가면 될까요?"

"스태튼아일랜드죠. 낚시하기 아주 좋은 곳이에요. 줄농어 말씀입니다. 오늘은 배터리 공원으로 갔더니만. 부둣가에서 했어요. 시간도 넉넉지 않았고요. 딱 한 시간 했으니까요."

"입질은 있었어요?"

"그럼요, 당연하죠. 많이 달려들었어요. 잡지는 못했지만. 녀석들이 딱 물고는 느낌을 봅니다. 갈고리가 느껴지면 바로 뱉어요. 아주 영리해요, 녀석들이. 낚시가 낚시꾼 맘대로 된다고 생각한다면, 그건 가엾기 짝이 없는 착각입니다."

낚시에 대해서라면 알 만큼 안다는 사람의 말투였다.

나는 그 말이 맞는 것 같다고 말했다.

"기다릴 줄을 알아야 해요." 그는 설명을 이어갔다. "겨우 한 시간으로 뭘 잡을 수 있다고 생각하면 안 되죠. 녀석들도 눈치가 빤하거든요. 오늘 거기 간 건 그냥 나가고 싶어서예요."

"물고기도 보고?"

그는 고개를 끄덕였다. "물도 보고 싶고요."

뉴욕에서 사노라면 쳇바퀴 같은 생활에 치여 잊고 지내는 사실이 있다. 우리가 섬에 살고 있다는 사실 말이다. 나는 속으로 생각했다. 섬. "멋지다." 나는 중얼거렸다.

"밤이 최고죠. 맑은 날이면 별이 하늘 가득하고 물에서는 물고기가 뛰고."

그림을 그리라면 그릴 수 있을 것 같았다. 배경으로는 엠파이어스테이트 빌딩이 보였다.

"한번은 상어를 잡았죠." 그의 말에 점점 생기가 돌았다. "돌묵상어였어요. 못생긴 놈이었죠. 대낮이었어요. 강도 100파운드짜리 라인을 잡아먹고 한 시간 넘게 씨름해서 낚아 올렸어요."

"뉴욕에 상어라니, 어째 놀랍지가 않군요."

그는 웃음을 터뜨렸다.

낚시꾼은 손목시계를 보더니 시간에 딱 맞출 수 있을 것 같다고 말했다. 아주 아슬아슬하게. 6시까지 브롱크스에 있는 회사로 출근해야 한다고 했다.

그의 시계를 보니 이미 여섯 시를 가리키고 있어서 그렇다고 말해주었다.

"그렇죠. 항상 15분 빠르게 해둬요. 그래도 노상 지각이죠. 낚시를 하다가 중간에 끊고 일어나는 건 정말 어렵거든요."

"햐…, 그게 바로 사랑이죠." 나는 일어섰다. "지하철 연착이 없기를 바랍니다. 상어도 더 이상 만나지 않기를요." 나는 잘 가라고 인사하고 내가 내릴 역에서 내렸다.

그는 계속해서 타고 갔다. 아마도 제시간에 들어갈 것이다.

*

블루마운틴센터에서

일기에서

2010. 1. 11

O : "나를 놀라게 하는 낱말이 날마다 하나씩 나와."

2010. 1. 18

O : "결국 상호 관계가 문제 아니겠어요?"

나 : "사랑이요? 사랑 얘기하는 거예요?"

O : "그래요."

2010. 2. 1

나른한 일요일, 오후에서 저녁으로, 저녁에서 밤으로, 밤이 아침으로. "난 그냥 당신 곁이나, 당신 옆에 있는 게 좋아요." O가 말한다. 그는 내 가슴에 귀를 갖다 대고 심장 뛰는 소리를 들으며 수를 센다. "예순둘." O가 만족스럽게 미소를 띠며 말하는데, 이보다 더 내밀한 것이 있을 수 있을까? 상상이 되지 않는다.

2010. 2. 7

O가 흰나비 얘기를 들려준다. 산업혁명이 발생한 초기 잉글랜드에서

흰나비 날개가 공장 매연으로 더러워졌는데, 단기간에 흰색에서 회색으로 진화했다고 한다. 자동차 경적 소리, 공사장의 소음, 도로의 소음보다 크게 들려야 해서 노랫소리가 커진 어느 도시의 새(비둘기였을까?) 이야기도.

"자연에는 가속 진화의 예가 아주 드물지."

O도 지난 일 년 동안 얼마나 달라졌는지 생각하지 않을 수 없다.

"그런 것 같네요." 내가 말했다.

2010. 6. 9

O의 아파트 옥상이다. 저녁 일곱 시. 쾌적한 온기를 품은 선들바람이 불고 해는 떨어지고 맨해튼의 마천루와 치열하게 경쟁하는 구름은 눈앞에 보이는 그 어떤 것보다도 강렬하다. 하지만 O는 저 모든 것을 보지 못한다. 오른쪽 눈의 혈병을 제거하는 수술을 받았기 때문이다. O는 시신경의 흑색종 제거 수술 때 잃었던 시력을 이번 수술로 어느 정도 회복하기를 고대하고 있다. 앞으로 며칠 동안은 혈병이 더 생기거나 망막하액 축적이 일어나지 않도록 고개를 숙이고 있어야 한다.

"어떻게 생겼는지 말해줘요." O가 말한다. "구름을 묘사해줘요." 나는 그의 얼굴이 내 가슴팍에 묻히도록 가까이 당겨 안고 하늘을 바라본다. "자, 그러니까." 어떻게 시작해야 할지 막막하다. "커요. 아주 커요."

"그리고?"

"그리고 특히 인상적인 것은—그렇다. 나는 그냥 보는 것이 아니다—움직이지 않아요. 미동도 하지 않아요. 이게 더 놀라운 건, 지금 바람이 강하거든요. 하지만 마치 자세를 취하고 기다리는 것 같아요. 내가 제대로 관찰해서 당신한테 말해줄 수 있게 말이에요."

"아우, 귀여워." O가 중얼거린다.

"지금 눈에 띄는 건, 전에는 생각해보지 못한 건데요, 구름이 하얀색이 아니라 재색이라는 거예요. 근사하게 푸른빛 도는 재색이에요. 백랍색이라고 할게요."

"오스뮴같이?" 이렇게 묻는 O의 표정에 희망과 기쁨이 드리운다. 나는 웃음이 나왔다. "그러네요, 딱 오스뮴 같아요. 오스뮴 구름."

"아, 내가 봐야 하는 건데." O는 이렇게 말하면서 갈망 어린 눈빛으로 하늘을 훔쳐봤다.

우리가 옥상에 올라온 것은, 우리의 습관대로, 포도주를 좀 마시기 위해서였다. 평소 같으면 병나발을 불었을 것이다. 하지만 O가 고개를 뒤로 젖히는 일이 없도록 빨대를 가져왔다. 그는 빨대로 길게 한 모금 빨고는 내게 병을 넘긴다. 품질 좋은 카베르네 쇼비뇽 와인을 빨대로 마시는 것도 웃긴데, 내 순배가 끝나기가 무섭게 빨대가 도로 병에 꽂히는 건 더 웃기다. 게다가 다시 내게 돌아오지 않는다.

나는 빨대를 하나 더 가져오려고 내려갔다.

옥상으로 돌아오니 O가 옥상 난간을 껴안고 있었다.

"뭐가 보여요?"

"응, 그저 빛깔과 모양, 그림자만 보고 있었어요." 그가 말했다.

"좋군요. 나한테도 보여줘요."

"저기." O가 아래쪽의 분홍빛 빌딩을 가리킨다. 우리는 오래도록 말없이 빛깔과 그림자를 바라보았다. 그러다가 O가 말문을 열었는데, 바로 내가 생각하고 있던 것이다. "이건 눈 수술 받은 사람이 할 수 있는 완벽한 일이군요. 아래쪽만 볼 수 있으니."
우리는 인도를 걷는 사람들, 길을 건너는 사람들을 내려다보면서 다양한 걸음걸이에 대해서 논했다. "성큼성큼 걷는 걸음, 종종거리며 걷는 걸음, 성급한 걸음, 어슬렁거리는 걸음이 있고, 이동하는 걸음 보행…."
이 마지막 말에서 옆으로 새더니 계속된다. "걸어서 이동하기, 보행하다, 보행…. 어디서 온 말일까? 《옥스퍼드 영어사전》 찾아봐야겠어요."

2010. 7. 10

식물원에 갔다가 차로 돌아오는 길, 좌석을 있는 대로 뒤로 젖히고(좌골신경통 때문) 선글라스를 쓴 채(눈 때문) 앉아 있던 O가 별안간에 말을 시작하는 바람에 깜짝 놀랐다(잠든 줄 알았다). "당신이 내게 어떤 의미인지 갑자기 깨달았어. 욕구를 일으키고는 그것을 채워주는 사람, 허기지게 만들어놓고는 그것을 달래주는 사람. 예수 같고 키르케고르 같고 훈제연어 같은 사람…."
나 : "나한테 그렇게 낭만적인 말을 해준 사람은 없는 것 같아요."
O는 살포시 웃고는 덧붙인다. "일종의 가르침이죠. 희한하긴 해도…"
나중에 : 나는 O가 내가 운전하는 모습을 사랑스러운 눈빛으로 지켜보고 있다고 생각했는데, 그게 아니었다. "주행거리계를 보고 있으니 원소가 생각나는군." O가 말했다.

2010. 8. 17

O의 아파트에 들러 아이스크림을 가져다주었다. 애빙든스퀘어 공원

에서 반딧불이를 보았다고 말해주었다—반딧불이라니!

O : "입 다물고 있었어요?"

나 : "입 다물고 있었냐니, 그게 무슨 말이에요?"

O : "세 마리면 사람이 죽을 수도 있다고 하잖아요. 루시페레이스생물발광을 촉매하는 산소화 효소의 총칭 그거 아주 위험해요."

나는 웃고 있는데 O는 아니다. 진지하게 하는 말인지, 농담인지 분간이 되지 않는다.

O : "당신이 반딧불이로 죽는 건 바라지 않아요…. 빛나는 죽음이라니!"

2010. 12. 27

샌프란시스코, 팰리스 호텔. 크리스마스를 여기서 쉰다. 불 끄고 침대에 들었다.

O : "오, 오, 오…!"

나 : "무슨 일이에요?"

O : "당신의 5번 갈비뼈를 찾았어!"

한밤중에 : "우리가 같이 꿈을 꿀 수 있다면 정말 근사할 것 같지 않아?" O가 속삭인다.

2011. 1. 1

할 일 :

- 집세 점검 등

- 전화기 교체?

- 아파트!

- 엄마한테 전화하기

- 일기장 구입/시작하기

2011. 1. 4

어휘표에 대하여 :

나 : "일람표로 작성하는 거 있어요, 올리버?"

O : "리비도 목록 말고?"

나 : "그건 기본이고요."

O : "좋은 생각과 말의 흐름을 적어나가고 싶어요, 내가 살아 있는 한…. 당신은요? 당신은 뭐를 일람표로 작성해요?"

⋆

패션쇼 입장을 기다리는 남자

별 위에 쓴 시

A POEM WRITTEN ON THE STARS

6시 반경 산책하러 나갔다. 누군가 비가 올 거라고 했지만 하늘은 충분히 맑았다. 나는 8번 애비뉴를 걷다가 23번 스트리트에서 길을 건넜고 10번 애비뉴에서 계단이 보여 오르기 시작했다. 하이라인뉴욕 도심의 버려진 고가 화물열차길을 공원으로 조성한 곳이었다. 이건 내가 기대했던 바다. 하지만 하이라인이 그토록 북적거릴 것이라고는 예상하지 못했다. 공항의 무빙워크에 갇힌 형국이었다. 환경 탓하다가 놓쳐버리기에는 너무 아까운 밤이었다. 특히나 그런 아름다움을 만끽할 기회라면.

그래서 상상하기로 했다. 나도 관광객이라고. 어떤 미지의 나라로 가는 항공편을 타러 멀리 떨어진 탑승구로 가고 있다.

중간 어디쯤에서 모자를 잃어버렸다. 13번 스트리트에서 하이라인을 빠져나올 때가 되어서야 알아차렸지만, 이쯤 되니 왔던 길로 돌아간다는 것은 상상이 되지 않았다. 대신 집으로 돌아가는 길은 하이라인 아래 어두운 그림자 속 '하층 사회' 길을 이용하기로 했다.

하이라인 아래쪽은 다른 세상이다. 어떤 세차장 입구에서 걸음을 멈췄다. 1970년경에 지어진 곳으로, 비어 있지만 운영 중이다. 어떤 주유소에는 주유구 한 개에 택시 열네 대가 줄을 서 있다. 나도 기다리는 줄에 낄 뻔하다가 그대로 걸었다. 앞쪽에 공중전화가 보였다. 공중전화라니! 가서 보지 않을 수 없다. 동전을 넣으면서 장거리전화를 걸던 기억이 스쳐 지나간다. 동전이 딸그락 떨어지던 소리, 목소리가 연결되던 마법, 동전이 다 떨어졌을 때 그 애타던 마음이.

한 남자가 전화를 하고 있고, 다른 한 사람은 부스에 몸을 기댄 채 차례를 기다리고 있었다. 몸을 기대고 선 남자는 짙은 피부색에 추위에 대비한 듯 어두운 색 옷을 입고 있어 눈길을 끌었다. 그는 흰 장미 다발을 손에 들고 있었고, 길에서 사는 사람의 행색이었다.

나는 그를 보고 웃으며 없어진 모자를 살짝 들어 인사했다. "매력적인 밤이죠." 비록 이 거리가 황량하고 지저분했어도, 진심으로 그렇게 느꼈다. 그 순간이 매력적으로 느껴진 데는 이 남자와 오래된 공중전화 부스가 한몫했다. 남자도 나에게 미소로 답했다.

모퉁이에서 인기척이 느껴져 돌아보았다. 장미 든 남자가 아주 빠른 걸음으로 내게 다가왔다. 꽃부리가 까닥거리면서 그의 가슴에 부딪히는데, 맨머리 아기 여남은 명의 모습이 떠올랐다.

"저 당신 알아요." 남자가 하는 말이었다. "우리 만난 적 있습니다."

그럴 가능성도 배제할 수는 없다. 뉴욕에서 사는 동안 기억에 남는 낯선 사람을 많이 만났으니까. 남자는 내 정면에 서더니 내 생각을 읽으려는 듯 내 눈을 들여다보았다. 그러더니 표정이 밝아진다. "제가 시를 써드렸죠?" 남자가 말했다.

나는 그의 눈을 마주 보면서 기억을 더듬었다. 드디어 장막이 걷혔다. 2009년 겨울. 새벽 2시. 눈보라. 7번 애비뉴와 크리스토퍼 스트리트가 만나는 지점에서 택시를 내리고, 모퉁이에서 노숙인처럼 보이는 남자를 본다. 택시비 내고 남은 돈에서 5달러를 그에게 준다. 그는 고맙지만 자신은 결코 뭘 공짜로 받는 사람이 아니라고 말한다. 내게 보답으로 줄 수 있는 것은 시 한 편뿐이라며 목록을 대고 내게 고르라고 한다.

"물론 사랑시죠." 내가 요청한다. 그렇게 해서 그는 그 자리, 휘몰아치는 눈 속에서, 사랑에 대한 시를 암송한다—사랑에 빠지는 것과 상심에 대하여. 시어들이 바람에 실려 그의 입에서 내 귀로 들어온다. 이 년 반이 흐른 후, 모퉁이는 다르지만 같은 하늘 아래에서 우리가 다시 만난 것이다.

"빌리, 당신을 위해 다른 시를 또 하나 쓰겠습니다." 그가 말했다. 자기 이름은 울프 송이라고 다시 말해주었다. 이번에는 나를 위해 손수 적어주고 싶다고 했다. 우리 둘 다 필기도구가 없었다. "펜 하나 사 주시겠습니까?" 시인이 물었다.

우리 뒤쪽에 편의점이 있었다. 나는 울프 송에게 1달러짜리 검정 볼펜을 사 주었다. 그가 냉장고에서 맥주를 한 병 꺼내왔다. 그것도 계산했다.

우리는 편의점을 나와 걷기 시작했다. "자요, 제 문서보관서로 모시겠습니다." 울프 송이 말했다. "보시면 알 거예요. 시로 가득한 곳입니다." 그는 펜을 귀 뒤에 꽂고 맥주는 종이봉투에 넣었다.

나는 조금 긴장됐다. 해가 떨어지고 있었다. 우리는 근처의 인적 없는 거리로 향했다. 우리 머리 위 하이라인에서 웅성이는 인파 소리가 들려왔다. 내가 고함을 질러도 아무도 듣지 못할 것이다.

"종이가 좀 필요하겠어요, 빌리." 그가 말했다.

보도에 신문지가 보였다. 〈뉴욕타임스〉에서 찢겨 나온 한 장이었다. 울프 송이 집어 들었다. 뭔가가 내 시선을 사로잡았다. "보라, 하늘에도 지도가 있다." 일요일판의 "하늘 관찰" 칼럼. 별자리표라는 것을 알아보았다.

울프 송은 어안이 벙벙한 표정이었다. 하루 종일 하늘에 대한 시를 생각하고 있었다고 했다. "그럴 운명이었나 보군요." 내가 말했다. "그럼, 별 위에다 써주시는 건 어때요?"

그가 문서보관소로 나를 이끌었다. 문간이랄까, 그냥 작은 벽 같은 곳이었다. 벽에 붙어 있는 시는 없었다. 하지만 그에게는 있었다. 이곳이 그에게는 시작詩作을 위한 은신처였다. 그의 언어가 우리를 에워싸는 것이 느껴졌다.

그러더니 길에 주차된 어떤 차를 향해 걷기 시작했다. 그는 장미와 맥주 깡통을 보닛 위에 내려놓았다. 그의 책상이었다. 그 위에 신문지를 놓더니, 갑자기 사람의 시선을 의식한 듯, 잠시 망설이다가 펜을 손에 들었다. "당신이 써요." 그가 말했다. "제가 필체가 썩 좋지 못하거든요."

내가 잘하실 거라고, 안심시켜주었다.

"좋아요, 빌리. 이건 오직 당신을 위한 겁니다." 그는 느릿느릿, 고심하며, 신중하게 한 글자 한 글자, 별자리 지도 위에 자신의 시를 써 내려갔다. 다 쓰고 나서는 소리 내어 읽었다. 이것은 마치 하늘에 부치는 공안公案이었다.

하늘은 어째서

그토록 많은

고통을

빗방울처럼

눈 속에

당신의

이야기 속에

우리 둘은 함께 하이라인 고가와 어둑어둑해지는 하늘 아래 텅 빈 거리, 종잇조각에 쓰인 시어를 보았다. 우리 사이를 무언가가 지나갔다. 우리 둘 다 눈에 눈물이 맺혔다.

우리는 악수를 하고 서로에게 고맙다는 인사를 나누었다. 그는 나에게 시와 장미 세 송이를 주었고, 나머지 아홉 송이는 그날 밤 별 내리는 하늘 아래 만날 다른 뉴욕 사람에게 주기 위해 자신에게 남겨놓았다.

"우린 다시 만날 거예요." 내가 말했다. "확신합니다."

나는 돌아서서 걷기 시작했다. 그제야 신문의 하늘 지도에 딸린 칼럼을 읽었다.

"이번 주에는 내행성인 금성이 태양의 표면을 통과하면서 태양 원반을 지나는 작고 검은 점처럼 보이게 된다. 금성 일면통과라고 불리는 이 현상은 아주 희귀한 천문 현상의 하나다."

기사는 또 유사 이래로 인류가 금성 일면통과를 목격한 것이 여섯 번밖에 되지 않는다면서 이야말로 두 천체의 우연한 만남이라고 전하고 있다. 돌아오는 화요일에 이 만남이 이루어지면 다음 일면통과는 105년 동안 없을 것이라고.

모퉁이에 이르러 시인에게 손을 흔들려고 돌아보았는데, 그는 이미 가고 없었다.

일기에서

2011. 1. 8

"한 일은 후회하지 않는다. 후회하는 것은 하지 않은 일뿐이다. 이런 면에서 나는 범죄자와 비슷하다."

2011. 2. 13

O : "두 쾌락을 동시에 즐길 수 있을까?"

나 : "어떤 거요? 예를 들어봐요."

O : "브로콜리 맛과 가죽바지 입은 당신의 허벅지 느낌."

나 : "브로콜리요? 그게 당신이 들 수 있는 예예요?"

O : "그게 동시지각, 아닌가? 어떤 방식으로 융합은 되지만 각각의 정체성은 잃지 않는."

2011. 3. 17

O가 사무실에서 양탄자에 걸려 넘어지는 바람에 고관절 골절상을 입어 병원에 입원했다. 오늘 아침 마취에서 깨면서 나를 보고 말한다.

"오늘 아주 예뻐 보여…. 덜 공개적인 환경이었다면 키스했을 거야."

내가 그에게 키스했다. 무작정.

2011. 6. 7

시애틀의 병원에서 O에게 전화했다. 어머니의 임종이 피할 수 없이 가까워진 시점이었다. O가 나보고 꼭 친구들하고 외출해서 웃고 떠들 시간을 가져야 한다고 했다.

"나도 어머니가 돌아가셨을 때, 내 가장 오랜 벗이 바로 전화를 걸어왔어. 괘씸하기 짝이 없게도, 아주 음란한 우스갯소리를 연거푸 세 개나 말해주는 거야. 천장이 무너져라 웃고 나니까 비로소 눈물이 나오더라고."

나는 그의 조언을 따랐다.

2011. 6. 19

어느 날 아침 O가 '구름학'이라는 낱말 꿈을 꾸었다고 말해줬다. 또 다른 아침에는 '마찰발광'이었다.

나 : "그렇게 예쁜 단어가 있군요. 그런데 왜 마찰발광이었을까요?"

O : "나는 전구를 좋아해."

내 질문에 대한 답 같지는 않았지만, 아무튼지 마음에 드는 말이었다. 그러고는 내게 《옥스퍼드 영어사전》에서 해당 권을 가져다달라고 청했다. 돋보기도 함께.

O : "이런, 흥미롭군! 마간석…, 마찰계…, 또 보자…." 그는 계속해서 찾는다. "여기 있었군! 마찰발광. 엄청난 마찰이나 격한 압력을 받았을 때 발광하는 성질—1879년."

추가한 기록

O : “우리는 타인의 내면으로 어느 정도까지 들어갈 수 있을까? 궁금하네. 눈빛을 꿰뚫어 보고, 그들의 느낌을 통과해서 느끼는 것이? 그런데, 그걸 정말로 원하기는 할까…?”

✶

출소 첫날

이사 가는 남자

THE MOVING MAN

뉴욕에서 처음 얻은 아파트의 임대 계약 갱신일이 다가오자 집주인은 월세를 올렸다. 비좁은 공간에 6층까지 걸어서 올라가야 하는 집에다 그만한 돈을 내야 할 까닭이 없다고 생각해 이사해야겠다고 마음먹었다. 이스트사이드, 1번 애비뉴, L선의 역에서 몇 블록 떨어진 곳에 상대적으로 저렴한 집을 찾았다. 충동적으로 결정한 일이었다. 당시 아무 생각 없었다는 것을 지금은 안다. 며칠 가지 않아서 끔찍한 실수였음을 알았다. 아파트라기보다는 동굴이랄까, 남자 학생회관 같은 파티용 건물이었다. 창틀마다 비둘기가 줄지어 앉아 구구거리고 똥을 갈기고 부리로 깃털을 다듬느라 여념이 없는데, 내가 아무리 쉿쉿거리며 쫓아도 꿈쩍도 않는 것이, 마치 우리가 너보다 여기 온 지 오래됐다, 그것도 아주 오래됐다는 것을 보여주려는 듯했다. 새로 이용하게 된 지하철 노선이 도저히 마음에 들지 않는 점도 이 못지않게 괴로웠다. 나는 매일 아침 무거운 마음으로 유니온스퀘어 역에서 4/5호선을 타고 파이

낸셜디스트릭트로 출근했다. 불협화음 같은 불쾌한 소음에 차량 안은 혼잡했고, 내 눈에는 그 어떤 지하철보다도 구제할 길 없이 더러워 보였다.

사실 더 끔찍한 것은 L선, 웨스트사이드의 올리버네 집에서 내 집으로 올 때 타는 열차였다. 빠르고 자주 왔으니까 열차 자체는 문제가 아니다. 그것이 상징하는 바가 문제였다. 그 방향의 L선 열차는 브루클린으로 가는 승객으로 꽉 찼는데, 귀가하거나 파티에 가는 사람들이었다. 승객들은 다 눈에 띄게 개성 넘치고 화사한 젊은이들인데 나는 정말 있고 싶은 곳으로부터 쫓겨난 늙은이가 된 기분이었다.

이제는 나의 불평불만을 지하철에 투사하는 것에 죄책감마저 든다. L선과 4/5호선? 나를 집으로 데려다주고 정각에 안전하게 출근시켜주고, 탈 때마다 볼거리와 새로운 발견까지 선사하는 이 열차들이 무슨 잘못이겠는가.

무자비하게 습한 여름 오후 4/5호선 열차를 기다리다가 나는 뜻밖에도 유니언스퀘어 역 천장에 설치된 거대한 선풍기 아래, 질식할 것 같은 열기로부터 숨 돌릴 피신처를 발견했다. 이때껏 한 번도 보지 못했는데. 나는 세차장의 마지막 구간에 진입한 자동차처럼, 그 자리에 감사한 마음으로 서서, 광풍 건조기에 땀에 전 옷을 말렸다.

그날처럼 뜨겁던 어느 날 그 자리 근처에서 한 젊은 여자가 열차 승강대 끝 바로 몇 걸음 뒤에서 기절하는 것을 보았다. 여자가 느린 동작으로 맥 풀린 듯 주저앉았고, 정확히 정반대의 속도로 두 사람이 다가와 여자를 부축했다. 내가 다가갔을 때 여자는 아주 능숙한 조치를 받고 있었다. 한 남자가 여자의 머리를 받치고 있었는데, 알고 보니 의사였고, 바로 곁에서 쓰러진 여자의 손을 잡고 있는, 초자연적인 평온함을 지닌 사람은 마치 요가 강사처럼 보이는 여인이었다. 여자의 정신이 돌아오고 얼굴에는 여전히 공포와 혼란한 기색이 가득했지만, 평온한 여인이 여자를 진정시켰고 의사는 처치를 맡았다. 머지않아, 두 사람은 신선한 공기를 쐬기 위해 여자를 부축해 밖으로 나갔다.

시내 횡단노선 열차를 이용하면서 겪은 일도 떠오른다. L선이 아니었다면 나는 파블로를 만나지 못했을 것이다. 1번 애비뉴와 14번 스트리트 교차점에 있는 역사 입구에서 미스터소프티 아이스크림 트럭을 세우고 장사하던 젊은 도미니카공화국 출신 젊은이. 아이스크림 하나 사 먹으면서 가볍게 안부 인사를 나누고 나면 집에 가는 길이 한결 편안해지곤 했다.

이 노선의 반대 방향 끝에는 장애인 화가 조세프가 있다. 나는 그의 그림을 수집했고, 그의 열정은 늘 내게 영감을 주었다. 휠체어에 몸이 매인 조세프가 그림을 그리고 팔기 위해서 날마다 타임스스퀘어에 있는 SRO호텔미국 정부의 극빈층 1인 가구 지원용 공공 임대주택으로, 오래된 호텔이나 학교 따위를 개량하여 공급한다에서 나와 8번 애비뉴 역으로 나오는데, 내가 무슨 핑계로 작업을 하지 않을 수 있단 말인가?

그즈음 나는 상근하는 회사에 몸도 마음도 매여 글쓰기를 포기하다시피 하고 있었다. 게다가 1월쯤 되었을 땐 주거 환경에 대한 절망감에 빠져 있었다. 그 동굴에서 다시 일 년을 버틸 자신이 없었고, 올리버와 나는, 우리한테는 같이 산다는 것이 이루어지지 않을 일이라고 결론 내렸다. 우리 둘 다 자신만의 공간이 필요한 사람이었기에, 그에게나 나에게나 적합하지 않은 일이라고. 어쩌면 지하철 여행도 끝인가 보다, 고 나는 생각했다. 빙글빙글 자유롭게 돌아가는 회전식 개찰구는 잠기고 역은 닫혔다. 하지만 이제 뭘 하지? 어디로 가야 하지? 뉴요커가 된다는 것과 이 도시에서 자신이 원하는 삶을 살겠다고 의식적으로 결심하는 것은, 철저히 다른 일이다. 그럴 힘이 내게 있는지, 나는 확신이 들지 않았다. 단지 불굴의 정신만으로 될 일은 아니었다. 거기에는 그 이상의 무언가, 말로 잘 설명할 수 없는 무언가가 필요했다.

바로 이 시점에 호머라는 뉴요커의 형상을 입은 행운 또는 운명이, 딱 맞아떨어지게, 내 삶에 개입했다. 올리버가 사는 아파트 경비인 호머가 올리버네 집에서 세 층 위인 11층에 방금 계약이 취소된 집이 있다면서 구경시켜주었다. 그 공간의 많은 것이 더없이 적절해 보였지만, 무엇보다도 조명이 아름다웠다. 전면에 창이 있는 작은 아파트였다. 남쪽으로는 시내 경관이 보이고, 서쪽으로는 은빛 잔잔한 허드슨 강이 보였다. 내 눈에 들어오는 모든 곳에서 삶이 보였다.

이 집에 산 지 이제 육 년째다. 아직까지 이 창문에 블라인드나 커튼을 치지 않았고, 앞으로도 그러지 않을 것이다. 여기가 뉴욕에서 정확히 어디인지는 말하지 않으련다. 여기에 사는 사람이든, 살고 싶은 사람이든, 방문할 예정이든, 당신과 내가 어쩌면 스쳐 지나가듯 만날지도 모른다는 사실만 알면 된다. 어쩌면 오늘일지도, 또 어쩌면 지하철에서일지도.

바로 요전 날 밤, 집으로 돌아오는 지하철에서 기분 좋은 만남이 있었다. 내 근처에 또래로 보이는 사내가 서류가방 하나, 군용 배낭 하나, 배낭 하나, 그리고 꽉 찬 쓰레기봉투까지 해서 두 사람 좌석을 차지하고 앉아 있었다. 그가 내 눈에 들어왔다(아니면 내가 그의 눈에 들어갔을까?). 녹초가 된 그의 표정이 친근하게 느껴졌고 나는 듣고 있던 아이팟을 껐다.

"무슨 일 있어요?" 내가 물었다.

사내는 침울하게 고개를 저었다. "한 사람에겐 너무 많은 짐이죠."

"그런가요?"

이 정도면 충분했다—출발을 알리는 호각 소리나 다름없는 대화였다. 그는 바로 말문을 열더니 어쩌다 오늘 이사를 하게 되었는지, 어쩌다 트럭을 가진 녀석이 도와주겠다고 약속을 하게 되었는지를 토하듯이 털어놓았다. 그리고 지금은 이 빌어먹을 솔로로 뛰는 계주 마라톤이 세 바퀴째라고.

"그거 짜증 나겠네요." 내가 말했다. "진짜 짜증 나죠. 하지만 이 모든 것의 끝에 뭐가 있는지 알아요?"

사내는 당황한 눈치였다. 아니면 그냥 탈진한 것일 수도.

"식스팩입니다."

사내가 씩 웃었다.

"내 대신 하나 잘 키워줘요." 나는 이렇게 말하고 내릴 역이 되어 내렸다.

✶

그리니치빌리지 7번 애비뉴에서 만난 연인

일기에서

2011. 6 날짜 없는 날의 기록

두 단어로 말하는 우리 둘의 차이 :

"미 투." 내가 말한다.

"아이 투." O가 고쳐준다.

2011. 6. 28

일본 미야기에서 O와 함께. 우리는 인생이 바뀐 순간, O의 표현으로는 "개종 경험"에 대해서, 긍정적인 것과 부정적인 것으로 각자의 목록을 나열한다. 나는 조니와 존 디디온, 다이앤 아버스, 에드먼드 화이트를 발견한 일, 샌프란시스코의 AIDS 창궐 사건에 대해서 말한다. O는 야나체크와 슈베르트나 브람스 같은 낭만주의 작곡가에 대해서, 그리고 루리야에 대해서, 청각장애인 공동체, 어머니를 잃은 일에 대해서 이야기한다. 우리는 서로의 공통된 항목에 대해서도 이야기했다. 밖에서 식사를 하던 중인데, 느닷없이 "오!" 하고 O가 외친다. 반딧불이다. 우리 발치에 날아든 팅커벨.

"놀랍지 않아요?"

"그래요. 하지만 전에도 말했듯이, 먹지는 말아요."

"아, 그 반딧불이에 의한 걱정스러운 죽음이요?"

O는 무척 진지하게 고개를 끄덕인다.

2011. 7. 5

O의 생일 선물 아이디어:

- H. G. 웰스나 서머싯 몸의 단편소설
- 말하는 시계—@시각장애인을 위한 등대시각장애인의 경제적 자립을 지원하는 사회적 기업
- 〈스타 트렉 : 더 넥스트 제너레이션〉 DVD
- 가죽장갑
- 《꾸란》

2011. 7. 11 저녁

거리의 말발굽 소리가

나를 창가로 이끈다

기름 넣으려고 줄지어 선 택시들

머스 커닝엄의 춤을 추는 행인들

그리고 길 잃은 것이 분명한 한 여자

아이폰 높이 들어

기마경찰을 세우고 길을 막는다

여자는 듣고 남자는 말한다

그러고는 맞는 방향을 손가락으로 집는다

말이 고개를 까닥이고는 잰 발을 놀린다

2011. 8. 24

뜨거운 물에 오래 몸을 담근다.

"온도가 어떻게 되지?" O가 묻는다.

탕온계—우스꽝스럽게 큰 장치—를 확인한다. "106도섭씨 41도예요."

그거면 좋다고 한다. "나는 110도까지 가봤어. 112도, 그게 내 한계. 102도는 너무 차고. 흥미롭지 않아? 아주 미세한 차이인데."

내가 반 시간째 나오지 않자 O가 욕조 옆에서 내 다리를 쓰다듬는다. 나는 약에 취한 듯 평온해진다. 한번은 그가 나를 의아한 듯 쳐다보는 것을 느꼈다. "사람은 왜 쾌감을 느낄 때 눈을 감을까?" 그는 소리 내어 혼자 묻는다.

침대 위 타월에 눕는다. 맨몸으로.

O가 곁에 눕는다. 옷 입고. 손과 손가락만 서로를 만진다.

전원이 들어온나. 나는 온몸이 땀에 젖어 빛나고, 이제 열을 식힌다. 아주 오래 걸린다. 잠을 드나들며 말하거나 연어색 하늘을 바라보지만, 대부분은 말없이 만지기만 한다.

"내가 늘 서두르나 봐요." 내가 말한다.

O는 그것이 가라앉도록 내버려둔다. "그건 그래." 그는 말한다. 그러고는 더 나지막한 목소리로 한 번 더 말한다. "그건 그래…."

그는 한 손을 내 몸에 얹는다. "참 따뜻해. 방울뱀이라도 당신을 찾아낼 거야."

"그래요?" 나는 그를 본다. 그는 말하면서 천장을 응시한다.

"녀석들한테는 눈 뒤 작은 주머니에 적외선 감지기가 있거든."

나는 싱긋이 웃는다. "지금 상상하고 있어요."

"수정체 안에 있는 건 아닐 건데, 하지만 가엾은—그 독사들한테는 해볼 도리가 없거든—포유류의 따뜻한 피를 감지할 수 있어요."

이번엔 다른 생각이 시작되는데, 마치 정신분석가의 소파에 앉은 듯, 자유연상으로 이어진다.

"잉글랜드에는 바이퍼독사하고 베넘독이라고 하는 모터사이클이 있어. 아름다운 기계들이지."

O가 내 쪽으로 돌아눕더니 한 손을 내 배 위에 얹는다. "맞아." 그러고는 그르렁 하더니 말한다. "아름다운 기계지."

2011. 8. 26

브라질 식당에 왔는데 O가 불쑥 묻는다.

"몸의 어느 부위가 자기 몸이 아니라고 느껴본 적 있어?"

나는 웃었다. "이래서 당신을 사랑한다니까요."

O가 싱긋 웃는다. "그래서?"

"내 몸의 어느 부위가 내 몸이 아니다…. 음, 모르겠어요. 그런 적 없는 것 같아요."

"그렇게 느낀 적 있다면 모를 수가 없어." O가 건조하게 대꾸했다.

식사가 끝난 뒤 우리는 서둘러 귀가했다. 모차르트의 〈레퀴엠〉 라디오 실황 공연을 듣기 위해서였다. 우리는 그런 줄 알았다. 그런데 알고 보니 슈베르트였다. 아, 하지만 슈베르트였다. 그토록 낭만적이고 웅장한. 우리는 어둠 속 침대에 누워서, 속옷 차림으로, 슈베르트의 〈교향곡 8번〉을 감상했다.

라디오 아나운서가 슈베르트가 서른한 살에 죽었다고 말한다.

O : "평생 분량의 걸작을 이미 만들었다는 것을 안다면 젊어서 죽는

게 더 쉽게 받아들여질까?"

"아뇨." 내가 답한다. "아뇨, 전 못 해요."

2011. 9. 15

저녁 7시 15분, O가 전화해서 인사도 없이 말한다. "빌리! 옥상에 올라가야 하지 않을까? 해가 지고 있어!"

나 : "네, 그래야 하고 말고요."

O : "거기서 만나!"

나 : "내가 한 병 가져갈게요."

2011. 11. 20

우리는 O가 '아편굴'—그의 서재이지만, 지금은 대마 세례로 자욱하다—이라고 부르는 곳에서 몽롱하게 취했다. 그저 한두 모금 빨았을 뿐, 뭐 대단한 것은 아니었다. O에게 대마에 취하는 것이란, 믿을 수 없을 정도로 놀라운 뇌의 안쪽을 잠깐 들여다보는 것이다. 한쪽 눈은 시력을 잃었고, 다른 쪽의 시력도 형편없어진 나머지, 시각을 받아들이는 대뇌피질이—그의 말마따나 "너무 지루해 죽을 뻔해서"—대마에 과도한 자극을 받게 되고, 그래서 이러한 시각적 판타지를 즐기게 되는 것이다.

나는 창 옆 의자에 앉아 8번 애비뉴를 구경하고, 그는 소파에 누워 있다.

그의 눈은 감겨 있어 내가 눈꺼풀 안쪽에 무엇이 보이는지 물었다.

"중국 아기." 잠시 침묵. "코 위에 뭔가를 올려놓고 균형 잡는 물개 한 마리. 중세의 숲 위를 나는 사이언스 픽션에 나올 법한 비행체." 잠시 멈춤. "당신은? 뭐가 보이지?"

나도 눈을 감고 기다려보았다.

"그런 종류는 아니에요. 제게 보이는 건 무늬예요. 검정과 누르스름한 빛깔이에요. 엠파이어스테이트 빌딩과 창밖에서 늘 보던 다른 건물들의 음화군요. 그리고 다음으로는, 일종의 요지경, 색은 없어요."

"음화라고?" 그가 묻는다. "흥미롭네."

몇 분간 침묵이 흘렀다.

갑자기 그가 말했다. "우리는 사물과 결부되지 않은 즐거움을 경험할 수 있을까? 순수한 즐거움을?"

나는 그의 말을 잠시 생각해보았다. 그에게 갑자기 이런 생각이 떠오르고 또 그것을 말로 표현한다는 것이 무엇보다도 경이로웠다. 하지만 그의 말을 온전히 이해했는지는 알 수 없었다. "'사물과 결부된다'는 게 무슨 뜻이에요?"

"음, 말하자면, 우리는 어떤 음악 작품에서 즐거움을 얻지. 잘생긴 얼굴을 보거나 무언가 맛있는 냄새를 맡았을 때도. 하지만 어떠한 외적인 영향으로부터 독립된 즐거움이 있을 수 있을까?"

나는 멈칫했지만, 의식적으로는 아무것도 생각하지 않는데도 편안하고 행복함이 느껴지는 상태를 떠올렸다.

"네, 그렇다고 생각해요. 제가 지금 느끼고 있거든요. 당신은요?"

"나도 느껴요. 어쩌면 칸나비스가 이걸 끌어내는 것일 수도 있다고 생각해."

나는 웃었다. O가 대마를 항상 '칸나비스'라고 부르는 것이 참 좋다.

다윈도 그렇게 말했을 것 같다. "올리버, 지금 그걸 경험하고 있나요?"

그의 눈은 여전히 감겨 있다. 지금 내면의 영화를 보고 있으리라.

"그럼, 그렇고 말고."

"올리버, 이게 행복일까요? 이 순수한 즐거움이 행복과 같은 것일까요?"

"모르겠는데. 당신은 어떻게 생각해요?"

"저는 아니라고 생각해요. 즐거움은, 어떤 하나의 사물에 의존하지 않는다 해도 감각이 수반되니, 감각적인 것이죠. 즐거움은 행복을 가져올 수 있지만, 행복이 항상 즐거움을 가져오는 건 아니죠. 그러면 이 둘 중에 어느 것이 더 서열이 높을까요?"

"행복. 행복이 더 복잡하지."

"동의해요."

*

잭슨스퀘어 공원

스케이트보드를 타는 사람들

FOR THE SKATEBOARDERS

언젠가 누군가에게 뉴욕은 아름다움을 찾으러 오는 곳이 아니라고 말했다. 그건 파리나 아이슬란드에서 할 일이라고. 나는 뉴욕은 뉴욕에서 살기 위해 오는 곳이라고 했다. 온갖 소음과 쓰레기, 지하철의 쥐, 횡단보도에 갇혀 오도 가도 못하는 택시들의 도시라고.

알지도 못하면서 떠든 소리였다. 사람들이 차고 다니는 만보계처럼 한 사람이 사용하는 어휘를 측정하는 칩 같은 것을 내장할 수 있다면, 장담하건대 '아름답다'는 나의 최다 사용 어휘 10위 안에 들 것이다. 나는 입버릇처럼 이거 아름답다, 저거 아름답다고 말한다. 다만, 이 도시에서는 아름다움이 아름답지 않은 모습으로 다가온다는 것이다.

지금 사는 곳으로 이사 오기 한참 전 어느 일요일이었다. 18번 스트리트와 6번 애비뉴 교차로였나, 신호등이 바뀌기를 기다리며 서 있는데 제설차가 부릉거리며 지나가는 소리가 들렸다. 하지만 지금은 겨울이 아닌데, 하는 생각이 들었고, 도로는 말끔했다. 이내 신호가 초록색으로 바뀌었는데 아무도 길을 건너지 않고 교차로에도 차량의 움직임이 보이지 않았다. 그럴 수가 없었으니까. 일개 여단 규모의 스케이트보드를 탄 남자애들이 6번 애비뉴를 점령하고 있었다. 몇십 명, 어쩌면 일이백 명, 확실하지는 않은데 여자아이도 한두 명은 있었던 것 같은데, 모두 뿌연 한 덩어리로 보였다. 이들의 바퀴 구르는 소리는 요란하게 질러대는 함성과 네 바퀴짜리 앞발의 침입자 무리에 흥분한 개 짖는 소리에 파묻혀 잘 들리지 않았다. 몇 명은 셔츠를 벗어 깃발처럼 허공에다 휘둘렀다. 자유와 덧없음, 속도, 바람, 기상, 청춘, 우아, 순수한 환희의 무질서함, 그리고 '좆 까'를 선포하러 온 침략군의 깃발.

인도에서 입 벌리고 서서 자발적으로 박수를 치는 사람이 나 혼자는 아니었다. 스케이트보더들은 눈 깜짝할 사이, 너무나도 빠르게 지나가버렸다. 의심할 여지없이, 시내를 점령하러 갔을 것이다. 신호등은 그사이 빨간색으로 바뀌었고, 우리는 두 발이 인도에서 떨어지지 않아 잠시 그대로 서 있었다.

나는 방금 그게 대체 뭐였나, 어리둥절했지만 더는 파고들지 않았다. 항상 누군가는 무언가 또는 누군가를 판매하고 있으니, 그것이 일종의 판촉 행사였는지—어떤 스케이트보드 브랜드일 수도 있겠고—아니면 어떤 뮤직비디오 촬영 현장이었는지, 나는 알고 싶지 않았다. 그것이 내 머릿속에서 지어낸 무언가가 아니라 실제로 있었던 일이라는 유일한 증거로 남아 있는 것은 집으로 걸어가면서 내 휴대폰으로 지미에게 보낸 수수께끼 같은 문자메시지 한 통뿐이다. "아름다움이 교통을 멈춘다"고.

지미는 나보다 오래 뉴욕에 살았는데, 그의 답신이 무척 마음에 들었다. "안다."

*

일을 마치고

일기에서

2011. 12. 17

O : "나는 늙는 것이 끔찍하거나 하찮을 것이라고 생각했어. 그런데 어느 쪽도 아니더라고."

나 : "그걸 끔찍하지도 하찮지도 않게 만들어주는 건 무언가요?"

O : "빌리 말고는, 사고하기와 글쓰기."

2012. 1. 1

자정 직전에 O에게 샴페인 병 따는 법을 가르쳐줬는데, 그에게는 평생 한 번도 해본 적 없는 일이었다. 퐁! 하고 코르크가 폭발할 때 그의 얼굴에 나타나는 환희와 놀라움과 공포를 보고 있으니 그렇게 사랑스러울 수가 없었다. 만일의 경우를 대비하겠다며 끝까지 물안경을 쓰고 있겠다고 고집부리기는 했지만.

2012. 1. 22

O와 함께 그의 아파트에서 8번 애비뉴 전경을 구경한다. 바깥은 춥고 흐리다. O는 단안경을 눈에 대고 있었고, 어딘가 굴뚝에서 동그라미가 계속 올라왔다.

"연기가 정확히, 나와야 하는 모양 그대로 나오고 있어요. 우주가 만들어지는 장면이 형상화된 듯, 기류의 형태를 보여주고 있어요." 잠시 멈춤.

"일부는 가라앉아서, 신기하다는 듯, 지붕 밑을 들여다보죠."

O는 영화 내레이션을 해도 잘할 것이다.

"이제 분리됩니다. 동그랗게 올라가는 연기처럼, 히드라처럼…, 흩어집니다…. 궤적을 남기며…." 그는 단안경을 내려놓는다. "궤적. 멋진 낱말이야." O가 내 쪽으로 몸을 돌린다. "지금 자신이 궤적에 올라 있다고 느껴져요?"

"이젠 그래요." 내가 대답한다. "오랫동안 떨어져 나왔다고 느꼈거든요."

O가 고개를 끄덕인다.

"궤적은 있는 게 아니라 자신이 만드는 거지." 그가 말한다.

O와 내가 창밖을 바라보는 사이에 일 분 일 분 시간이 흐른다.

고요가 느껴진다. 묻지 않아도 안다. O도 같이 느낀다는 것을. 그의 평온이 말해주니까.

"노인은 탐험가가 되어야 한다." O가 갑자기 말한다. "이 구절이 마음에 들어."

"오든이요?"

"엘리엇."

날짜 없는 날의 기록

산책 나가려고 옷을 입으면서 습관적으로 O는 각 의복 품목을 하나씩 알린다. "코트. 모자. 장갑. 머플러…."

그러다가는 멈추고 묻는다. "여기서도 '머플러'라고 하나?"
"여기요? '여기'라니, 무슨 뜻이에요?" 마치 미국에 처음 온 사람처럼 그런다고 내가 지적한다. 잉글랜드에서 며칠 다니러 온 사람 같다고.
"아닌 게 아니라 내가 여기 온 지 쉰두 해가 지났군. 당신이 태어나기 전 여름부터!"
내가 태어나기 전에 여기에 왔다. 이 사실이 지금까지도 놀랍다. 가끔은 내가 O보다 늙게 느껴지는데.

2012. 3. 17

O : "사람이 대칭에 집착하는 건 비대칭을 견딜 수 없기 때문일까? 어떻게 생각해?"
나 : "전 둘 다 집착할 수 있다고 생각해요. 인생엔 둘 다 나타나니까요."
O : "좋아, 아주 좋아."

2012. 4. 7

여느 때와 다르지 않은 저녁식사.
O가 콩깍지 끝을 큐티클 가위로 끊고는 갈래를 냈다. 나는 브로콜리를 다듬었다.
우리는 커다란 홍당무 하나를 주거니 받거니 나눠 먹었고, O의 특제 혼합차—훈연한 정산소종차와 개운한 다르질링 홍차를 섞은 것—도 조금 마셨다.

연어는 올리브유 드레싱에 재워 두었다. 나는 신문을 읽었고, O는 침실로 들어가 O의 특기인 윗몸일으키기—먼저 숨을 내뱉고 다음으로 5초 동안 참으면서 버틴다—를 55회 했다. O는 뭐든 5로 맞추는 것을 좋아한다. 나는 연어의 앞뒷면을 각각 5분씩 가스레인지에 구웠고, 할라 빵 남은 것으로 토스트를 만들었다.

포도주 병도 땄다.

이유를 알 수는 없지만, 나는 울적한 기분이었다.

나의 울적한 기분을 바꾸고 기운을 주려고 O는 아침마다 운동하면서 담배를 피우던 한 투렛증후군 환자이자 외과의사 이야기를 들려주었다. 나는 웃음이 터졌다. 처음 듣는 이야기였다. 식사가 끝난 뒤 O가 일어나, 그의 큰글자판《화성에서 온 인류학자》를 가져와 그 이야기를 찾아수었다. 나는 소파에 누워 있고 그는 식탁에 앉아 그 이야기를 생기 넘치는 목소리로, 다소 일반적이지 않은 낱말에 대해서는 아낌없는 설명을 곁들여가며, 처음부터 끝까지 읽어주었다. 나는 소파 너머로 책 읽는 그의 모습을 몇 번 엿보았는데, 책이 얼굴에 붙어 있다시피 했다. 거의 시력을 상실한 그가 책을 읽을 수 있다는 사실 자체가 놀라운 일이다. 마지막 줄을 다 읽었을 때 나는 박수를 쳐주었다.

우리는 주방으로 돌아왔다. 그는 포도주가 "너무 시다"고 인공감미료를 한 봉 타더니 "훨씬 낫다"며 단숨에 마셔버렸다. 이런저런 이야기를 나누다가 내가 이만 자야겠다고 하자 O는 무심한 듯 포트포트투갈 산 포도주 병을 잡고는 코르크를 따고 벌컥벌컥 들이켰다. "세상에 포트만 한 것은 없지." 그는 혼잣말로 중얼거렸다.

다음 날 아침, O가 "두 개의 거대한 버섯 그림자 속에 있는 예쁜 카페"에 들어간 꿈 이야기를 했다. 메뉴는? "두 종의 양치류 샐러드, 7,217 종의 홍당무가 들어간 홍당무 샐러드"를 팔더라고 했다. 그는 한밤중에 잠에서 깼을 때 주방에 있는 화이트보드에다가 그 숫자와 꿈에 나온 버섯 그림을 그려두었다.

2012. 4. 8

O : "당신은 언어로 표현되기 전의 생각을 의식해?"

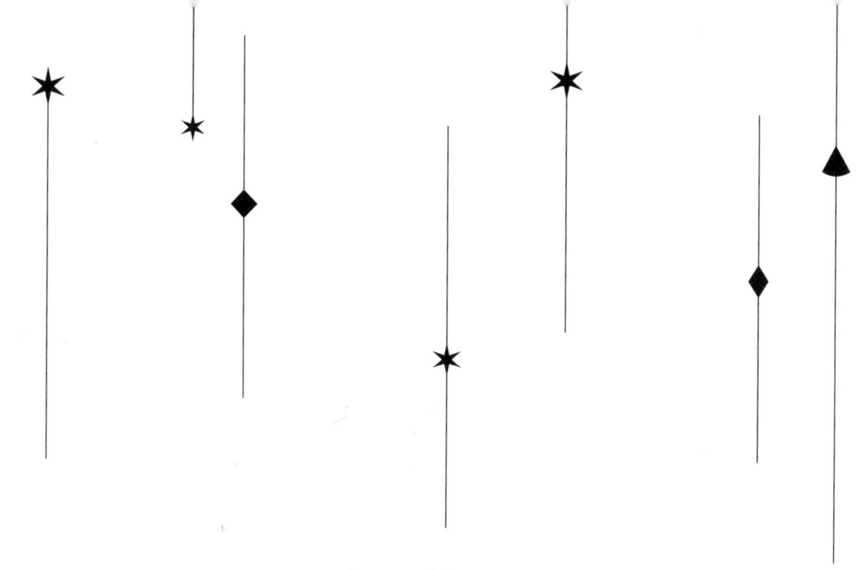

Part II
On Being Not Dead
죽지 않는 삶에 대하여

*

워싱턴스퀘어 공원

땡큐맨

THE THANK - YOU MAN

어느 날 저녁, 헤일리가 멤버로 있는 밴드의 공연을 보기 위해 브루클린에 있는 술집으로 향했다. 평소 다음 날 출근이 있을 때는 하지 않는 일이지만, 한여름의 목요일 바에서 공연하는 밴드 멤버를 가진 사람이 여럿 있겠는가? 아파트 문 바로 앞에서 한 폭의 우아한 그림 같은 검은 정장에 타이 차림으로 은빛 자전거를 타고 가는 장신의 흑인 남자와 교차하면서 내 결정이 옳았다고 생각했다.

지하철은 출퇴근 시간대처럼 혼잡했다. 킨들에 얼굴을 묻고 있는 아이와 마주하고 가다 보니 때로는 대중교통에서 얻는 것—그리고 기억에 남는 것—은 하나의 경험이 아니라 잊히지 않는 표정이라는 생각이 들었다. 지하철이 멈출 때, 아이가 빠져 있던 세계에서 빠져나오는 순간을 구경한다. 화들짝 놀랐다가 혼란스러워 하고(여기가 무슨 역이지?) 초조한 듯 짜증 냈다가 이내 안도한다. 아이의 얼굴에 표정이 없어지면서 다시 읽던 것으로 돌아가고. 나는 혼자 생각한다. 이 아이, 자신이 무성영화계의 스타가 되기에는 한 세기 늦게 태어났다는 것을 꿈에도 모르겠지.

베드포드에서 하차해 미리 적어둔 쪽지를 보고 길 안내를 따라가기 시작했다. 무슨 이유에선지 중심 도로가 막혀 있어 길 안내는 더 이상 알아볼 수 없어졌고, 내 휴대폰에는 지도 앱이나 GPS가 없었다. 방향 감각에 의존해야 했다. 공기 속에서 어린 시절의 여름 냄새가 났다—건초, 가솔린, 야구장의 흙 내음이. 딱, 하고 야구방망이가 공 때리는 소리가 들려 그 소리를 따라갔다.

왼쪽으로 꺾어 걷다가 다음으로 오른쪽으로 꺾었다. 길이 끝나는 곳에 웬 창고 적재장이 나오고, 거기 소파에 남자가 앉아 있었다. 다가갔다. 남자의 발이 위로 뻗어 있었고, 옆에는 맥주가 두 병 놓여 있었다. 고된 하루 끝에 주어지는 보상인 듯했다.

뭐하는 곳인지 알아보려고 그의 어깨 너머를 보니 상자며 기계가 어지러이 쌓여 있다. 남자는 그저 온갖 곳—주물 공장 한 곳, 지게차 수리점 한 곳, 화가 작업실 여러 곳, 창고 한 곳—에서 온 물건들 무더기라고 말했다. 한번 봐도 될지 물었다. 남자는 뜸을 들이면서 내 요청을 숙고했다. 나는 안 된다고 할 거라 여겼다. 마침내 말했다. "좋아요. 그저… 좀 조심하세요."

이젠 정말로 궁금해졌다. 나는 풀쩍 뛰어 올라갔다. 안으로 들어갈수록 흥미진진해졌다. 고장 난 기계와 꿈, 실패한 발명품, 터진 기화기와 함께 끝나버린 자동차 여행. 이 쓸모없어 보이는 잡동사니가 가득한 적재장이 말해주는 사연이었다. 실내에는 흙먼지 냄새와 엔진오일 냄새, 땀내가 스며 있었다.

나는 오래 있다가 눈총받고 싶지 않아서 바로 나왔다. "진짜 멋집니다." 이렇게 말하면서 풀쩍 뛰어 내려왔다.

"고맙습니다." 남자가 대답하더니 맥주를 쭉 들이켰다.

그를 보았다. 무슨 생각에 잠긴 듯했다. 내가 무슨 말을 하고 싶은 건지 알 수 없었지만, 에라 모르겠다. "좋은 냄새가 나더군요."

"고맙습니다." 남자가 말했다.

남자가 내 말을 있는 그대로 받아줘서 좋았다. 그가 사는 세계의 한 구석, 그곳의 냄새, 그리고 모든 것에 대한 찬사로.

나는 클럽으로 가는 길을 물었다.

클럽 문간에서 경비가 신분증을 요구했다. "난 이만큼 늙었으니 무사통과다, 싶으셨나 봐?" 경비가 놀리듯이 말했다. 지갑에서 신분증을 꺼내 보여주었다. "쉰이요?"

"쉰하나요."

"그렇게 보이지 않는데."

"그렇게 느껴지지도 않아요." 내가 대답했다. "댁은요?"

"맞혀봐요." 남자가 말했다.

그를 훑어보았다. "서른여덟."

"아뇨. 제가 보기보단 먹었습니다."

그때 아주 어려 보이는 아가씨가 문 앞에서 경비의 요구에 따라 핸드백에서 신분증을 찾고 있었다. 솔직히 미성년으로 보였다. "이 아저씨 나이 맞힐 수 있겠어요?" 내가 아가씨에게 물었다.

여자는 의아한 표정이었다. 내 나이를 묻는 게 아니고?

그녀는 도저히 가늠이 안 되는지, 아주 난처한 표정이었다. 질문을 진지하게 고민하고 있었던 것이다. 그녀는 경비의 감정을 해치고 싶은 마음은 아니지만 정말 모르겠다고 했다. 자신은 다른 사람 나이는 판단이 되지 않고 생각해본 적도 없다고.

"그냥 찍어봐요." 경비가 추궁했다. "그냥 해보라고요. 내가 몇 살일까?"

이번에는 세심하게 뜯어보더니 마침내 말했다. "아저씨는…, 편안해요."

이 생각이 공중으로 떠올랐다.

"이거야말로 명답이군요." 내가 말했다.

"그러게요." 경비가 동의했다. "아주 좋아요."

"그렇게 보이세요. 이분 나이는 모르지만, 편안해 보이세요."

경비는 여자의 신분증을 확인했다. 합법이었다. 우리는 돌아가며 소개했다. 레이먼드, 빌리, 크리스탈. 크리스탈이 자신이 일하고 있는 술집에 한번 들르라고 말했다. 공짜 하이네켄 한 병 대접하겠다면서.

"좋죠."

헤일리—낮에는 O의 비서, 밤에는 뮤지션—와 그녀의 밴드는 환상적이었다. 그들의 연주는 방 두 개 크기의 술집이 아니라 대형 구장 규모였다. 나는 너무 오래 있었고 내가 마셔야 할 맥주에서 한 병을 초과했다.

돌아가는 길에 창고를 지나쳤다. '고맙습니다' 사내가 아직 있었는데, 지금은 다른 사람 둘과 맥주 여러 병이 함께하고 있었다.

"아직까지 계셨군요." 내가 말했다. 달리 할 말이 떠오르지 않았다. 세 사람 모두 조용히 나를 바라보는데 마치, 당연히 여기 있지, 어디 다른 델 가고 싶겠소? 라고 생각하는 듯했다.

"그럼요. 모든 게 제대로 돌아가는지 확인하려구요." 남자가 대답했다.

"저는 벌써 안전하게 느껴지는걸요."

"고맙습니다." 남자가 대답했다.

내가 좋은 밤 보내시라 인사했고, 세 사람도 좋은 밤 보내라고 인사했다.

지하철을 향해 걸으면서 하늘을 보니 거대한 흰색 구름 기둥이 시야에 들어왔다. 달빛에 역광을 받은 환한 밤 구름은 언제 보아도 황홀하다. 초현실적으로 느껴지는 그 광경이 나를 아무 도시가 아닌 어떤 행성의 일부, 한 우주의 일부로 만들어주는 듯하다. 그러고는 내가 가끔씩 혼란스러울 때나 내 인생에서 정확히 어디에 있는지를 되짚어봐야 할 때 하는 행동을 했다. 쓰레기를 갖다 치우듯 빠른 속도로 일종의 형이상학적 목록을 작성하는 것이다.

"여기는 하나의 행성이라는 의식", 이라고 혼잣말로 속삭였다. "하늘과 구름에 대한 의식도."

"구름을 사랑했으며 일 년 전 내일 돌아가신 어머니에 대한 의식."

"내가 여기 있는 것이 행운이라는 의식."

"여기에는 내 발로 왔다는 의식."

"나는 고마움을 느낀다는 의식."

✶

풀밭 위의 연인

일기에서

2012 날짜 없는 날의 기록

O : "가끔은 말이야, 뭐든 충분하지 않다가 너무 넘친다는 생각이 드네. 나한테 중간이라곤 없어."

2012. 6. 17

오늘밤 고고 댄서 청년을 만났다. 일하는 술집에서 레드불을 마시며 쉬고 있었다. 그의 이름은 비니, 나이는 스물다섯이다.
"전 이거, 춤으로 학비를 벌었습니다." 그가 말했다. "뉴욕주립패션공대요. 막 졸업했어요."
졸업을 축하하며 악수를 했는데, 그의 손이 아직까지 땀에 젖어 있었다. "그럼 이 세계가 비니한테 다음으로 기대하는 놀라운 것은 무엇인가요?"
그는 씩 웃었다. "사진이요, 패션사진이죠. 가장 죽여주는 겁니다."
그는 아이폰을 꺼내 최근에 찍은 사진을 보여주었다. 놀랍도록 빼어난 솜씨였다. 아르데코와 1980년대가 만난 듯 고도로 양식화된 이 사진들, 어딘가 마돈나의 영향이 느껴진다고 내가 논평했다.
"맞아요, 마돈나가 저를 구원했죠. 제가 소유한 첫 앨범이 〈Ray of Light〉였는데요, 그 앨범 사진을 사랑했어요. 그때 알았어요. 이게 내가 하고 싶은 일이라는 걸요."

고고 청년이 나에 대해서 물었다. 나는 내가 하는 일, 이번 주 〈뉴욕타임스〉에 실린 글, 내 책에 대해서 말해주었다.

그는 〈뉴욕타임스〉에 실린 글을 읽고 싶다고 했다. "낭만적인 글일 것 같아요."

"낭만적인 글 맞아요." 내가 말했다. "심오하게 그렇죠. 비니도 낭만적인 사람이군요?"

무슨 수로 말리겠느냐는 듯한 표정이 그의 대답이었다.

비니는 "섬에서"—비썩 마른 몸에 두꺼운 안경을 쓴 롱아일랜드 꼬마였다고—자랐다고 했다. "저는 사실상 법적인 맹인이에요. 솔직히. 춤추는 동안에는 아무것도 보이지 않아요." 그리고 언젠가부터 뉴욕에서 사는 것이 꿈이었으며, 마돈나가 그 꿈의 일부였다고 말했다.

"그걸 이루었군요."

"네, 맞아요."

"이렇게."

"이렇게."

비니는 다시 차례가 와서 고고 박스에 섰다. 다음 휴식 시간에 비니가 와서 나를 찾았고, 우리는 이야기가 중단된 곳에서 다시 시작했다. 하지만 먼저 나에게 말해둘 것이 있다고 했다. "전 남자친구가 있어요."

"나도요. 그는 내가 여기 온 것도 알고 있죠. 이제 된 거죠?"

"실은, 둘이에요." 비니가 자신의 말을 정정했다. "두 명의 남자친구예요. 커플이에요. 제가 그 둘의 아기죠. 보실래요?" 그는 자신의 목에 두른 반려견용 이름표를 보여주었다. 커플의 이름이 새겨져 있었다.

그런 관계가 어떻게 문제없이 작동하는지 상상이 되지 않았지만, 사람

일을 어찌 다 알겠는가. “멋지군요. 얘기 좀 해줘요.”

훌륭한 몸매를 가진 이 고고 청년은 남자친구들에 대해서, 폴리아모리두 사람 이상을 동시에 사랑하는 다자간 사랑에 대한 자신의 소신을 신중하게 말해주면서, 하지만 뭔가 꺼림칙한 점도 있다고 했다. “어제 싸움이 있었는데….”

“그럴 때가 있죠. 있을 수밖에 없는 일이에요.”

“아뇨, 이번에는 대판 싸웠어요. 어쩌면 내일이 아버지날이라서 그랬는지도 모르겠어요. 그게 정말 걱정이에요. 그러니까 제 말은, 이 두 사람이요, 두 사람이 제게는 일종의 아빠거든요. 친부모님은 나한테 아무것도 해준 게 없어요. 이 두 사람이 저를 도와주고…, 방향을 가르쳐줘요.”

나는 고개를 끄덕이면서 스티브와 내가 일 년에 한두 번씩 폭발하던 일을 생각했다. 대개는 사소한 문제로 시작되곤 했다. 나는 그런 일을 “굴뚝 청소”라고 불렀고, O와 나조차 이따금씩은 티격태격 언쟁을 벌인다. 나는 비니를 끌어당겨 안아주었다. “다 잘될 거야.” 디스코 음악을 뚫고 들릴 수 있도록 그의 귓속에 대고 말했다. “내가 장담해요.” 그렇게 그를 꼭 안고 있었는데, 꽤 길었던 것 같다. 사람들이 우리를 보고 있었는지 어쨌는지, 의식하지 못했다. 이윽고 그를 놔주었다. 나는 20달러 지폐 한 장을 그의 끈팬티에 끼워주었다.

“가요.” 나는 고고 청년에게 말했다. “가서 춤춰요.” 그러고는 집으로 향했다.

✶

올리버의 책상

2012. 4. 22

책상을 청소하던 O의 말 :

“단 몇 종류의 물건을 다량으로 갖추는 게 내 특기지. 돋보기, 안경집, 구둣주걱, 고무줄….”

2012. 4 날짜 없는 날의 기록

O가 피아노 앞에 서 있었다. 낱장 인쇄된 악보들을 테이프로 붙이고 있었다. O가 읽을 수 있도록 확대 복사한 악보였다. 이 작업을 하면서 이야기하는 그를 말없이 지켜보았다. 아주, 아주, 아주 복잡한 과정이었다. 악보는 모두 14종인데, 그는 #12 악보에 무슨 일이 생긴 것인지, 어째서 #8 악보가 #9 악보보다 약간 작은 것인지 “몹시 의아해” 했다. “오, 오, 오.” 그는 아주 심각하게 말했다. “이거 문제가 생긴 것 같군.” 그는 가능한 모든 조건을 고려하면서 최악의 사태를 상정하고 있었다.

O는 크기가 맞지 않게 튀어나온 악보의 끄트머리 부분을 자르려고 했다. 눈이 보이지 않는 까닭에 완전히 헛짚고는 매우 조심스럽게 허공에 가위질을 하는데, 가슴이 메는 장면이었다. O가 이 동작에 기울이는 정성이었을 것이다. O가 그 종이를, 그 음악을 다치지 않게 하려면 아주 소중하게 다루지 않으면 안 된다고 생각하는 것이 느껴졌다. 조금 있다가 내가 그의 손을 살그머니 움직여서 자르려고 하는 종이를 자를 수 있게 해주었다. O는 고맙다고 말했다.

그때부터, O는, 나의 도움을 받아—“손가락으로 그쪽을 눌러줄래요? 아니, 거기 말고, 거기!”—모든 악보를 긴 탁자 위에 놓고 투명테이프로 붙이기 시작했다. 한 장 한 장, 각 악보가 돌쩌귀로 이어지듯 서로서로 이어졌고, 다 마치자 뒷면에 다시 한 번 테이프를 붙였다. 중간 중간 O는 생각이 다른 데로 흩어져 전혀 상관없는 이야기를 하기도 했다. 그는 눈가리개가 비뚤어진 것을 알아차리고는 바로잡아 달라고 했다. 치즈든 종잇장이든 그의 세계에서는 모든 것이 대칭이 맞아야 했다.

그의 말을 들어주려고 팔을 뻗는데 O가 큰 소리로 내 동작을 멈추게 했다. "양치류 유의해요!"

"'유의'요? 요새 누가 그런 말을 써요?" 내가 놀렸다. "빅토리아 여왕이요?"

그는 가가대소하면서 황급하게 자신의 '금지옥엽이들'로부터 나를 막아섰다. 데려온 지 얼마 안 되는 녀석들인데, 창턱에 내놓고 햇볕 쪼이는 중이었다. 나중에 그는 양치류가 정확히 어떻게 번식하는지 설명해주었다. 나를 성교육 받는 19세기 학생 취급하며 양치류의 난자와 정자에 대해서도 가르쳐주었다.

드디어 악보 정리가 끝났다. O는 내게 악보를 "아코디언처럼" 접어달라고 하고는 연주를 시작했다. 슈베르트였다. 그는 왼쪽에서 오른쪽으로—"지금!" "지금!" 하는 그의 익살맞은 외마디 명령에 따라 내가 악보를 넘기고— 처음부터 끝까지 쳤다. 좋은 연주였고 감미로웠다.

2012. 5. 17

온화한 밤, 호레이쇼 스트리트의 놀이터를 걷는데, 포스퀘어테니스와 비슷한 어린이들의 놀이를 하는 여자아이들, 굴렁쇠 던지는 남자아이들을 보았다. 그중 한 아이—키가 크고 낭창낭창하고 가무잡잡한 피부에 웃통을 벗은—에게서 눈을 뗄 수 없었다. 이 소년은 달리고 드리블하고 덩크슛을 하고는 바로 스케이트보드에 오르더니 흐트러짐 없는 균형 속에 완만한 호를 그리며 놀이터 전체를 한 바퀴 돌았는데, 그러는 내내 아이폰의 문자를 읽고 있었다.

2012. 6. 4

길에서 : 한 여자가 머리끝부터 발끝까지 검은색으로 덮고 있다. 선글라스를 끼고 있다. 무슨 이유에선지 나는 돌아서서 여자의 뒷모습을 바라보았다. 뒤통수에 또 다른 선글라스가 걸쳐져 있었다.

창밖 풍경 : 트라이앵글 공원, 나무 두 그루로 이루어진 타원형 교통분리선. 분리선 끝에 서 있는 한 커플이 보인다. 어리진 않다—아마도 사십 대? 여자는 긴 여름 원피스를 입고 있고 금발이다. 남자는 대머리, 한 손이 여자의 엉덩이에 있다. 남자가 여자를 당겨 키스한다. 둘은 택시를 잡으려고 나왔다가 거리 한가운데서 엉겨 붙은 것이다. 몹시 흥분된다. 마침내 택시 한 대를 잡아탄다. 남자의 집으로 돌아가는 길이려니, 나는 상상한다. 섹스하려고.
이것이 여름의 뉴욕이다.

2012. 6 날짜 없는 날의 기록

쓰레기통에 쓰레기가 흘러넘친다. 거리는 쓰레기와 구정물투성이다.

공기에서는 악취가 난다. 하지만 거리는 낙조에 물들어 홍조 띤 황금색으로 빛난다. 찬란함. 우리는 뉴욕에서 태양에 더 가깝다, 고 생각한다.

어느 일요일 : 한 사내가 가로등 기둥에 들러붙은 흉한 전단지를 긁어내고 있다. 보수작업반 인부는 아니고 그냥 동네 사람이다. 한참 보고 있다가 어떻게 이 일을 하게 되었는지 물었다. 사내는 한 주 걸러 한 번쯤 나온다고 말했다.
"기억해두슈. 이거 청소하는 거, 다 법적으로 권리가 있어서 하는 일이우." 사내가 설명한다. "뉴욕주 위생과로 가보슈." 사내는 스프레이 페인트로 원래의 회색으로 칠한다. "오늘은 회색과 녹색이우. 가끔 빨강을 갖고 나올 때도 있는데, 그건 화재경보기용이우."

2012. 7. 29

침대에서 O가 다윈의 《비글호 항해기》를 읽어준다. O가 가장 아끼는 책 중 하나인데, 내가 그의 서재에서 찾아온 것이다. "이 책에는 일기 형식으로 적은 우리 항해의 역사와 자연사와 지리에 관해서 우리가 관찰한 것이 담겨 있는데, 나는 여기에 일반 독자들이 다소 흥미로워할 내용이 있으리라고 믿는다…."

*

집에서

두 번 만난 택시

THE SAME TAXI TWICE

TV에서 보는 것과는 다르다. 뉴욕에서 택시 잡는 일 말이다. TV에서 그리는 것처럼 흥미롭거나 다채로운 일은 거의 보지 못한다. 그러다가도 또 그런 날이 오곤 한다. 그런 날에는 일부러 지어낸대도 있을 성싶지 않은 일이 벌어진다. 한번은 스리랑카 사람이 모는 택시를 잡았는데, 어찌나 어려 보이는지 의당 저 친구 운전해도 될 만큼 나이를 먹었을까 하는 의구심마저 들었다.

알고 보니 스물다섯이었다.

그는 뉴욕에 산 지 이 년 됐는데 아내와 부모님을 뉴욕에 데려올 돈을 모으고 있다고 했다. 아직 결혼한 것은 아니라면서. 미래의 아내를 만난 적도 없다. 고국에 계신 부모님이 때가 되면 혼사를 주선하실 거라고. 우리는 구혼이 이루어지는 과정에 대해 자세히 이야기하던 중이었는데 기사가 말했다. "신부는 처녀여야 해요."

내가 물었던 것은 아니었지만, 동의했다. "당연히 그래야겠죠. 반드시 처녀여야 겠죠." 나는 친구들과 술을 마시고 오는 길이라 좀 알딸딸한 상태였다.

빨간 신호등으로 바뀌었다. "그리고 저도 그래야 해요." 기사가 덧붙였다.

"숫총각이요?"

"예." 기사가 엄숙하게 대답했다.

가만, 나는 생각했다. 그게 정말로 좋은 생각인가? 이런 상황이면 뭘 어떡해야 하는지 아는 사람도 있을 것 아닌가?

"그럼 단도직입적으로 물을게요. 기사님은 섹스를 한 번도 안 해봤어요?"

"한 번도요."

"할 뻔한 적도 없었고요? 장난치고 노는 것도요? 여기 뉴욕에서라면 그래도 한 번쯤은…?"

그는 고개를 저었다. 나는 이 문제를 가로등 두 개가 지나도록 생각했다. 나는 평생 섹스를 몇 번이나 했는지, 몇 사람하고 했는지 어림조차 할 수 없다. 섹스할 때 내가 가장 좋아하는 게 무엇인지 기억도 나지 않는다. 하지만 이것만큼은 말해줄 수 있었다. "좋아하실 겁니다. 정말로 많이 좋아하게 될 거예요. 굉장하거든요."

스리랑카에서 온 택시 기사가 나를 힐끗 보았다. "정말이요?"

"정말로요. 걱정하실 것 하나 없습니다."

닫힌 공간에서 정해진 시간 동안 함께 있어야 하는 택시, 이 환경이 부여하는 강요된 친밀함이 이런 대화를 가능하게 만든다. 기사와 승객 사이를 가르는 투명 보호막이, 마치 고해실 같아서, 이런 인상을 한 겹 더하는 것은 아닐까 생각하곤 한다. 다른 상황이었다면 절대로 하지 않을 말이나 행동을, 다시 보지 않을 사람이라고 생각하기 때문에, 할 수 있는 것은 아닐까, 하고.

그런데 항상 그런 것은 아니었다.

어느 날 밤 월 스트리트에서 택시를 타고 FDR 도로를 달리며 기사와 가벼운 대화를 나누었다. 당시 내가 살던 18번 스트리트와 1번 애비뉴 교차로에 다 와 가는데, 기사가 큰 소리로 물었다. "블록 중간 지점, 오른쪽에서 내려드릴까요?"

"예, 근데 그걸 어떻게 아셨어요?"

"손님을 기억해요. 전에도 한 번 태워드린 적 있죠. 작년에요." 기사는 후방거울로 나를 보았다. "써니예요."

써니. 그랬지. 얼굴과 태도가 잘 어울리는 이름이었지.

뉴욕에서 같은 택시기사를 두 번 만날 확률은 얼마나 될까?

써니가 말한다. 뉴욕 시에 1만 3800대의 택시가 있고, 십팔 년째 운전을 하고 있고, 하루에 십여 명을 태우는데, 이런 일은 처음이라고.

"이쯤이면 될까요?"

우리는 공연한 야단법석 없이 안녕히 가시라 인사했다.

"또 만나요, 써니." 내가 말했다.

나는 집으로 돌아오는 늦은 밤의 드라이브를 즐겼다. 뉴욕으로 이사한 초반에 외곽 주택가로 가는 택시를 탔던 일이 기억난다. 나에게

저녁 요리—소고기찜과 사과파이—를 만들게 한 남자와 즐거운 밤을 보내고 귀가하는 길이었다. 내 몸에서는 아직까지 남자의 냄새가 남아 있었다.

바깥은 매서운 강풍이 불어 무척이나 추웠다. 뉴욕 시 역사상 가장 추운 날이라고 (귀여운 과장법이겠지만) 말하는 사람도 있었다. 나는 택시 기사에게 추위가 영업에 도움이 되는지 물었다.

"그렇죠." 기사가 중얼거렸다. 약간 억양이 있는 말투였다. 우리는 신호 한 번 걸리지 않고 2번 애비뉴를 총알처럼 달렸다. 나는 안전벨트를 착용하느라 쩔쩔매다가 결국에는 포기했다. 빌어먹을 택시 안전벨트, 제대로 작동하는 게 절반도 되지 않는다. 그 기사가 집까지 무사히 태워다 주리라고 믿는 수밖에 없었다.

"이럴 때는 재미있으실 거 같아요." 내가 꿈결처럼 말했다. "도로가 텅 비어 있어서 이렇게 운전하실 수 있으니까요." 운전대를 잡은 사람이 나라면 그럴 것 같다, 고 생각했다.

기사는 조금 생각하더니 대답했다. "아뇨, 재미없어요. 스트레스가 심합니다. 항상 스트레스 받는 일입니다."

그의 조심스러운 반박에 나는 조금 놀랐다. "그러시군요. 저희 같은 사람들은 상상도 할 수 없겠죠." 나의 주제넘은 소리를 벌충하고 싶은 마음이었다.

"여기야 교통이 괜찮죠." 기사가 덧붙였다. "하지만 시내요? 지금쯤 난리통일 겁니다. 가든뉴욕 닉스의 홈경기장인 메디슨스퀘어가든에서 경기가 있는 날이거든요."

가든이라고 하니 정장과 타이 차림의 남자들, 살진 고양이와 다이아몬드 번쩍거리는 여자들이 선수석 바로 뒷줄에 자리 잡은 장면, 온갖 꽃 만발한, 현실과는 동떨어진 듯한 세계가 떠오른다. "태우는 데가 어디냐에 따라서 승객층은 완전히 달라지겠네요." 나는 대단히 놀랍고도 흥미로운 사실을 발견한 양 말했다. 그리고 그것은 지금 당장 내가 보고 싶은 것이었다. 얼마나 보고 싶었는지 기사에게 당장 차를 돌려 시내로 가자고 할까도 생각했다.

택시 기사가 이 말을 받았다. "아닙니다. 꼭 그렇지는 않아요. 어딜 가나 사람들은 다 다릅니다."

두 방 먹었다. 뭐, 그럴 수도 있지. 하지만 그가 내 질문에 건성으로 동의하는 게 아니라 경청하고 진지하게 생각한다는 사실이 고마웠다.

나는 창밖으로 맨해튼이 지나가는 모습을 구경했다. 차가운 도시와 가로등을. 작은 돛단배를 타고 대서양을 가로지르는 내 모습을 상상했다.

"13번 스트리트 교차로, 거기로 가시는 거죠?" 기사가 물었다.

"예."

신호가 바뀌어 멈췄다. 차량이 길게 늘어서 있었다. 그 시각에도 횡단도로는 체증을 빚고 있었다.

"이 직업은 정신과 의사 같은 구석이 있습니다." 기사가 갑자기 먼저 말을 걸어왔다. "사람들이 자기 문제를 털어놓죠. 온갖 얘기, 온갖 사연이요." 앞차 브레이크등의 빨간빛에 물든 그의 얼굴을 보니 머릿속에 그런 사연 몇 가지가 훑고 지나가는 듯했다. 그중에서도 유별난 사연들이겠거니, 나는 짐작했다.

"보통은 뉴욕 사람들이 아니죠."—여기에서 기사는 입술을 봉하는 제스처를 했다—"뉴욕 사람들은 말이 별로 없어요. 하지만 관광객들이요? 관광객들은 말하는 걸 좋아합니다."

"기사님은 사람들이 말 시키는 걸 좋아하나요?"

"아 물론이죠. 전 사람 만나는 걸 좋아합니다."

"그럼 제가 몇 가지 여쭤도 괜찮을까요?"

"그럼요, 사장님."

사장님이라. 이거야말로 나하고는 어울리지 않는 말인데. 설사 어울린다 한들, 사장님 좋아하는 사람이 어디 있다고? 칭찬으로 들리지는 않는다. 하지만 가끔씩 택시 타면 듣는 소리다.

"전 여기 산 지 몇 년 안 됐어요. 사 년 전에 이사 왔죠." 나는 기사에게 말했다.

기사가 후방거울로 나를 보았다. "아기네요. 도시년으로 하면, 네 살배기 되겠군요." 기사가 웃으며 말했다. "제가 사장님 나이의 딸이 하나 있습니다."

나는 웃으면서 물었다. "기사님은요? 여기에 산 지 얼마나 됐나요?"

"십이 년요."

"그럼 십 대 소년이시네요!" 기사는 뒤를 돌아보며 웃었다. "어디서 오셨어요? 원래 태어난 곳이 어디세요?"

"아프리카요." 기사는 힘주어 말했다. "모로코, 카사블랑카요. 그 영화처럼요. 아세요, 험프리 보가트?"

그의 얼굴을 보니 〈카사블랑카〉를 생각하는 듯했다. 어쩌면 잉그리드 버그먼일지도 모르겠지만.

"왜 여기로 오셨어요? 왜 뉴욕이었죠?"

"돈 벌려고요. 제 가족 먹여 살리려고요. 아내하고 아이들은 거기에 있습니다."

가장 사랑하는 사람들과 그렇게 멀리 떨어져 산다는 것, 나로서는 상상조차 불가능한 일이었다. 저녁 지어주는 사람도 없고, 집에서 나를 기다리는 사람도 없이.

"저는 이게 좋다고 생각해요." 기사가 덧붙였다. "가족들한테는요. 여기 사는 거 너무 힘들거든요. 제 아이들은 더 커서 이리로 오고 싶어 하면, 그때는 괜찮아요. 저는요? 모르겠습니다. 아메리칸드림인지 뭔지, 그거 보고 왔더랬죠."

정말로 그가 한 말이다. 사람들이 실제로 이 말을 한다. 적어도 택시에서는. 심야에는.

기사는 씁쓸하게 웃었다.

만감이 교차했다. 그를 생각하니 마음이 편치 않았고, 나의 유복한 환경, 나의 행운에 죄의식이 느껴졌다. 뉴욕이, 미국이, 나쁘게 느껴졌다. 하지만 그와 만난 것은 다행이라는 느낌도 들었다.

거의 다 왔다. "기사님은 여기서 가로질러 가면 됩니다. 저는 저 위쪽이에요. 오른쪽이요."

나는 이 대화를 계속 이어가고 싶었다. 지금 막 택시를 탔더라면, 하고 바랄 정도로. 그에게 내 이름을 말하고 그의 이름을 물었다. 그가 말했다. "압델입니다."

샌프란시스코에 프리시란 친구가 있는데, 그는 이용하는 모든 택시 기사의 이름을 모아 명단을 작성하고 있다. 셰이크, 아크타르, 알프레도, 마티, 수피안, 마누엘, 모하메드, 후안, 라파엘…. 너무나 매력적인 작업이다. 나도 뉴욕에 오자마자 이 명단을 만들기 시작했더라면 얼마나 좋았을까.

택시비를 내고 평소보다 두둑하게 팁을 주었다. 압델이 나를 돌아보며 진심을 담아서 말한다. "우린 앞으로 또 만날 겁니다."

말하는 태도 탓인지, 좀 으스스하게 들렸다.

"무슨 뜻인가요?"

"택시 타시면요. 그런 일도 일어나거든요. 운명이라면."

나는 문을 열었지만, 선뜻 일어나지 못했다.

"언젠가 카사블랑카에 가고 싶으시다면, 어디 가면 좋을지 알려드리겠습니다."

"고마워요, 압델."

"별말씀을요, 사장님." 그가 말했다.

*

5번 애비뉴와 13번 스트리트 교차로

일기에서

2012. 8. 26

나는 아이팟으로 비요크를 듣고

O는 여행일지를 읽고 쓴다.

우리는 레이캬비크행 비행기에서 샴페인을 마시고 있다.

유심히 지켜보니 O가 일지에 무슨 목록을 만들고 있다. 인체에 존재하지 '않는' 모든 원소를 적어 내려가는 중이라고 한다.

He 헬륨

U 우라늄

B 붕소

Be 베릴륨

Al 알루미늄

Si 규소

Ar 아르곤

Sg 시보귬

Ti 타이타늄

V 바나듐

Ni 니켈

Ga 갈륨

Ge 저마늄

As 비소

Br 브로민

Kr 크립톤

Rb 루비듐

Sr 스트론튬

Y 이트륨

Z 원자번호

내가 물어보자 O는 내 손가락이 내려가는 대로 각각의 이름을 말해준다. 도중에 한번 다른 이야기를 곁들인다. "이 녀석들은 이렇게 읊고 기억해주는 걸 좋아하지."

"이 녀석들요?"

O는 고개를 끄덕여 답한다.

그렇게 기쁠 수가 없는 표정이다. 알코올의 힘은 분명히 아니고.

별도의 목록이 따로 작성됐는데, "무 또는 극소량"이라는 표제 밑으로 예외에 속하는 원소들을 모아놓았다. O는 계속해서 유기 화합물과 무기 화합물의 차이를 설명한다. 나는 그가 말하는 내용의 절반도 이해하지 못했다. 앞으로도 그럴 것이라고 생각한다.

2012. 8. 28

비요크가 레이캬비크에서 자신의 집으로 점심을 초대했다. 굉장한 오후였는데, O는 이를 더없이 적절하게 표현했다. "모든 것이 뜻밖이었다."

두 사람은 이 년 전에 만났다. 비요크가 음악에 관한 BBC 다큐멘터리를 찍을 때 올리버에게 나와달라고 요청했던 것이다. 하지만 당시에는 친목을 다질 시간이 없었다. 게다가 당시 O는 비요크의 음악에 대해 거의 아는 것이 없었다.
이번에는 여행 직전에 내가 그녀의 뮤직비디오 DVD를 구해 O를 위한 비요크 알기 수업을 진행했다. O는 침대 끝에 앉아서, 제대로 듣기 위해서는 TV 화면에 얼굴을 바짝 붙이고 봐야 했는데, 특히나 비디오의 시각적 요소에 매료되어 90분 동안 미동도 하지 않고 감상했다. O는 얼굴맹인 까닭에 길에서 만나는 보통 사람들뿐만 아니라 영화나 TV에 나오는 인물들도 알아보는 데 여간 곤란을 겪는 게 아니다. 비요크의 뮤직비디오를 보면서도 중간중간 "저게 비요크인가?" 또는 "어느 쪽이 비요크지?" 하고 묻곤 했다. 백조 같은 드레스를 입고 나왔다가 다음 장면에서는 로봇 같은 의상과 머리 스타일로 쉴 새 없이 바뀌는 통에 지독히 혼란스러워 했어도 O는 그녀의 예술성에 깊은 인상을 받았다.

우리는 비요크의 집 뒤쪽 차도로 진입했다. 주방 창문으로 그녀가 보였다. 뭔가 일에 집중하고 있는 모습이었다. 울타리가 소박한 집이었다. 앞마당에는 작은 테이블과 의자가 놓여 있는데, 다과회를 위해 준비된 자리 같았다. 따로 길이 나 있지 않아 어정쩡하게 울타리를 가르고 정문으로 들어갔다. 비요크가 나왔다. 내 기억에 비요크는 우리를 보고 무릎을 굽혀 인사하는 모습으로 남아 있다. 물론 실제로 그런 건 아니다. 공손하게 인사하며 경의를 표하는 그녀의 태도에 O가 그런 느낌을 받았다는 말이다. 비요크는 우리를 식탁이 차려져 있는 식당으로 안내했다. 비요크가 우리에게 두 친구, 잉글랜드 사람 제임스와 아이슬란드 사람 마르가리트를 소개했는데, 두 사람 다 빨간 머리가 강렬했다.

비요크의 머리는 위로 올려 파란 깃털 장식이 달린 집게핀으로 고정했다. 상의로는 색과 문양이 다양한 천으로 만든 단순한 튜닉을 걸치고 있었는데, 어쩌면 손수 만들었을지도 모르겠다. 튜닉 밑으로 흰 바지를 입었고 웨지샌들을 신고 있었다. 화장기 없고 주름 없는 얼굴은 예뻤고, 눈동자는 비취색이었다. 칠흑같이 까맣고 풍성한 눈썹은 흡사 새의 깃털 같았다.

내가 주방으로 들어가니 그녀가 점심을 준비하고 있었다. 주방의 벽지는 여신 머리처럼 정교하게 땋은 머리를 찍은 사진 인쇄물이었다. 비요크는 손님을 잘 대접하고 싶어서 성의를 다할 뿐, 우리 마음을 편안하게 해주고 맛난 것을 먹이고 싶어 하는, 엄마 같은 모습이랄까. 허세라고는 없는 편안한 사람이었다. 그녀와 가벼운 잡담을 조금 나누기는 했지만, 나는 너무 떨려서 하고 싶었던 말을 하지 못했다. 그녀의 음악이, 특히나 스티브가 죽은 뒤로, 내게 얼마나 큰 의미였는지를.

비요크는 우리에게 어서 앉아서 음식 들라고 권했다. 식탁 의자는 나무 그루터기를 깎아 만든 것이고 조가비 무늬가 수놓인 식탁보가 덮여 있었다. 식탁에는 아직 따뜻한 가염 혼합 견과류가 작은 접시에 담겨 있었다. 우리가 자리에 앉자마자 바로 김이 올라오는 송어구이와 샐러드, 삶은 감자를 내왔다. “저는 껍질째 먹는 걸 좋아하는데,” 하더니 미안한 듯이 “두 분은 어때요?” 했고, O와 나는 괜찮다고 고개를 끄덕였다.

대화는 활기찼다. 우리는 아이슬란드와 올리버의 새 책《환각》에 대해서, 그녀의 앨범 〈바이오필리아Biophilia〉와 새 프로젝트에 대해서 이야기했다. 올리버의 책《뮤지코필리아》에서 영감 받아 이름 붙인 〈바이오필리아〉는 전날 밤 내가 해넘이를 따라가다가 발견한 등대에서 녹음했다고 했다. 비요크의 주방에 걸린 달력에는 밀물과 썰물 시간이 기록돼 있었는데, 등대로 나갈 수 있는 날을 알기 위해서라고 했다. 밀물일 때 그 안에서 얼마나 오래 "갇혀" 있을 수 있는지도 중요하다고 말하면서 그녀는 웃음을 터뜨렸다. "정말, 정말 좋아요. 억지로 일을 해야 하거든요. 나오고 싶어도 나올 수가 없으니까요." 그녀는 그 등대를 구매할 수 있는지 문의한 적이 있다고 했다. 성사는 되지 않았지만, 차라리 그렇게 된 게 다행이라고 했다. "등대는 모두를 위한 것이니까요."

식사를 마친 뒤 비요크는 우리를 식당에서 데리고 나와 작은 문을 통과하여 계단으로 안내했다. 어느 모로 보아도 일반적인 계단은 아니었다. 천하의 자연주의자 올리버가 정확히 알고 있었다. "어우, 이건 현무암이군요! 마치 현무암 벽을 깎아서 만든 계단처럼 보입니다!" 비요크는 고개를 끄덕였다. 놀라움은 이것이 다가 아니었다. 소용돌이처럼 굽이치는 난간은 고래갈비뼈로 만든 것이었다.

비요크가 웃으며 계단을 오르는 올리버를 부축했다. "그리고 이거요." 그녀는 계단참을 아른아른 비춰주는 머리 위에 매달린 램프를 가리켰다. "딸하고 제가 홍합 껍질로 만든 거예요. 영구적이진 않겠지만…,

우리 맘에 쏙 들었답니다."

비요크는 슬렁슬렁 윗방으로 들어갔고, 우리도 따라 들어갔다. 그곳에서 우리에게 특수 제작한 악기를 두 개 보여주었는데, 첼레스타와 하프시코드처럼 보이는 악기였다. 두 악기 다 매킨토시 컴퓨터 프로그램과 연동되도록 개조한 것이었다. 비요크가 작동 원리를 설명하는 동안 O는 넋을 잃고 빠져들었다. 하지만 그때, 바로 그때, 비로소 깨달았다. 비요크와 O가 그토록 닮았으면서도—직관적으로 탁월하고, 믿을 수 없을 정도의 천재 동지—동시에 친구로는 도저히 어울릴 것 같지 않은 친구라는 사실 말이다.

아래층으로 내려온 뒤 비요크는 구스베리파이를 가져왔다. 자신이 기른 나무에서 직접 딴 열매로 간빔에 딸과 함께 만들었다고 했다. "물론 첫 조각은 요리를 맡아주신 저희 딸아이께서 먼저 먹어야 했답니다." 빠진 조각을 가리키며 비요크가 말했다. 정갈하게 담은 파이는 신선한 스키어아이슬란드 전통 요거트를 끼얹어 신맛을 더했다. 커피와 홍차를 곁들여 내왔는데, 모든 찻잔이 가운데를 동강 내 절반짜리로 만든 〈이상한 나라의 앨리스〉에 나오는 찻잔이었다. "이 찻잔들은 오른손잡이를 위한 것이더라고요. 이 잔을 들고 마시는 모습을 보면 누가 왼손잡인지 알아맞힐 수도 있어요." 그녀는 키득거리며 웃었다.

파이를 다 먹고 올리버의 손목시계를 보니 거의 3시 30분이었다. 여기 온 지 세 시간이 지난 것이다. 올리버는 견본쇄 《환각》에 서명을 했고, "당신이 아이슬란드 전체에서 이 책을 소유한 유일한 사람일 겁니다"

라고 말했다. 나는 내 책 한 부를 증정하면서 "비요크에게, 고마움을 담아"라고 서명했다.

우는 남자

THE WEEPING MAN

어느 날, 오후 5시 15분에 퇴근해서 브로드웨이에서 업타운으로 가는 4/5호선 지하철을 타려고 풀턴 스트리트를 따라 서쪽으로 향했다. 인도는 통근자들로 꽉 차 있었다. 인파 때문에 움직임이 더뎠고 짜증 나서 입속으로 낮게 중얼거렸다. "빨리빨리." "좀 갑시다." 이 말을 한 순간 뭔가 이상한 느낌이 들었다. 두세 사람 앞에서 한 젊은 남자가 비틀거리며 걷고 있었다. 그러다가 한 건물 옆에 쭈그리고 앉았다. 내가 옆으로 갔다. 낯빛이 창백했다. 그는 일그러진 표정으로 한쪽 팔을 움켜쥐고 있었다. 정장 차림인 것이 월 스트리트 직장에서 막 나선 듯한 모습이었다. "괜찮아요?" 내가 물었다. "어디 아파요? 도와드릴까요?" 혹시 간질 발작이 일어난 것은 아닌가, 생각했다. 나는 당장이라도 전화를 걸 수 있게 주머니 속의 휴대폰을 매만졌다.

젊은이는 아무 대답도 하지 않았다. 그는 아시아인이었고, 순간 영어를 할 줄 모르는 건 아닐까, 생각했다. 다시 반복해서 물었다. "어디

아프세요? 도움이 필요해요?"

"아뇨, 괜찮습니다." 젊은이는 이렇게 말하더니 울기 시작했다. 나는 어째야 할지 알 수 없어 주위를 둘러보았다. 행인들이 쳐다보고 있었다. 젊은이는 일어나더니 다시 느릿느릿 걷기 시작했다. 여전히 울음을 그치지 않고 있었다. 나는 그의 곁을 떠나지 않았다.

"정말 괜찮겠어요?" 내가 물었다. "내가 뭐라도 도와드릴 일이 있거든…"

젊은이가 고개를 저었고, 내키지 않았지만 하는 수 없이 가던 길로 지하철 역 층계를 밟아 내려갔다. 모퉁이를 돌 때 젊은이가 내 뒤에 오고 있는 것이 보였다. 눈이 마주쳤다. 나는 그가 인파 속에서 나를 놓치지 않도록 걸음을 늦추었다. 내 뒤를 따라서 회전식 개찰구를 통과해 승강장까지 온 그를 보니, 깊은 혼란에 빠진 듯 일그러진 미소를 띠고 있었다. 느낌이 좋지 않았다. 저러다 저 젊은이가 자기를 해치는 행동이라도 하지 않을까 두려웠다. 그가 내 옆에 다가와 섰다. 소리 없이 울면서 아무 말도 하지 않았다.

다행히 열차가 바로 들어와 내가 그를 안으로 밀어 넣었다. 퇴근하는 사람들이 온힘을 다해 밀면서 돌진했다. 퇴근 시간대 지하철이 얼마나 미어터지는지 보고도 믿기 어려울 지경이다.

젊은이는 기둥을 두 손으로 움켜쥐고 서 있는데, 얼마나 힘을 줬는지 주먹 관절이 하얘졌다. 그는 다시 울기 시작했다. 나는 사람들에게 밀려 그에게 바짝 밀착되었다. 내 이름을 말하고 그의 이름을 물었다. "케네스요." 자기 이름을 말하는 그의 말투에서 경멸이 느껴졌다.

"무슨 일이에요, 케네스?" 내가 속삭였다.

그는 숨을 깊이 들이쉬더니 내뱉듯이 말했다. "전부 잘못됐어요!

내 인생 전체가요."

직장을 잃은 건가? 재산을 날렸나? 애인과 헤어졌나? 나는 묻지 않았다. 대신 그의 어깨에 살며시 손을 얹고 달리는 열차 소리가 답하도록 했다.

우리는 한참을 묵묵히 갔다.

그러다가 케네스가 고개를 들고는 말했다. "좋은 사람이시네요." 좋은 마음으로 한 말인데 어쩌다 비난조가 되었다는 것을 느낄 수 있었다. 하지만 사실 웃겼고, 나는 참지 못하고 웃었다.

"들어봐요." 내가 그에게 말했다. "나에게도 지금 당신이 겪고 있는 그런 날들이 있어요." 사람 없는 시간대에 크리스토퍼 스트리트에 있는 부두로 나가곤 한다는 이야기도 해주었다. 시원하게 한번 울고 싶어서라고. "사는 거 힘들죠."

열차는 만원이었지만 쥐 죽은 듯 고요하여 고급 정장에 타이 차림의 이 젊은 남자가 흐느끼는 소리가 뚜렷이 들렸다. 주위를 돌아보니 승객들이 염려스러운 얼굴로 우리한테 주의를 집중하고 있었다. 끼어들고 싶지는 않지만 동시에 바짝 귀를 기울인 사람들.

근처 좌석에 앉아 있던 한 인도계 여성과 눈이 마주쳤다. 입 모양으로 물었다. 저분 괜찮아요? 여기 앉으실래요? 내가 케네스에게 물었지만 그는 괜찮다고, 그대로 있고 싶다고 했다. 인도 여성이 사람들 틈을 비집고 다가와 우리 옆에 섰다. 그렇게 난생처음 보는 세 사람이 한 기둥에 매달려 몸을 버티고 있었다. 사방으로 사람들에게 압박당하고 있자니 이 칸, 그리고 옆 칸, 그 옆 칸에 타고 있는 수백, 수천의 승객들이 마치 산사태를 막기 위해 설치해놓은 긴 옹벽처럼 느껴졌다.

인도 여성이 케네스에게 오늘 밤 갈 곳은 있는지, 같이 있을 사람은 있는지 물었다. 케네스는 집으로 간다고 대답했다. 그는 그랜드센트럴에서 내려 용커스로 가는 열차를 타야 한다고 했다. 인도 여성이 같이 가주겠다고 했다. 케네스는 도움을 거절했지만—아뇨, 아니에요, 라고—그녀는 완고하게 같이 가고 싶어서 그런다고 했다.

나는 그녀가 고마웠다. "저는 다음 정거장에서 내려야 해요. 이분이 안전하게 귀가하도록 해주겠어요?"

"물론이죠." 그러고는 케네스에게 자신을 소개하는 그녀의 목소리가 노래처럼 들렸다.

지하철이 14번 스트리트/유니온스퀘어 역에 섰다. 나는 케네스에게 잘 지내길 바란다고 인사하고 그녀에게 다시 고맙다고 말한 뒤 열차에서 내렸다.

*

마무리 화장

일기에서

2012. 9. 16

브루클린, 그레이엄 애비뉴 역에서 맨해튼으로 돌아가는 지하철을 기다리다가 그다지 젊지 않아 보이는 남자—쉰여덟이나 쉰아홉쯤 되어 보이는 대머리의 잘생긴 남자—가 짧은 치마를 입은 젊은 여자를 지나치다가 깜짝 놀라 다시 돌아보는 장면을 목격했다. 남자는 뒤돌아보다가 여자를 보는 자기를 내가 보았다는 것을 알아차렸다. 남자는 멋적게 웃었다.

"저 여자는 자기가 얼마나 예쁜지 알까요?" 남자가 내게 말했다.
여자는 이미 멀찌감치 앞서갔기에 이 말을 듣지 못했을 것이다.
나는 자신의 친구와 함께 멀어지는 여자를 바라보았다. 정말 예뻤다.
적어도 뒷모습은 끝내줬다. "글쎄요. 직접 물어보시지 그래요?"
남자는 고개를 저었다. "에이, 저 아가씨한텐 너무 늙었죠." 잠시 뒤.
"오늘 밤에 다른 한 사람한테 말해보죠."
"데이트요?" 남자는 고개를 끄덕이더니 이따가 하려는 무언가에 대비하듯 왈츠를 추기 시작했다. 하나 둘 셋, 하나 둘 셋. 무척이나 달콤한 광경이었다. 지하철에서 한 손에 대본을 말아 쥐고서 대사를 연습하는 배우를 보았을 때처럼. 남자는 계속 춤을 추었고 잠시 후 열차가 왔다. 승강장 저쪽 끝에서 여자가 친구와 함께 열차에 올랐다. 왈츠 추는 남자와 나는 이쪽에서 다른 칸에 올랐다.

저 여자는 자기가 얼마나 예쁜지 알까?

2012. 9. 30

어째서 하고 싶은 말이 가장 많을 때 글쓰기가 가장 힘들까?
바꿔 말하자. 하고 싶은 말이 너무나 많을 때 글쓰기가 너무 어렵다.

웬디 웨일, 나의 에이전트가 죽었다. 월요일 코네티컷의 자택에서 발견되었다. 잠자던 중 심장마비가 온 것으로 보인다. 원고에 둘러싸여 있었다고 들었다. 지난 금요일 오후 통화했을 때, "지금 읽을 게 너무 밀렸어요", 했다. 나의 새 책 계약 조항이 최종 마무리된 참이었다.

웬디를 잃어 몹시 슬프다. 그는 내게 친구였고 정신적 지주였다. 웬디가 내게 해준 많은 말이 지금도 귓가에 선한데. 내게 힘을 주고 나를 지지해주던 말들. 내가 무엇을 원하는지, 출판사 사장이나 편집자에게서 듣고 싶은 말을 하면, "오우케이" 하면서 둘째 모음에 강세를 주어 길게 끌면서, 그것도 여러 번 반복해서 대답하던 일. 내가 〈뉴욕타임스〉에 기고한 글 몇 편에 대해서, 눈에 잔뜩 힘을 주고 일자 앞머리 사이로 내 눈을 정면으로 응시하면서 "빌리의 최고가 바로 이런 거예요" 하던 일. 웬디의 말은 진심이었다.
사이먼앤슈스터의 편집자와 점심을 먹은 뒤에 우리는 택시를 타지 않고 걸어서 웬디의 사무실로 돌아가자고 했다. 록펠러센터 근처에서 고급 초콜릿 상점이 보이자 그녀가 "저기 초콜릿, 아주 훌륭해요" 했다. 우리는 함께 들러서 그녀의 사무실 직원 에밀리, 에마, 앤에게도 하나씩 주기로 하고 다섯 개를 샀다. 웬디와 나는 우리 것을 먹으면서 남은 길을 걸어왔다.

2012. 10. 2

오늘 아침 혼잡한 지하철에서 완전한 핑크톤으로 차려입은 젊은 흑인 여성을 보았다. 핑크 바지에 핑크 주름 장식 블라우스, 핑크 재킷, 그리고 핑크 발레 슬리퍼에 핑크 클러치백까지. 그리고 크고 동그란 선글라스를 쓰고 있었다.
웬디한테 내가 지하철에서 만난 사람들, 내가 본 광경을 이야기해주면 좋아하던 일이 떠올랐다. 나는 평소처럼 아이팟을 끼고 닐 영의 노래를 듣고 있었는데, 형언할 수 없이 아름답고 구슬픈 목소리에 눈물이 흐르기 시작했다. 나는 선글라스를 쓴 채로, 숨을 깊이 들이마셨다. 지하철에서는 정말로 울고 싶지 않았다.
다시 핑크 여인에게 집중했다. 머리끝부터 발끝까지 자기가 좋아하는 색으로 차려입었다는 것이 멋져 보였다. 그녀에게 행운의 색이겠지. 그녀가 새 직장에 면접 보러 가는 모습을 상상해보았다. 그녀가 내 쪽을 보고 있었다. 눈동자는 보이지 않았지만 분명히 내 눈과 마주쳤을 것이며, 눈물이 떨어지는 것도 보았을 것이다. "오늘 근사한 하루를 보내실 거예요." 내가 말했다. 순전히 생각으로. "정말 멋져요." 지하철이 섰다. 핑크 여인이 열차에서 내리다 뒤돌아서더니 나에게 미소를 보냈다.

2012. 10. 8

일요일 밤. O와 함께 성 바르톨로메오 성당에서 열리는 음악회를 보러 갔다. 프로그램은 모차르트의 〈레퀴엠〉으로, 코넬 대학교 의과대학교 대학원생과 의사로 구성된 교향악단의 연주였다. 의사 중 한 사람이 O를 알아보고는 우리를 좋은 자리로 안내했다. 뛰어난 공연이었다. 공연 후에 린과 베드 메타파키스탄 태생의 저술가 부부를 만났다. 비 내리는 밤이었다.

집으로 오면서 차에서 나눈 대화 : O는 〈레퀴엠〉을 듣다 보면 자기도 모르게 자신의 죽음이 일종의 "그림처럼" 눈에 보이고 마음에는 "조금의 동요도 일어나지 않는 것"을 느낀다고 말한다. "평온함이라기보다는… 때가 이르러 마땅히 일어날 일이 일어나는 것처럼" 느껴진다고.

나는 O를 돌아보며 고개를 끄덕였다. 그리고 그의 손을 잡았다.

집에 온 뒤 우리는 전날 밤에 요리했던 연어와 채소를 데우고 식탁을 차리고 포도주 병을 딴 뒤 라디오를 켰다.

주방을 치우고 설거지를 하면서 O가 말한다.

"이 녀석들 어서 씻어주길 바라는군. 씻어준다고 고마워하네."

식기세척기가 다 차지 않자 O가 이미 깨끗한 커피 머그와 유리잔을 추가한다. "벗이 있으면 좋잖아."

O가 이렇게 주전자니 프라이팬이니 식탁(이 "아프면" 안 된다고 급히 달려와 냄비받침을 깔아주고)이니 하는 물건에 감정을 쏟는 것을 보면 얼마나 재미있고 사랑스러운지. 그는 대부분의 물건—분명히 물건

맞다(주전자, 자명종, 만년필, 피아노, 그리고 무엇보다도 책)—을 생명 있는 존재처럼 다룬다. 하나의 자연으로…. 그러면서도 그런 자신이 부조리하고 터무니없다는 것을 잘 알고 있다.

그날 저녁을 먹으면서 O는 고인이 된 친구 가이—노벨 의학상 수상자 칼턴 가이듀섹—에 대해 이야기했다. 그는 가이가 괴테에 견줄 만한 인물이라고 확신과 열정에 넘쳐 이야기하면서 이렇게 정의했다. "그는 하나의 자연이었지. 자연."

O가 무슨 뜻으로 하는 말인지는 알 것 같았지만—O는 의사다, 작가다, 게이다 아니다, 유대인이다, 무신론자다 등등 자신에 대해 이렇다 저렇다 규정하고 틀에 가두는 것을 싫어하는 사람이었다—나는 확신할 수 없어서 다시 물었다.

"자연." 그는 이렇게 말고는 달리 설명할 길이 없다는 듯, 같은 말을 반복했다.

"그는 이거다 저거다, 어느 하나로 말할 수 없는 사람이었어. 요새는 흔히들 어떤 하나의 '정체성'으로 말하는 것을 좋아하지만 말이야. 오히려 그가 지닌 모든 면모가 하나의 전체라고 봐야겠지. 그는 그런 사람이었어. 자연력이라고 해야 할까?"

2012. 10. 21

책상에서 구부정한 자세로 노란 메모장에 글을 쓰고 있는 O를 발견하고 그의 맞은편에 앉았다. 새로 시작한 "작은 것 한 편"—한 무신론자가 생각하는 사후 세계라는 "부조리한" 개념—작업 중이다. 그는 이

글에 "새로운 천 년에 만나는 신"이라는 제목을 붙였다.
벌써부터 마음에 든다고 그에게 말한다. 그는 지금까지 쓴 여러 장 중 12쪽부터 15쪽까지 내게 읽어준다. 낱말 하나, 표현 하나, 그 어느 것 하나도 그의 선택에 동의하지 않을 것이 없다. 물 흐르듯 자연스럽게 읽히며, 품격 있다.

밖에서 : 8번 애비뉴의 무질서한 경적 소리. 보나마나 교통 체증으로 꽉 막혀 있을 것이다. 꼬리에 꼬리를 물고 이어지는 후미등의 붉은 물결이 눈에 선하다. 올리버는 아무것도 알아채지 못한다. 지금 쓰고 있는 것이 거의 끝나간다. 다음은 어디로 갈지, 앞이 보이지 않는다. 그러다가 돌연 한 구절이 떠오른다. "천국에 대한 상당한 우려를…."
내가 셰익스피어처럼 들린다고 말한다.

"비슷했어. 어느 정도는." 그건 토머스 브라운이라고 말한다. "찾게 좀 도와줘요." 그의 말에 나는 그를 따라 뒤쪽의 작은 방으로 들어간다. 소설, 희곡집, 시집이 있는 구역—신경학이나 과학책이 아닌 문학책이 있는 곳—이다. 그는 B칸에서 제목을 찾다가 금세 조급해진다.

"어디 있었더라? 《의사의 종교》가 분명히 내게 있었는데." 그는 애가 타면 참을성을 잃는다. 나는 그가 이제 곧 발을 동동 구르리라, 예상한다. 내가 그를 뒤에서 안고 함께 서가를 훑는다. 보르헤스, 버제스….
"토머스 브라운은 전집을 갖고 있었는데. 내 책이 전부…." 생각에 잠긴 듯 목소리 끝이 희미해진다. "아유, 어떻게 된 거지…?"
"여기에 있는 게 분명해요?" 나는 거실로 가서 B칸을 찾는다. 거기에

토머스 브라운이 너댓 권 있다.
“훌륭해!” O가 외친다. “어쩜 이렇게 똑똑할까! 빌리 없이 내가 뭘 할 수 있겠어요?”
“열쇠나 안경 없이도 얼마든지 버티잖아요. 토머스 브라운 선생 없이도 괜찮을 거예요.”
O가 다시 책상으로 돌아가 앉으며 말한다. “포도주나 좀 마실까?”
내가 잔 두 개를 가지고 돌아온다. 그는 그 연약한 책을 떠들며 오륙십 년 전에 자신이 붙였던 각주와 밑줄 그은 단락들을 소리 내어 읽는다. 드디어 찾던 것이 나온다. “《의사의 종교》가 아니라 《기독교인의 도덕성》이었군. 잊고 있었네. 마지막 쪽이었어….”

그는 단어들을 음미하며 먼저 혼자 읽은 뒤 내게 소리 내어 읽어준다.
“인생을 길다고 믿지 말라. 하루하루를 마지막 날로 여기고 그 가치 이상의 삶을 살지어다. 기대치 이상을 살아낸 날이 많은 자, 많은 생을 살리니, 하루의 짧음을 불평하는 날 또한 적을 것이다. 지나간 시간은 그림자와 같은 것, 시간을 현재에 있게 하라.”
“참으로 아름다워.” 내가 중얼거렸다.

O는 조금 건너뛰고 계속 읽었다. “그리고 만약, 다른 곳에서도 밝힌 바, 누구든 기독교의 멸절론, 황홀경, 해방, 변형, 배우자의 키스, 거룩한 어둠으로의 침잠을 몸소 체험으로 깨친 이가 있거든, 신비신학에 따르면, 그들은 이미….”
이 대목에서 고개를 든 O의 얼굴이 기쁨으로 환하게 빛난다.
“아, 여기에 있었어. ‘천국에 대한 상당한 기대를 품었으리라’.”

2012. 10. 30

허리케인 샌디가 뉴욕을 강타한 다음 날. 전날 밤의 정전이 해제되지 않았다. 울긋불긋 현란한 조명이 꺼지고 암흑으로 변해버린 8번 애비뉴, 행인 한두 명 말고는 텅 빈 거리, 소방차와 구급차, 순찰차가 일제히 집결한 14번 스트리트. 음산한 풍경이었다. 포효하는 바람 소리, 사이렌 소리.

O는 소파에, 나는 안락의자에 누워 있다. 창문을 조금 열었다. 훅 들어온 공기에 발이 차갑게 식는다. 우리는 O의 생일에 마시다 남은 뵈브 클리코 샴페인 병을 열었다. 이대로 놔두었다가는 미지근해지고 말 거라고. 우리는 트랜지스터 라디오를 켰다. 현장 소식과 목격담을 전하는 사람들의 목소리에 공포가 서려 있다. O는 2차 세계대전 시기, 유년기에 겪었던 정전 이야기, 1965년 11월 뉴욕에서 처음 겪은 대규모 정전 이야기를 들려주었다. 그때는 브롱크스 주립병원에서 크리스토퍼 스트리트까지 걸어서 돌아와야 했는데, 꼬박 예닐곱 시간이 걸렸다고 했다.

그리고 지금, 얼마나 많은 세월이 흘렀는가? 올리버가 일흔아홉, 내가 쉰하나. 전기도, 수돗물도, 전화도, 가스도, 난방도, 아무것도 없다.

우리는 샴페인을 마신다. 우리는 축배를 든다. 우리에게 내린 축복을 헤아린다.

★

프레디와 할리우드

죽지 않는 삶에 대하여

ON BEING NOT DEAD

어느 날 밤, 나는 올리버에게 전화해서 아파트 옥상에서 만나자고 말했다. 나는 소박한 저녁상을 마련했다. 통닭구이, 좋은 빵, 올리브, 체리, 포도주를 준비했다. 포도주 잔을 잊고 안 가져와서 돌아가며 병나발을 불었다. 여름이었다. 태양이 허드슨 강 위로 떨어지고 있었다. 이웃들도 옆에서 식탁을 차려놓고 즐거운 저녁을 즐기고 있었다. 쾌적한 바람이 불어왔다. 우리를 에워싼 도시 풍광이 어떤 뮤지컬의 무대 배경처럼 보였다.

더할 수 없이 나쁜 상황의 반대는 무엇일까? 지금과 같은 순간, 세계가 그동안의 부끄러움을 벗어던지고 가능한 모든 아름다움의 조합을 있는 그대로 드러내는, 우리가 좀처럼 만나기 어려운 순간이 그것이다. 그릇을 챙겨 아래층으로 내려가면서 올리버가 했던 말이 그 순간을 적절하게 묘사했다. "내가 죽지 않은 것이 기쁘다." 이 말을 꽤 큰 소리로 했는데, 그의 귀가 잘 들리지 않기 때문이다. 그렇다고는 해도 스스로 말해놓고도 놀란 표정이었다. 마음으로 느끼고는 있었으나 정말로 입 밖에 내려는 뜻은 아니었다는 듯, 생각이 자기도 모르게 외침이 되어버린 것이다.

"선생님이 죽지 않은 것이 저도 기뻐요." 한 이웃이 올리버의 말을 받아 쾌활하게 말했다. "우리 모두가 죽지 않은 것이 기뻐요." 하고 또 다른 이웃이 말했다. 옥상 위의 우리는 누가 먼저랄 것 없이, 저마다 잔을 들어 올렸다. 지는 해를 위하여 건배, 우리를 위하여 건배.

살아 있어서 기쁘다느니 인생은 짧다느니 하는 말은 너무 흔한 말이지만, 죽지 않은 것이 기쁘다는 말을 할 수 있으려면 노령 또는 어떤 사무치는 경험 없이는 체득하지 못할, 상실에 대한 깊은 이해가 필요하다. 죽는다는 것이 어떤 것인지를 알아야 할 뿐만 아니라 죽음 자체, 그 절대성을 느껴봤어야 하는 것이다.

어쨌거나 죽는 방법은 다양하다—평화롭게, 폭력적으로, 갑자기, 천천히, 행복하게, 불행하게 또는 너무 이른. 하지만 죽음이라는 것은 결국 죽었거나 아니거나 둘 중 하나다.

살아 있음은 그렇지 않아서 그 정도와 범위가 아주 다양하다. 뇌와 혈액에 산소가 충분히 공급되고 심장박동이 규칙적으로 뛴다 한들, 가는 세월조차 인식하지 못한 채 반쯤 잠든 채로 살아간다면, 온전히 살아 있다고 할 수 없다. 그러나 이 상태는 얼마든 회복이 가능하다. 비범한 것을 놓치지 않고 잠시 멈추는 법을 배운다면, 일상의 순간들을 기억하는 법을 배운다면, 온전한 삶은 회복할 수 있다. 나는 지금 그 여름밤의 옥상에 대해서 생각하고, 그날 이후로 내가 사귄 사람 또 잃은 사람이 몇 명이었는지 생각한다. 어머니, 세 친구, 두 이웃, 그리고 내게는 두 번째 어머니나 다름없던 나의 에이전트 웬디. 웬디의 많은 친구와 친척이 지난 주 어느 오후 장례식에 참석했다. 아름답고 환희 가득한 의식이었다. 나는 아일랜드 사람답게, 하루 종일 울었다. 뭐, 어쩌겠나. 좋은 울음은 영혼의 세차 같은 것이라고 여기기로 했다.

장례가 끝난 뒤부터 걷기 시작해 렉싱턴 애비뉴에 있는 어느 지하철 입구를 지나고 계속 걸었다. 날이 저물고 추워지고 있었다. 가을밤이 깊어가면서 렉싱턴 애비뉴가 마법처럼 5번 애비뉴로 바뀌고 웬디와 보낸 그 훈훈했던 6월 오후를 회상하게 되었다.

우리는 점심을 먹은 뒤 그녀의 사무실로 돌아가면서 택시를 타지 않고 걸어가기로 했다. 웬디는 나보다 머리 하나가 더 큰 장신이어서 그녀를 쳐다볼 때마다 파란 하늘과 높이 솟아 펄럭이는 5번 애비뉴의 성조기가 배경으로 펼쳐져 마치 돌리 카메라 렌즈를 통해 그녀를 보는 듯한 기분이었다. 웬디는 민소매 원피스를 입고 활짝 웃고 있었다. 우리는 둘 다 얼마나 뉴욕을 사랑하는지 이야기했다. 웬디는 뉴욕 토박이로서, 나는 방금 온 사람으로서. 그리고 웬디와 이야기하는 내내 내가 지금 여기 있다는 것이 얼마나 기쁜지, 지금 이 순간을 얼마나 잊지 않고 기억하고 싶어 하는지를 의식했다. 그리고 지금 나는 그 전부를 기억한다. 웬디와 내가 걸어온 그 길이 담긴 이 짧은 영상이 무한반복으로 재생되고 있다.

집에 도착했을 때 올리버한테서 전화가 왔다. "내려와요. 모든 게 절임되고 있어." 우리는 식탁을 차리고 병을 땄다. 그는 연어구이와 찐 콩 요리를 해놓았다. 디저트로는 사과 한 개를 나눠 먹었다. 완벽한 식사였다. 우리는 라디오를 켰다. 우리가 즐겨 듣는 클래식 라디오 방송국이 '베토벤 바로 알기의 달'을 진행하고 있었는데, 그날 방송은 베토벤이 원래는 현악 4중주 13번의 마지막 악장으로 계획했다가 단독 작품 133이 된 〈대푸가〉로 시작했다. 나는 클래식 음악에 정통하지 못한 터라 그날 아나운서의 설명을 듣지 않았더라면 최근에 작곡된 어떤 현대 음악이라고 짐작하고 넘어갔을 것이다. 올리버가 베토벤 시대에는 이 곡이 너무나 고도의 기교를 요하는지라 연주가 거의 불가능했고 듣는 이들에게도 지나치게 난해한 곡으로 간주되었다고 말해주었다. 대화는 거기서 멈추었고, 우리는 말없이 감상했다. 무질서하고 격렬한 동시에 불가해하고 아름다운 음악이었다.

올리버가 앉은 뒤쪽 북으로 난 커다란 유리창으로 8번 애비뉴의 풍경이 내 눈이 닿는 데까지 멀리멀리 펼쳐졌다. 나는 8번 애비뉴의 모든 신호등이 일제히 빨간색으로 바뀌면서 멈춰 선 모든 자동차와 택시의 브레이크등이 켜지고 빨간 불빛의 수가 무한대로 증식하는 순간을 포착하는 데 집착하는 습관이 있다. 이 순간이 결코 자주 오지 않는 것을 보면 신호등에는 자기들만의 시간감각이 있는 듯하다. 올리버는 한 번도 성공하지 못해 지금 내가 우리 두 사람 몫으로 지켜본다. 드디어. "저기, 저기요, 보여요?"

올리버가 돌아앉으며 맨해튼 거리에 펼쳐진 붉게 이글거리는 은하수를 찾는다.

그러고는 눈 깜빡할 새, 불빛은 초록색으로 바뀌기 시작한다.

타자기에 대하여

ON A TYPEWRITER

뭐라고 말해야 할지 모르겠다고
O가 말한다
그래서 손가락이 말하게 한다
손가락들이 생각하고 있는 것을.

얼마 만에 치는 타자기인가!
오타는 오타가 아니라
어느 사라져가는 언어가 남긴 기록의 단편
Qwertyuiop
l t ud rrr jpe miy gos mp
;ry ud der 어떻게 지내 mpw

생각이 시작되었다가 끝나는 동시에 달아난다

그의 생각을 흉내 낸다

나이 좋은 침구 빌리가 리본을 새것으로 바꿔 끼웠다

그가 타자기를 친다

2345670asdfghjikl;]xcvnm,.rqwert67890-=

그렇다면 다시 태 타자기를 사요ㅛ할까?

나는 이것이, 얻던 면에서는, 아름답다고 생각한다

나는 니것이, 어던 면에서는, 아름답다고 생각한다

이겄은, 어떤 면에서는, 아름답다

이겄은 아름답다

이겄은

2013. 3. 1

스케이트보드 공원에서

AT THE SKATEBOARD PARK

22번 스트리트 웨스트사이드 고속도로 끝에 있는 스케이트보드 공원으로 걸어갔다. 가끔씩 그러는 것처럼 걷다가 보니 도착한 것이 아니라 의도를 가지고 그리로 직행했다. 그곳의 소리와 광경—스케이트보더들이 하늘을 날고 하강하고 활주하는 모습, 자기 차례가 아닐 때 테두리 밖에 서서 다른 스케이터를 유심히 지켜보는 모습, 스케이터들 간에 지키는 무언의 규칙과 의례들—에, 그리고 그것이 내 안에 일으키는 감정에 이끌려 그리로 간 것이었다.

"멋지지 않나요?" 그들을 지켜보는 나를 보던 남루한 차림의 남자애가 말했다. 내 생각을 읽은 건가, 아니면 내 표정이 그랬나?

나는 고개를 끄덕였다. "정말 그러네요. 사람을 홀려요."

우리는 공원의 높은 철조망 사이로 이야기를 나누었다. 나는 철조망 서쪽으로 한쪽 발은 구경하는 사람들을 위해 설치한 둥근 기둥을 딛고 다른 발은 콘크리트 내력벽을 딛고 두 손으로 철조망을 붙들고 서 있었다. 해가 쨍하고 화사한 날이었다. 기온이 영상 5도, 어쩌면 10도까지 될지도 모르겠다. "겨울 내내 이 정도로만 가줘도 바랄 게 없겠다." 한 스케이터가 하는 말이 들렸다. 이 공원은 며칠 뒤면 동절기 휴장에 들어갈 것이다.

"여기 애들 중 몇 명은 기가 막히죠." 소년이 어깨 너머로 흘깃 보면서 말했다. "보고 계셨으니 아시겠죠."

키가 170 정도 될까, 작고 깡마른 아이였다. 스케이트보드는 지금까지 한두 번밖에 타보지 못해 저 애들 근처에도 가지 못한다고 했다. 하지만 한편으로는 이 얘기를 들어서 다행이었다. 으레 다들 이렇게 잘하려니 생각할 뻔했다. 슬라이드 서쪽 골짜기 쪽은 8미터에 달하는 수직낙하 구역으로 위험천만한 코스다. 그런데도 헬멧이나 보호구를 착용한 사람은 아무도 없다.

오늘따라 특별히 실력 좋은 아이들이 모였는지 치열한 공기가 느껴졌다. 아이들이 저마다 체형의 차이 못지않게 겁 없음의 정도에 따라 각기 다른 스타일을 구사한다. 한 아이는 그네 탈 때 발을 구르는 방식으로 두 팔을 이용해 속도를 높인다. 아시아계 2세로 보이는 또 한 아이는 나긋나긋한 몸놀림이 특히나 우아해 보인다. 작달막하고 옹골찬 한 흑인 아이는 바위처럼 안정적이었다. 그런가 하면 중동 왕자처럼 보이는 아이도 있었다. 이 아이도 굉장했다. 슬라이드 상단 테두리를 타고 돌다가 슝 골짜기로 내려갔다가 다시 날아올라 스케이트보드 앞부분을 손으로 친 뒤 상단 테두리를 짚는데, 굉장했다. 스케이트보드에서 가볍게 발을 떼었다가 다시 사뿐히 발을 얹는 그 몸놀림, 어떤 표범이라도 이 생명체들보다 더 정확하고 섬세하고 우아할 수는 없을 것이다. 몇 번씩 여기저기서 박수가 터졌다. 이런 반응은 지금껏 처음 보는 것 같다. 이 아이들이 스케이트보드를 타는 것은 그저 재미와 전율만을 위해서가 아니다. 이들은 '누가 최고인지'를 겨루고 있다.

"누가 최고죠?" 내가 물었다.

"저기 저 친구요?" 그는 고갯짓으로 체크무늬 남방을 입은 키 큰 흑인 남자아이를 가리켰다. "쟤는 자신감 넘치죠. 부드럽고요."

"그러네." 내가 인정했다.

"그리고 저기 저 작은 친구요."

나는 이 아이가 누구를 말하는지 알았다. 전에도 보았던 아이다. 붉은빛 도는 긴 금발의 장난기 넘치는 아이다.

"저 친구도 정말 굉장하네. 좀 뛸 줄 알아."

나는 이 소년이 골짜기 뒷벽을 치고 날아올라 구름 속으로 사라지는 모습을 상상했다.

"하지만 저기 뒤쪽에 있는 저 녀석 말이에요." 그는 고갯짓으로 약간 나이가 들어 보이는 백인을 가리켰다. 삼십 대 초반으로 보이고, 염소수염에 입이 큰 청년이었다. 자기가 탈 때를 제외하면 내내 다른 스케이터들에게 야유를 보내던 이 청년도 정말 잘 탔다. 눈이 휘둥그레지는 공중제비와 고도의 도약을 하고도 쿵 소리 한번 들리지 않았고, 빨랐다. "저 녀석은 말이죠, 진짜 무서운 놈이에요." 아닌 게 아니라 진짜로 무서워 보였다. 평생 무수한 추락을 당하고도 스케이팅을 절대 그만두지 않을 강인함이 느껴졌다. 나는 담장 뒤에 있었지만, 그 자리에 있었어도 그 청년에게 조금은 겁이 났을 것이다. 아까 전에 그 청년이 친구를 데리고 와서 담장에 상단이 망가져서 뽑아낼 수 있는 부분을 보여주었다. “여기가 우리가 밤에 들어오는 곳이야.” 그는 이렇게 말했다.

이제 나와 철조망 사이로 대화하던 친구가 다른 친구들에게 야유를 보내기 시작하는데, 갑자기 길거리의 거친 언어를 쓰는 바람에 낯설게 느껴졌다. 그는 사타구니를 쥐고 저속한 동작을 해 보이면서 자기가 어떤 도약과 묘기를 보여주겠다고 큰소리쳤다. 통역이 있으면 좋겠다고 생각했다. 하지만 랩을 하는 MC가 그렇듯이, 중요한 건 내용이 아니라 스타일, 순전히 과시의 제스처였다. 혹시 이 친구가 나를 꼬시려고 저러는 것인가? 그저 웃음이 나왔다.

그에게 스케이트보드를 탄 지 얼마나 되었는지 물었다.

“겨우 일 년, 일 년 반밖에 안 됐어요. 보통은 아침 8시에 여기 와서 저쪽에 그냥 앉아 있곤 했어요.” 그는 골짜기 저쪽 상단 테두리를 가리켰다. “그 시간대는 아무도 없고 텅 비어 있죠. 그러다가 애들이 오기 시작했어요. 그러다 나도 걔들하고 어울리면서 묘기도 좀 배우고 그랬죠.” 그는 잠시 말을 멈추었다. “나는 보드가 없어서….”

“그럼 스케이팅은 어떻게 해요?”

“친구가 타게 해줘요. 가끔요.”

이 친구, 돈이 없구나, 나는 생각했다.

“하지만 이 데크스케이트보드의 판는 있어요. 어떤 애가 타던 거에서 나온 거예요.” 나는 그애가 지금까지 계속 이 데크 위에 쭈그리고 앉아 있었다는 것을 알아차리지 못했다. 바퀴 없는 스케이트보드, 누군가에게는 작은 무대장치가 된다. 그는 데크를 집어 들고는 손 위에 놓고 뒤집었다. 양 끝이 다 갈라져 너덜거리는 것이 어지간히 뒹굴고 부딪친 모양이었다. “언젠가는 내 트럭을 가질 거예요. 나도 차를 가질 거라구요."

트럭은, 내가 귀동냥으로 배운 바로는, 바퀴를 뜻하는 말이다. 그럼 스케이트보드는? 차. 그렇지, 소년들의 차. 이제 이해했다. 나는 좋은 스케이트보드는 어떤 것인지 물었다.

그는 데크를 집어 들고 구조에 대해 설명했다. "여기 이거 보이죠?" 그는 보드 끝에서 약 10센티미터 지점의 아주 살짝 오목하게 처리된 부분을 가리켰다. "여기가 도약할 때 쓰이는 부분이에요." 그의 목소리가 진지해지면서 전문가다워졌다. "아시겠어요?"

내가 자기가 하는 말을 전혀 알아듣지 못한다는 것을 알아챘나 싶다. 보드 위에 올라서더니 무게중심을 이동하고는 순식간에 보드를 차고 땅 위로 뛰어오르는 것이다. 그는 내 표정을 살피면서 내가 확실하게 이해할 때까지 같은 동작을 서너 번 반복해서 보여주었다.

그러고는 다시 쭈그리고 앉아 수업을 이어갔다. "여기 굽은 곳 있죠? 여기가 보드의 꼬리라는 뜻이에요."

"꼬리?"

"끝부분이요. 스케이트보드의 끝부분요. 그러니까 여기가 앞이에요." 그는 너덜너덜한 상처투성이 앞부분을 보여주었다.

"여기가 머리?" 내가 물었다.

그는 잠시 생각하더니 답했다. "좋아요. 머리라고 해두죠."

내가 그의 흐름을 깬 것이다. "자, 그러니까 스케이트보드는 여러 겹의 널빤지를 쌓아 붙인, 샌드위치 같은 거라고 보시면 돼요." 그는 계속했다. "여기 보이시죠? 세로면으로 아래쪽이에요." 그는 횡단면을 보여주었다. "이게 하나, 둘, 셋, 넷, 다섯, 여섯, 여섯 겹이에요. 이해되시죠?"

이해했다.

"하지만 정말 좋은 보드는요, 아홉 겹으로 돼 있어요. 빌어먹게 무겁죠. 그걸 몸 좋은 녀석이 탔다 하면, 죽여주게 날아다닌다구요. 하지만 보세요." 그는 다시 자기 이야기로 돌아왔다. "내가 좀 작은 편이잖아요. 내 발도 요만 하죠." 그는 데크를 땅에 내려놓고 위에 올라섰다. 그의 발과 데크가 내 눈높이에 있었다. 정말 작은 발이었다. 240센티미터나 될까. 체중은 잘 봐줘도 55킬로그램이 넘을 것 같지 않았다. "그래서 나한테는 이게 딱 맞아요. 여섯 겹에 너비는 8.6인치약 22센티미터 정도 되는 거요. 여기 이 발판 보이세요?" 데크 상판을 덮은 사포 같은 것을 말하는 것이다. "이게 데크에서 발이 미끄러지지 않고 붙어 있게 해주는 거예요." 그는 이 특징을 설명하기 위해서 바퀴 없는 데크로 그가 꿈에도 되고 싶어 하는 스케이트보더들이 활강하고 도약하고 비행하는 슬라이드의 상단 테두리에 서서 시범을 보여주었는데, 이 순간만큼은 어느 누구보다도 부드럽고 자신감에 넘쳤다.

"지금 젊은이한테 필요한 건 트럭 몇 대뿐이군요."

"차도 장만할 거구요." 그가 대답했다. 화음 넣은 합창 같은 대화였다. 그는 낡아빠진 자신의 데크를 집어 들고 내 눈을 보며 웃었다. "자, 지금까지 스케이트보드의 ABC였습니다, 손님. 좋아요."

"고맙습니다, 선생님."

"별말씀을."

그는 훌쩍 떠났다. 나는 그의 뒷모습을 바라보았다. 8월의 어느 뜨거운 오후에 올리버를 여기 데려왔던 일이 떠올랐다. 그에게는 걷기 힘든 길이었지만, 완전히 매료되었다. "살아 있는 기하학이 바로 저것 아닌가?" 올리버는 스케이터들에게서 눈을 떼지 못하며 속삭였다. 고대의 학자들이 저들을 보았다면 얼마나 감탄했을까, 하고. 저 나긋나긋한 몸으로 "쌍곡 공간의 곡선을 묘사하는" 저 소년들에게. "저 친구들, 유클리드를 읽지 않았을지는 몰라도 이미 다 알고 있어."

안에서 몇 차례 충돌이 생긴 듯했다. 다들 지쳐 있었다. 그러나 그들은 태양에 닿고자 할 수 있는 데까지 스케이팅을 멈추지 않았으며, 자신의 그림자를 앞서 달렸다. 머지않아 스케이트보드를 세워두어야 할 겨울 한파가 시작될 것이며 뉴욕의 거리에는 눈이 내릴 것이기에.

공원 끝에서 여자아이 몇이 구경하고 있었다. 왜인지 나는 안다. 이것은 일종의 짝짓기 의례이다. 남자아이들은 여자아이들을 향하여 한껏 멋을 부리는 것이다. 누군가 자기를 선택해 침대로 데려가주기를 희망하면서.

몇 아이가 연습을 끝내고 짐을 챙기고 있었다. 충돌의 여파가 컸다. 다친 손목을 치료하는 아이가 한 명 이상이었고, 텁수룩한 장발 청년은 다리를 절룩거리다 내가 서 있던 철조망 근처 안쪽에 뭔가 쌓아놓은 더미 속으로 넘어졌다. 내가 서 있는 것은 보지 못했다. 팔에 난 상처에서 피가 흐르고 있었다. 콜라를 길게 한 모금 빨고는 아이폰을 꺼내 문자를 확인한다. 한쪽 바짓단을 걷어 올리고 발목을 문지른다. 담배에 불을 붙인다.

이제 집으로 돌아가야겠다고 생각했다. 우연의 일치로(정말 그랬을까?) 그 남루한 소년이 출구에서 나와 함께 걷기 시작했다. 데크는 겨드랑이 밑에 낀 채로. 우리는 방금 공원에서 본 것이 얼마나 멋있었는지 이야기했다. "내가 발가락 하나가 골절되고 팔이 부러졌는데도 저 안에만 들어가면 하나도 안 아프다니까요." 그가 말했다.

어둠이 내려앉으면서 통증이 느껴지기 시작할 것이다. 하지만 자신이 방금까지 어디 있었던가? 바로 저 담장 뒤편, 소년들이 거하는 허공이 아니었던가? 거기는 고통 없는 곳, 아무것도 부러지지 않는 곳이다.

소년은 내게 어디로 가는지 물었고 나는 집으로 간다고 했다. 확실하진 않지만, 이번에도 이 아이가 나를 꼬시려고 하는 것인지도 모른다는 생각이 들었다. 거리의 소년이 들이대는 것이 이번이 처음은 아니었으니까.

잠시 침묵이 흘렀다. 어떤 말이 나와도 이상하지 않을 듯한 침묵이었다. 과연, 이어서 그가 한 말은 전혀 예상 밖이었다. "피자 한 조각 먹게 1달러만 주실래요?"

2초는 지나서야 내가 얼마나 단단히 착각을 하고 있었는지 깨달았다. 이 중년남의 자만심에 코웃음밖에는 나오지 않았다. 지갑을 꺼냈다. "그럼, 물론이지. 내게 수업을 해줬는데, 그 정도는 합리적이죠."

"멋있네요, 아저씨. 이 말을 하려고 얼마나 용기를 냈는데요."

그게 용기가 필요한 일인가? 나는 생각했다. 저 콘크리트 벽을 타고 활강하는 건 어떻고? "당연히 괜찮죠. 이름이 뭐예요?"

"큐브요."

"큐브? 정말?"

그는 씩 웃고는 내 말 뜻을 알아차렸다. "크리스예요."

나는 크리스에게 몇 살인가 물었다.

"스물둘요. 저한테는 모든 게 새로워요." 그가 말했는데, 타당한 듯 의아한 말이었다. "스케이트보드도 새롭고, 뉴욕도 새롭고, 이 언어도 새롭고."

이해할 수 있는 말이다.

"아저씨는 이름이 뭐예요?"

"난 빌리."

"뭐라고요?"

그날 오후 처음으로 선글라스를 벗었다. 크리스는 내 눈을 들여다보았다.

"이제 아저씨가 보이네요." 그러고는 말했다. "빌리라고요. 고마워요, 빌리."

*

작은 행렬

일기에서

2012. 11. 15

맨해튼행 지하철에서 짝퉁 루이비통 스카프를 두르고 키다리 아저씨가 부러워할 정도로 긴 가짜눈썹을 붙인 젊은 여자를 보았다. 샐리 보울스뮤지컬 〈캬바레〉에 등장하는 여자주인공가 브루클린에서 하고 다닐 법한 그녀의 스타일은 짝퉁 루이비통 핸드백과 우산에서 완성되었다. 그녀의 사랑스러움만큼이나 화려한 차림의 젊은 남자가 옆자리에 앉았지만, 남자의 존재에는 관심 없이 '실용적으로 생각하기' 류의 제목이 붙은 문고판 책에 완전히 몰입하고 있었다.

나는 여자의 손에서 그 책을 치워비리고 싶은 충동이 일었다.

나는 여자에게 말해주고 싶었다. "이러지 맙시다! '실용적으로' 따위로는 당신이 원하는 바를 성취할 수 없다고요. 내 말을 믿어요. 경험에서 나온 말입니다!"

돌이켜보면, 내 인생을 바꿔놓은 모든 결정이 처음에는 그릇된 생각, 그릇된 판단, 혹은 순전히 멍청해서 내린 부끄러워 숨고 싶은 생각으로 여겨졌지만 결국에는 정반대였던 경우가 많았다. 내가 홀딱 반했다가 잘못된 만남이라고 후회했던 사람, 내게는 사치였던 모든 호사스러운 여행, 현실적으로 능력도 안 되면서 선택했던 모든 멋진 아파트, 이 모든 것이 말이다. 그런데 정말이지, 글을 쓴다는 것은 비실용적인 인생 이력에 대한 사례 연구가 아니라면 달리 무엇이겠나?

2012. 12. 30

섣달그믐 밤을 보내러 레이캬비크로 가는 야간 비행 편 기내에서 :
뉴욕을 떠날 때, 도시의 야경은 황금실로 수놓은 듯했다.
이제 별과 구름 속, 그리고 성가처럼 들리는 "기적을 갈망하며…" 비요크가 노래한다.

2013. 1. 1

우리가 묵는 작은 호텔방에서 스키어, 비스킷, 홍차로 저녁식사를 대신한다.
휴식 중. 눈이 내린다.
지난 밤, 비요크의 집에서 가진 새해맞이 저녁식사는 전쟁이 한창인 와중에 보내는 안온한 틈새 시간 같았다. 길 건너면 나오는 해변에서 거대한 모닥불을 피워놓고 둥글게 모여 앉아 사람들과 함께 노래 부르는 시간, 사방팔방에서 집집마다 밤새도록 터지는 불꽃은 자정 도심에서 터지는 무질서하고 아름다운, 아니 아름다운 혼돈 같은 폭죽 쇼에서 절정에 이른다.
하늘은 별똥별 가득 떨어지는 듯하고.
교회종이 열두 번 울리고.
지상은 눈이 쌓여 새하얀 구름길이 되고.
모든 이가 서로 입 맞추고 포옹한다.
샴페인과 브레니빈아이슬란드의 전통주 빈 병이 쌓여간다.
새해를 맞이하는 날.

2013. 1. 13

여행에서 돌아온 지 일주일이 지났는데 여전히 적응 중이다. 마음은 아직도 아이슬란드에 있다. 그곳 사람들의 온화한 일상이 내게는 잘 맞다…. 아니, 우리에게 잘 맞다. 그들은 수영할 때조차 온화해서 철인 3종 경기를 목표로 훈련하듯 전투적인 뉴욕 사람들과 달리 요란한 발차기로 물을 첨벙거리는 사람이 없다.

레이캬비크에서 우리는 소형 프로펠러기로 북부 아쿠레이리에 갔다. 오후 3시인데도 이미 어두컴컴해져서 곧장 그 지역의 수영장으로 갔다. 나는 몇 차례 왕복하고는 얕은 쪽 가장자리에 서 있다가 기적과도 같은 광경을 목격했다. 옆 풀에서 열두 명쯤 되는 한 팀이 연습하고 있었는데, 팔을 쭉쭉 뻗으며 배영과 평영을 하고 있었다. 같은 높이에서 수평으로 보았을 때 눈에 보이는 것은 팔의 움직임뿐이었다. 물 위로 솟았다가 활처럼 굽어지면서 다시 물속으로 들어가는 우아하고 부드러운 팔놀림은 마치 각각 약간의 시간차를 두어 각기 다른 시간대로 설정한 열두 개의 시곗바늘 같았다.

2013. 1. 23

밤 9시 40분, 영하 8도.

맑디맑은 밤, 맨해튼 하늘에서 별이 보인다.

구르륵구르륵, 내 아파트 난방장치에서 물 흐르는 소리.

쿵! 또 쿵! 택시들이 8번 애비뉴 도로에 깔린 철판을 지날 때마다 나는 소리. 내가 저 철판이라면, 한 번 밟힐 때마다 고통을 참으며 기구한 팔자를 탓하리라.

창가로 가서 8번 애비뉴의 춤을 구경한다.
저 아래를 지나는 모든 이가 딛는 모든 걸음이 하나의 목적을 향하는 듯 어떤 더 큰 목적의 일부인 듯, 우리를 전진시키며 인생을 전진시키는 하나의 리듬으로 움직인다. 저마다 되는대로 움직이는 줄 알지만, 아니다. 그것은 행인들의 안무다.
한 노인의 걸음걸이가 바뀐다. 갑자기 허둥지둥 달아나듯 길을 건넌다.
한 소녀가 정신없이 돌진한다.
휠체어를 탄 여자가 미끄러지듯 굴러간다.
그리고 그때마다 어김없이 쿵, 쿵, 또 쿵.

길을 알았던 여자

A WOMAN WHO KNEW HER WAY

어떤 파티에서 길 안내 하려다가 대판 싸울 뻔했던 젊은 여자를 만났다.

여자가 나한테 와서 한 얘기 거의 그대로다. "내가 길 안내 한번 하려다가 어떤 남자랑 대판 싸울 뻔했다니까요." 여자는 인도 쪽을 힐끗 보았다. 아직까지 열을 내고 있었다. 긴 금발에 빵모자를 쓰고 있다. 이름은 모른다. 아직 통성명하지 않았다. 실은 나에게 하는 말도 아니었다. 나하고 말하고 있던 다른 젊은 여자에게 말한 것이었다. 그 여자와도 아직 통성명하지 않았다. 나는 창가 구석 자리에 서 있었다. 실내가 무척 붐볐다. 첫 번째 여자가 나에게 이 파티를 주최한 남자들하고 어떻게 아는 사이인지 물었다.

"그 사람들하고 아는 건 아닙니다." 내가 실토했다. 나는 이 가게를 좋아했고, 여기서 파는 옷을 좋아했고, 이 동네에 사는 사람이라고 말했다.

마지막 부분만 사실이다. 10시경, 맑고 추운 밤이었다. 나는 집에서 나와 동네 사람들 집에 걸린 크리스마스 조명과 비상계단을 보면서 걷다가 부두와 웨스트 11번 스트리트가 만나는 모퉁이에서 이 가게를 발견했다. 대형 판유리 진열창으로 서핑 보드가 보였기 때문에 여기가 서핑 용품을 파는 곳이라는 것밖에는 아는 것이 없었다. 그 작은 가게에 사람이 북적거리는 것을 보니 크리스마스 파티가 열리고 있는 것이 분명했다. 결국 공간이 모자라 참석자들이 인도까지 흘러나온 것이고. 열렬히 환영하는 듯한데 안 될 거 있나, 하는 생각으로 문을 열어젖히고 안으로 비집고 들어간 것이다.

나는 마치 어디로 가야 하는지 잘 안다는 듯 곧바로 직행했고 술 한 잔이 손에 건네졌다. 아주 달고 센 휴가지풍 과일 펀치였다. 비율이 럼 5쯤 되려나, 완벽했다. 여자 남자 할 것 없이 파티에 참석한 모든 사람이 어쩌나 눈부시게 아름다운지, 이것이 파티 초대의 기준이었나 하는 생각마저 들었다. 나는 사람들 사이를 뚫고 들어가 한 바퀴 둘러본 뒤 다시 구석 자리로 돌아와 분위기에 취하고 있었다. 그러다가 첫 번째 여자하고 이야기를 하게 된 것이다. 하지만 내가 이 가게를 좋아하고 여기 옷을 좋아한다는 말로는 여자를 만족시킬 수 없었다. "서핑 안 해요?" 여자가 물었다.

나는 거짓말로 "그럼요, 가끔 하죠"라거나 "전에 타다가 지금은 그만뒀어요"라며 넘어갈까도 생각해보았다. 그 정도면 믿어줄지도 모른다. 내가 살았던 캘리포니아 얘기를 좀 해줄 수도 있고. 하지만 어떤 식으로든 탄로가 날 거라는 직감이 왔다. 그래서 여기 옷을 좋아한다고 말했다—티셔츠와 스웨터 따위도 판매하고 있다. 여자는 술을 한 모금 마시더니 다시 말했다. "그래서 진짜 서핑을 안 하세요?"

그때 빵모자를 쓴 금발 여자가 다가온 것이다. 두 사람은 서로 아는 사이인 듯 "안녕" 하더니 길 안내를 하려다가 싸움이 벌어질 뻔했던 일을 말했다.

주위가 무척이나 시끄러워서 내가 제대로 들었는지 확실하지 않아 내가 맞게 들은 건지 물었다.

여자는 자기가 다른 말을 할 리가 있겠느냐는 표정으로 고개를 끄덕였다. "내가 얼마나 열받았는지 알아요? 한참 얘기하는데 이 남자가 고개로 저쪽 방향을 가리키는 거예요." 여자는 북동쪽을 가리켰다. "이스트빌리지에 파티가 있어서 간다던데, 고개만 까딱하는 둥 마는 둥 하면서 말예요, 글쎄."

나는 고개를 끄덕거렸다.

"그래서 내가 말했죠. '그쪽은 이스트빌리지가 아니에요. 그쪽 길로 가면, 거기는 그러니까 6번 애비뉴와 12번 스트리트가 나온다고요.' 그죠?" 마지막 말은 우리한테 한 것이다.

다른 여자와 나는 창밖으로 여자가 가리킨 쪽을 보고는 동시에 대답했다. "그렇지."

"그쪽은 이스트빌리지가 아니에요. 그러니까 이 남자가 날 보고 글쎄 사람 멸시하는 손짓을 하는 게 아니겠어요? 여자가 뭘 알겠냐는 투 있잖아요. 자기 폰, 그 빌어먹을 휴대폰을 나한테 내밀면서 하는 소리가, 휴대폰이 그쪽이 이스트빌리지라고 말해줬다는 거죠. 그러니까 진짜 열받는 거예요. 아니, 내가 여기서 오 년째 사는 사람인데."

"나 그거 무슨 얘긴지 알아요." 내가 불쑥 끼어들었다. "여기서 오 년을 헤쳐나온 사람이니 길을 정확히 알고 가르쳐줄 권리가 있죠. 휴대폰 따위한테 이래라저래라 소리 들을 사람이 아니잖아요."

"바로 그거예요. 내가 이스트빌리지 가는 길을 잘 아는데, 그건 아니었거든요. 그 빌어먹을 휴대폰이 뭐라고 하건 알 바 아니라고요." 여자는 한숨을 내쉬고 과일 펀치를 길게 한 모금 마셨다. "내가 그때 돌아서지 않았더라면 그 사람을 한 대 쳤을지도 몰라요." 갑자기 그녀가 럼 펀치의 기운을 느끼는 것 같았다. 그 깨달음이 얼굴에서 보였다. "와, 이 술 정말 세네!"

다른 여자와 나는 동의했다. 우리는 이미 몇 모금 전에 깨달았다. 우리는 모두 아주 빠르게 알딸딸해져갔다. 빵모자를 쓴 금발 여자가 얼떨떨한 표정으로 나를 보았다. 지금까지 누군지도 모르는 사람과 대화하고 있었다는 사실을 불현듯 깨달은 듯했다. "이름이 뭐예요?"

"빌리라고 해요."

"전 리즈예요."

"저는 사람들에게 길 안내해주는 분들을 존경합니다." 내가 덧붙여 말했다.

여자는 고개를 끄덕이면서 부드럽게 웃었다. 우리는 그 자리에서 말없이 한 일 분 서 있었다. 실내가 무척이나 시끄러웠다. 다른 여자는 이제 누구한테 가볼까, 물색하면서 사람들을 훑었다. 그녀는 여기에 멀거니 서서 두 사람하고 방향감각의 가치에 대해 논하는 것이 못마땅한 눈치였다. 더군다나 그중 한 사람이 자기 아빠뻘 되는 나이 많은 사람이니, 여자를 탓할 일도 아니었다.

리즈가 내게 이 파티를 주최한 남자들하고 어떻게 아는 사이인지 물었다.

나는 그녀의 친구에게 했던 말을 또다시 했다. 이 가게가 좋고 이 동네에 산다고.

"이분 서핑은 안 하신대." 다른 여자가 추가 설명했다.

하마터면 그 여자를 발로 찰 뻔했다. 내가 하려던 말은 따로 있었는데…. '맨해튼에 서핑 가게라뇨? 장난해요?' 예쁜 여자를 꼬시는 솜씨 좋은 사내들이라면 필시 이런 식으로 시작할 텐데 말이다.

리즈가 내게 사는 곳이 정확히 어디인지 물었고 내가 대답해주자 허리케인 샌디 피해는 크지 않았는지 물었다. 나는 당시 이야기를 해주었다. 전기도 물도 조명도 없었다고. 리즈는 자신도 비슷한 상황을 겪었다고 했다. 하지만 그녀의 말에서 불평의 기미는 느껴지지 않았다. 이제 태풍도 좋다는 듯한 태도였다. 그렇다고 그녀가 태풍을 찬양한다는 뜻은 아니고, 이를테면 태풍 경험을 찬양하는 태도였다고나 할까.

리즈의 친구는 우리가 하는 말은 한 마디도 못 알아듣겠다는 표정을 하고 있었다.

"진짜예요. 정말 고마운 마음이 들어요. 며칠 동안이나 물이나 전기나 난방 없이 지낸다? 오늘날 많은 사람들이 어떻게 살아가는지 생각하게 되더라고요. 징글맞게 날마다 말이에요!" 리즈는 말을 끊고 술을 한 모금 홀짝였다. "그 일이 나를 바꿔놓았어요. 정말 그랬어요. 나를 바꿔놓았어요."

뒤쪽의 창유리가 전부 김이 서려 뿌예져 있었다. 실내는 너무 후끈하고 바깥은 너무 춥고. 리즈가 갑자기 긴 의자 위로 올라가더니 손가락으로 김 서린 유리에 뭔가를 썼다. 꼬불꼬불 필기체로 쓴 글은, "사랑을 담아, 리즈".

천천히 정성 들여 쓴 글자였다. 특히나 과장된 곡선으로 쓰인 대문자 L은 일기에 자필 서명을 연습하는 어린 여학생들이 쓸 법한 스타일이었다.

리즈가 의자 위에 서 있는 동안 내가 여기에 온 과정을 생각했다. 정처 없이 걷다가 우연히, 아무 생각 없이, 무언가에 이끌려 이 장소로 들어왔다. 초대해준 이는 없었어도 환영받는 기분이 없지도 않았다. 그리고 놀라울 정도로 아름다운 필체를 지닌 씩씩한 금발 여자와 마음 통하는 대화를 나누게 되었다. 누군가에게 길을 묻고 친절히 안내받는 일을 소중하게 여기는 사람이 요새는 얼마나 드문지, 어째서 사람보다 휴대폰을 더 신뢰하게 되었는지, 우리 가운데 손글씨를 제대로 쓸 줄 아는 사람이 몇 명이나 될까도 생각했다. 우리가 손글씨를 더 이상 가치 있는 것으로 여기지 않게 된 것은, 요즘 사람들이 주로 이메일이나 문자로 소통하면서 편지나 엽서를 정성 들여 쓴다거나 김 서린 유리창에 무언가를 끼적이는 일이 극히 드물기 때문이라는 생각도.

나는 리즈에게 저 글자들이 얼마나 아름다운지 말해주었다. 저 글자들 사이로 도시의 불빛이 반짝인다고.

리즈가 의자에서 내려왔다. 그녀에게 내 술잔을 잠시 들고 있으라고 하고 이번에는 내가 의자 위로 올라가서 김 서린 유리창에 적힌 그녀의 서명 옆에 내 서명을 보탰다. "와 빌리."

그리고 내 잔을 돌려받고 "건배" 했다. 우리 세 사람이 함께 건배했다. "자 우리, 길 찾기를 위하여. 뉴욕을 알기 위하여."

리즈는 고개를 뒤로 꺾고 플라스틱 잔에 담긴 얼음이 입 안에 들어갈 때까지 남은 술을 쭉 들이켰다. 그러더니 입술을 핥고는 이제 가야겠다고 말했다.

어디로 가는지 물었다.

"이스트빌리지에서 열리는 그 파티요."

나한테도 같이 가자고 했지만 나는 고맙지만 됐다고, 오늘 밤은 이만 됐다고 답했다.

나는 그녀가 가는 뒷모습을 지켜보았다. 그를 지나친 뒤 인도에서 그 남자에게 말 거는 모습까지. 다 상상할 수 있는 일이었다.

나는 문에서 빠져나와 반대 방향으로 향했다.

*

샘의 신문가판대

일기에서

2013. 2. 6

퇴근 후 168번 스트리트 역으로 가는 1호선에서.

아이팟을 끼고 있었는데 근처의 나이 지긋한 부인이 내게 손짓하면서 뭔가 말하는 것 같았다. 이어폰을 뺐다. "뭐라고 하셨어요?"

"내 자리에 앉겠어요?"

나는 주저하면서 왜 자리를 양보하시는지 물었다.

"그쪽이 너무 지쳐 보여서요."

이렇게 슬플 수가.

2013. 2. 9. 밤 11시 15분

"잠 푹 자고 나면 생각이 왕성해지면 좋겠어. 오늘 아침에 그랬던 것처럼." O가 말했다. "그런 날에는 얼마나 기쁜지. 마치 그동안 자기를 의식해주기를 기다려왔다는 듯 모든 생각이 한꺼번에 수면으로 치고 올라오는데…."

나는 O의 잠자리를 준비해준다. 양말을 벗겨주고, 자리끼를 마련하고, 수면제를 갖다 주고, 뭔가 읽을거리를 갖춰둔다.

나 : "더 해드릴 게 있을까요?"

O : "존재해줘."

2013. 2. 10

고마워요, 눈

고마워요, 눈, O가 말한다
우리를 안에 머물게 해주어서
안개에게 고마워한 오든의 메아리
나지막이 우르릉거리는 8번 애비뉴의 제설차
눈보라를 포착하기 위해
하늘에 카메라를 대고 고정한 남자
이중창에 세 겹으로 비치는 가로등
자전거 탄 배달 소년들의 무성영화가
고요를 더한다

우리는 농어와 사과를 먹고
목욕을 한다
내가 먼저, 다음으로 O가
물 온도는 고르게
40도로
브레니빈도 몇 잔 마신다
침대 옆 창문을 활짝 열어 열을 식힌다
마지막으로 눈을 맛본 게 언제였더라, 내가 말한다
그러고는 창틀 밑에서 눈을 한 움큼 뜬다

2013. 2. 17

유성 하나가 지구 위에 떨어졌다, 고 TV 뉴스에서 들었다. 가끔씩 우리가 우주의 주인이 아니라는 사실을 상기할 수 있어서 좋다. 우리는 그저 태양계 안에서 살고 있다는 사실을.

나는 든든하게 챙겨 입고 옥상으로 올라간다. 지독하게 춥다. 풍속냉각 온도가 0도섭씨 영하18도 이하로 떨어진 것 같다.

반달과 별 백 개를 헤아린다.

빨강, 하양, 파랑 조명을 밝힌 엠파이어스테이트 빌딩과 크림색 페티코트 모양의 크라이슬러 빌딩이 다른 건물들 뒤에서 살며시 고개를 내밀고 안녕, 하고 인사하는 듯하다.

그 유성이 궤도를 이탈해 지구와 충돌한 이유를 상상해본다. 지구는 불빛만으로도 너무나 고혹적이고 유혹적이었을 것이다.

★

8번 애비뉴의 미인

슈퍼모델 태우기

DRIVING A SUPERMODEL

올리버와 함께 아일랜드·미국 역사학회에서 열린 작은 실내악 연주회에 갔다. 메트로폴리탄 미술관 바로 건너편에 있는 보석상자 같은 건축물이다. 올리버가 이 연주회를 주최한 아일랜드 신사 케빈과 잘 아는 사이였다. 줄리어드 학생들이 출연한다. 아늑한 분위기. 겉치레 없다. 무료다. 접이식 의자에 앉은 마흔 명 남짓한 소규모 청중. 케빈이 O와 나를 위해 맨 앞줄의 좌석 두 개를 비워두었다. 케빈이 자기소개를 하는 사이에 한 여자가 뛰어 들어오더니 우리 자리 바로 옆에 있던 편안한 장미색 소파에 털썩 앉았다. 70년대부터 활동해온 모델, 로렌 허튼이다. 웃을 때 보이는 벌어진 앞니와 경미한 사시를 보고 바로 누군지 알았다. 이제 육십 대 후반이 되었지만 여전히 아름답고, 얼굴에는 자연스러운 주름이 생겼다. 그리고 또 하나, 자꾸만 눈길이 가는 한쪽 눈 둘레의 큼직한 멍.

연주회는 소란 없이 시작되었고, 우리는 편안하게 앉아서 이 황홀

한 연주자들이 들려주는 오늘의 프로그램—브람스, 하이든, 라벨—을 감상했다. 귀가 들리지 않는 사람의 귀에도 음표 하나하나 "들릴" 듯, 표현력 넘치는 연주였다. 연주자들은 서로 보일 듯 말 듯 눈빛을 교환하고, 눈을 크게 떴다가는 가늘게 뜨고, 미소를 짓거나 입술을 앙다물고, 혹은 음악을 앞으로 밀어내는 듯 목을 길게 빼면서 자신의 악기가 빚어내는 색채와 음조를 표정으로 표현하며 음악과 한 몸이 되어 움직였다. 나는 연주를 들으며 지난 육 년 동안 음악이 나를 얼마나 치유해주었던가, 생각에 잠겼다. 아름다움은 슬픔의 진통제, 라고 나는 어딘가에 쓴 적이 있다.

마지막 음과 함께 로렌 허튼이 맨 처음으로 벌떡 일어나 오늘의 트리오를 향해 기립 박수를 보냈다. "여러분 팬클럽 있어요?" 로렌의 외침 같은 질문이 박수 소리를 뚫고 나오는 바람에 약간 움찔했다. 교회에서 소리치는 것과 비슷한 상황이 아닌가. "내가 여러분 팬클럽 시작할게요. 정말 멋져요! 여러분, 성공할 겁니다!"

음악가들은 수줍게 허리 굽혀 인사하고 떠났다.

뒤이어 작은 리셉션이 있었다. 대단한 것은 아니고, 산 펠레그리노 이탈리아산 탄산수 두 병과 포도주 두 병이었는데, 병따개가 없었다. O와 내가 케빈과 이야기하고 있을 때 로렌 허튼이 펠레그리노 병을 들고 다가왔다. "여기 친절한 신사분들 중에 병따개 있는 분 계세요? 칼이라도 괜찮을 것 같은데요. 펜나이프면 우겨서 딸 수 있거든요."

"이빨을 쓰지 그러세요?" 내가 로렌에게 말했다.

로렌은 웃음을 터뜨리고 그 유명한 벌어진 앞니를 보이며 미소를 지었다. "되죠. 전에 한번 해봤어요. 하지만…" 그녀는 자리에서 벗어났다. 어쨌거나 병은 땄다. 로렌이 돌아와서 모두에게 물을 따라주었다.

그러다가 올리버가 케빈에게 두어 주 후에 나올 새 책《환각》에 대해 하는 이야기를 들었다. 로렌은 테이블에 몸을 기대고 두 사람의 대화를 경청했다.

"박사님, 벨라도나는 해보셨나요?" 로렌이 물었다. "그 정도는 돼야 마약이라고 할 수 있죠!"

"아, 사실은, 그렇습니다. 해봤습니다." 올리버는 자신이 직접 경험한 벨라도나의 환각 효과에 대해서 말해주었다. 두 사람은 서로의 경험을 주고받았다. 마침내 로렌이 이 책이 올리버의 첫 저서가 아니라는 사실을 깨닫기 시작했다.

"저, 박사님이, 박사님이 올리버 색스예요? 그 올리버 색스요?"

올리버에게 희색과 난색이 동시에 떠올랐다.

"어머나, 만나 뵙게 되어 무척 반가워요, 선생님." 로렌이 이렇게 말했는데, 1950년대 서부영화에 나오는 님부 여지 비텐더의 말투였다. 하지만 연기는 아니었다. "전 오래전부터 박사님 책을 읽어왔어요. 올리버 색스라니, 이게 상상이나 할 수 있는 일이냐고요!"

올리버는, 내가 장담하는데, 그녀가 누구인지 전혀 모르고 있었으며, 내가 구석으로 데리고 와서 살짝 귀띔해줬더라도 이해하지 못했을 것이다. 패션?《보그》잡지? 글쎄….

두 사람은 죽이 잘 맞았다. 로렌은 말이 빠르고 외설적이고 자기주장이 강한 여자다. 올리버와는 여러모로 정반대 유형이지만, 한 가지 불가사의한 공통점이 있으니, 그건 매력이었다.

대화 도중에 로렌이 눈가의 멍에 대해 설명했다. 며칠 전에 사업상 미팅이 있었는데 그 자리에서 자신이 평생에 걸쳐 번 모은 재산의 삼

분의 일을 "강탈"당했다는 사실을 알았고, 넋이 빠져서 걷다가 인도에서 눈높이에 튀어나와 있던 공사장의 비계 파이프에 그대로 부딪쳐 생긴 상처라는 것이었다. 그녀는 이 일을 대수롭지 않게 여기는 듯했다. 살다 보면 별별 일 다 생기게 마련이라고.

고개를 들어보니 다 떠나고 우리와 케빈뿐이었다.

"자, 신사분들, 저는 시내로 가요. 택시 나눠 타실 분?"

"어, 저희가 차가 있습니다." 내가 말했다.

"그럼 더 좋죠. 훨씬 더 문명적이잖아요. 전 시내요."

누가 거부할 수 있으랴. "가실까요?" 내가 말했다.

로렌 허튼이 올리버의 한쪽 팔짱을 꼈고, 우리는 천천히 걸어서 주차장으로 갔다. 내가 뒷좌석에 놓인 물건들을 옆으로 치웠고, 로렌은 핸드백을 먼저 던져 넣더니 붕 몸을 날려 올라탔다. 그녀는 앞좌석의 올리버와 나 사이로 고개를 내밀었다. 우리 셋은 그야말로 나란히 뺨을 맞대고 갔다. 로렌의 아름다운 얼굴이 룸미러를 꽉 채웠다. O가 주차비 내라고 지갑에서 신용카드를 꺼낼 때 로렌이 운전면허증 자리에 끼워져 있는 주기율표를 보았다. 이때부터 주기율표, 원소, 우리가 숨 쉬는 공기의 성분에 관한 질문이 시작되었다. 지식을 빨아들이는 학생처럼 질문에 질문이 꼬리에 꼬리를 물고 이어졌다. 우리는 아이슬란드, 아프리카 여행에 대해 이야기했고, 플라톤과 소크라테스에 대해, 피그미 부족, 윌리엄 버로스, 시인들에 대해 이야기했다. 로렌은 호기심이 넘치고 삶을 사랑하고 모험심 강한 사람이었다. 도중에 모델 일에 대해 잠깐 이야기가 나왔지만—"내가 그 일을 했던 유일한 이유는 여행할 돈을 벌기 위해서였죠"—그 밖의 다른 부분은 전혀 언급하지 않았다.

나는 뉴욕 지리에 어두웠는데 로렌이 망설임 없이 어느 쪽으로 가야 하는지, 어떻게 운전해야 하는지 지시했다. "여기서 좌회전, 저기서 우회전…." 교통이 혼잡해서 시내로 들어가는 데 꽤 오래 걸렸다. 마침내 로렌의 목적지가 나왔다. 적어도 근처까지는 갔다.

"자, 신사 여러분, 진정으로 유쾌한 시간이었어요. 어떻게 다 감사드려야 할지 모르겠군요. 여기가 제가 내릴 곳입니다. 오늘은 여기서 안녕." 그러고는 사라졌다. 등장할 때처럼 갑자기.

서쪽으로 방향을 틀어 집으로 향할 때 올리버가 숨을 내쉬며 말했다. "저 사람이 누군지는 모르겠지만, 대단히 인상적인 사람인 것만은 분명하군."

일기에서

2013. 3. 21

O가 편지를 쓰면서 WQXR뉴욕의 클래식 음악 전문 라디오 채널에서 방송하는 바흐 음악 축제를 듣고 있다. "음악을 끌 수가 있어야지"라고 말한다. 내가 다가가자 그는 내 배에 머리를 파묻고 내가 목덜미를 살살 어루만지는 동안 간밤에 어떻게 잤는지, 어떤 꿈을 꾸었는지 웅얼거리다(전부 "어렴풋했다"), 목도리뇌조가 멋진 장식깃을 갖게 된 건 유전변이 덕분이라는 《사이언스》의 기사에 대해 이야기한다. "유전학 집중강좌 같은 걸 들을 수 있다면 좋을 텐데." O가 말한다.

2013. 3 추가한 기록

브루클린행 2호선 지하철에서 한 땅딸막한 젊은 흑인 여자가 비집고 들어와 출입문 바로 옆 긴 좌석의 끝 빈자리에 앉았다. 십중팔구 퇴근하고 집으로 가는 길일 것이다. 아이팟을 끼고 눈을 감고 간다—끄덕끄덕 졸더니 아예 잠이 들어버린 듯하다. 여자는 보석으로 장식한 커다란 가죽가방을 품에 안고 있다. 그 옆에는 철로처럼 깡마르고 작은 젊은 백인 여자가 앉아 있다. 동유럽 사람인가? 아기를 태운 유모차를 발 옆에 두고 있다. 아기 엄마의 눈도 감겨 있다. 아기는 두 살쯤으로 보이는 남자아이다. 낮잠에서 깨어 단것을 먹은 것처럼 좀처럼 가만히 있질 못한다. 아기가 흑인 여자의 가방을 보더니 찰싹찰싹 때리기 시작하는데, 색상이든 라인석이든 눈에 들어오는 대로 마구 때린다. 어쩌면 엄마의—아니면 누구든—눈길을 끌어보려고 하는 행동일지도 모르겠다. 여자는 손에 무언가 닿는 느낌이 드는지, 눈도 뜨지 않은 채, 휙 털어낸다. 파리를 쫓아내듯이.

아기는 그 동작이 마음에 들었는지 여자의 손을 찰싹찰싹 때리기 시작한다. 젊은 흑인 여자는 한쪽 눈을 빠끔 뜨고 대체 뭔 일인가 살핀다. 그녀의 눈에 보이는 것은, 내 생각이지만, 조막만 한 손이다. 자신을 귀찮게 구는. 여자는 그 손을 밀어낸다. 아기는 도로 갖다 놓는다. 아기는 이제 웃고 있다. 여자가 이제 두 눈을 가늘게 뜨는데, 처음에는 성난 얼굴이었지만 참지 못하고 웃어버린다. 어른들이 '요 개구쟁이 녀석, 내가 잡고 말 테다!' 할 때 그러듯이 키득거리며 웃지만 아직은 잠결이다. 여자가 아기 손을 가볍게 친다. 이제는 아기도 키득거리지만 더 놀고 싶다. 하지만 결국 여자는 이 성가신 놀이에 싫증낸다. 여자는 가방의 위치를 고쳐 잡고 눈을 감는다. 아기는 돌아서 엄마를 잡고, 엄마는 아들에게 다정하게 웃어 보인다.

2013. 3. 26

우리는 저녁식사—넙치구이, 밥, 샐러드—를 준비하면서 방마다 크게 틀어놓은 라디오로 바흐를 듣는다. O는 행복에 겨운 표정으로 돕겠다고 나선다. 채소를 자르고 쌀을 씻고 넙치에 레몬을 써야 하는지 라임을 써야 하는지 조언하면서 수시로 내게 와서 포옹하고 등을 긁어달라고 한다. 그러더니 의자에 앉아 돋보기를 손에 들고 지난 세월 동안 써온 묵직한 머리말 원고 더미에서 하나를 골라 내게 큰 소리로 읽어준다. 중간중간 멈추고 음악만을 음미하면서.
"빗방울 떨어지는 소리가 바흐의 음악 같은 행성이 있다면 참 좋지 않겠어?" O가 말한다.
"맞아요. 바흐 행성이요." 내가 대답했다.
O는 그것을 상상하고 들으면서 살며시 웃는다. "맞아" 하고 중얼거린다.
나중에, 그는 소파에 누워 다리를 내 다리 위에 걸치고 영원히 끝나지 않을 것 같은 바흐의 한 작품을 감상했다. 곡은 계속해서 이어졌고 악장과 악장 사이에만 잠시 멈추었는데, O는 이를 "장엄한 침묵"이라고 말했다. 우리는 아나운서가 끼어들어 무슨 작품인지 말해야 끝이 날 것이라고 생각한다. 끝났나 싶을 때 음악은 다시 이어졌다. 끝이 있기나 한 건지 궁금해진다. 마치 지구에서 삶이 윤회하는 것처럼. O는 눈을 감고 듣는다.
밤 9시. 마침내 곡이 끝나고 우리는 비로소 작품의 제목을 듣는다. 바흐의 마지막 작품으로 프리드리히 2세를 위해 작곡한 〈음악의 헌정〉이다. O가 이 작품에 대해 찾아보게 《옥스퍼드 음악 안내서》를 갖다 달라고 부탁한다. 나는 독서용 안경, 돋보기와 함께 갖다 주고, 그는 비서에게 전화해서 자동응답기에 메시지를 남긴다.
"헤일리, 혹시 이 경이로운 바흐의 작품 CD를 주문해줄 수 있을까요? 이 곡을 어디서 들었느냐면…."
나는 전화기에 대고 말하는 그의 얼굴을 바라본다. 평화와 행복으로 충일한 얼굴. 빗방울 소리가 바흐의 음악 같은 어느 행성 위에서….

2013. 3. 30

얼마나 피곤한지 말로 설명하기가 힘들 정도다. 소음도 사람을 해칠 수 있다. 나는 고요를 갈망한다. 내가 원하는 고요는, 스케이트보더들이 변두리로 나가는 소리, 택시들이 8번 애비뉴 도로의 철판 밟는 소리다. 그 외에는 전부 싫다. 이럴 때는 라디오조차 과하다.

2013. 4. 30

두서없이 떠오른 이미지와 생각들 :

투덜대며 싱크대에서 설거지하는 O : "접시들이 마법처럼 벌떡벌떡 일어나 알아서 씻으면 얼마나 좋을까…."

하루 종일 토론이나 강연이 이어지는 행사 날이면 O는 수시로 작은 깡통에서 민트를 꺼내 내게 먼저 하나 주고, 자신도 하나 먹는다.

우리가 처음 만났을 때는 정말로 다른 사람과 함께 있을 줄 몰랐다(아니, 아예 그럴 생각을 하지 못했다). 좌우간에 그는 자신의 삶을 타인과 공유해본 적이 없었다.

최근에 내가 몸이 좋지 않아 욕조에 오래 앉아 있을 때 치즈 한 장 얹어 구운 토스트를 갖다 주던 모습. 침대로 옮겼을 때 또 한 조각 갖다 주던 모습.

바삐 움직이는 O의 두 발이 카펫에 스치는 소리. 내가 그 소리를 얼마나 사랑하는지.

담뱃가게에서 배운 것

LESSONS FROM THE SMOKE SHOP

삼십 년간의 《뉴요커》 정기구독이 순전히 내가 정신이 없어서 만기가 된 뒤로 아파트 근처에 있는 담뱃가게에서 매주 한 부씩 구입하고 있다.

돈을 따져보면 말도 안 되는 행동이다. 일 년만 구독을 연장했어도 정가에서 73퍼센트 절약할 수 있었다. 이삼 년이라면 훨씬 더. 하지만 매주 이 6.99달러를 지불하는 대가로 내가 누리는 혜택을 발견했는데, 먼저 이 가게의 지배인 알리다.

이전까지 나는 알리에게 가끔씩 밤늦게 와서 바닐라맛 하겐다즈 바를 하나 사거나 종이 성냥 하나 달라고 부탁하는 손님이었다.

여기에서는 이 부탁하는 부분이 요점이다. 알리는 전에 계산대에 손을 들이밀고는 금고 옆 상자에서 종이 성냥을 집어 든 손님 이야기를 해주었다.

"'아니, 이러시면 안 되죠.' 그 사람한테 내가 이렇게 말했죠." 알리는 이 이야기를 하면서 다시 분노했다. "완전 잘못된 거예요. 느닷없이, 불쑥, 그렇게 손을 디미는 건 아니죠. 손님이 부탁하면, 내가 종이성냥을 주는 겁니다." 알리는 잠시 멈추고 나를 보았다. "달란다고 다 주는 건 아니지만."

특별할 것 없는 물건일 것이다. 알리의 성냥. 그저 평범한 하얀색에 '감사합니다'라는 말이 인쇄된 성냥이다.

나는 알리를 놀려보려고 팔을 슬쩍 뻗어보았다. 알리는 대뜸 경고의 손가락을 보이면서 엄격한 표정을 짓더니 상자를 들여다보며 되도록이면 장기 두는 동작처럼 보이도록 심사숙고한 끝에 감사합니다 종이성냥 한 개를 골랐다.

"자, 이 성냥하고 아이스크림 받아요."

"감사합니다, 알리. 감사합니다."

"별말씀을요."

알리의 가게에 다니면서 또 한 가지 배운 것이 있다. 여기서 흥정하는 사람은 없다. 그런데, 반드시 그런 것은 아닌 모양이다. 모두 그런 건 아니라는 뜻이다. 지난 금요일 밤에 《뉴요커》를 사러 갔다가 잡지를 훑어보고 있었는데, 어떤 키 크고 건장한 체구의 젊은 남자가 가는 엽궐련 한 개비를 사겠다면서, 이 가게에서 판매하는 낱개비 엽궐련과 담배 가격을 놓고 흥정을 시도했다.

젊은 남자는 주머니를 뒤져 계산대에다 동전을 쏟아놓더니 말했다. "에이, 좀 봐줘요!"

누가 봤으면 이 남자가 알리의 할머니 욕이라도 한 줄 알았을 것이다. 알리는 이 젊은 남자를 쫓아 보냈다.

"뭐야, 내가 억양 좀 있다고 물건 값을 깎아줘야 한다는 거야?" 누구 들으라고 하는 말은 아니었지만, 몹시 분개한 목소리였다. 그러더니 웃음을 터뜨렸다. 나도 웃었다.

이곳을 담뱃가게라고 부르기는 하지만, 사실은 사실로 인정하자. 이 가게는 마약 관련 물건을 취급한다. 진열대에는 수백 종의 파이프와 물담뱃대가 구비돼 있으며 담배말이 종이, 위스키, 콘돔, 윤활제, 짝퉁 러시혈관확장제 및 환각제로 사용되는 아질산아밀, 복권, 불량식품 등 없는 게 없다. 이곳은 너무 많은 비행으로 가득해 오히려 역설적으로 비행이 없는 곳이기도 하다. 나는 감자칩 맛에 빠져본 적이 없었는데 이 가게에서 《뉴요커》를 구입하기 시작한 뒤로 달라졌다. 이번에는 소금과 식초 맛 감자칩을 한 봉지 샀다. 에라, 까짓 거. 하지만 나로서는 여기까지다.

"8달러. 8달러요, 내 친구." 알리가 말한다.

나는 속으로 셈을 하면서 지갑에서 지폐를 꺼냈다. 갑자기 깨달았다. "항상 달러 단위로 딱 떨어지는 거, 맞죠? 7.98달러가 아니라 8달러, 2.95달러가 아니라 3달러. 세금이 포함된 건지 뭔지, 그렇죠?"

알리가 웃었다. "내가 우수리는 뗐어요. 잔돈 없으니 좋잖아요."

알리는 허리케인 샌디가 왔을 때도 흔들림 없이 가게를 계속 열었다. 가끔 주말에 미치광이들하고 언쟁 붙을 때와 다름없이. 나는 전기, 수도, 조명이 다 끊긴 둘째 날 밤에 올리버와 함께 담뱃가게에 갔다. 적절하게 놓인 양초 몇 자루로 불 밝힌 계산대는 성소의 제단 같았고, 알리는 신탁을 전하러 온 사제 같았다. 그 어스름 뒤편에서 동성애와 이

성애, 그 중간까지 아우르는 최고 수위의 포르노가 방대한 규모로 거래되고 있다는 사실을 사람들은 짐작도 하지 못하리라.

우리는 물과 손전등을 사고 잠시 잡담을 나누었다. 그는 우리에게 더 필요해지면 언제든 또 오라고 알려주었다. 식수 공급자와 모종의 연줄이 있다면서.

캄캄한 아파트에 갇혀 있다 밖으로 나와 평소 접하던 일상과 연결되니 기분이 좋았다. 그러고는 바로 옆 술집으로 들어가 촛불 앞에서 술꾼 이웃들과 미지근한 맥주로 건배를 들었다. "샌디에서 살아남아 뉴요커로 살아가기 위하여."

정상적인 상황이었다 해도 알리는 결코 여기서—말하자면 밤이 끝나갈 무렵 술 한잔 하는 자리—만날 수 없었을 것이다. 사실 알리는 가게에서 취급하는 물건으로 남들하고 어울리는 법이 없었다.

"나는 저것들 중 어떤 것도 건드리지 않아요." 그는 내게 말했다. "저것들 중 어떤 것도 하지 않아요. 스프라이트 마셔요. 퀸즈에 있는 집으로 돌아가 가족하고 지내요."

그렇다고 해서 그것들을 이용하는 사람들에 대해 가타부타 말질을 하는 것도 아니었다. 만약 속으로 그런 생각을 했다면 상당한 포커페이스라고 할 수 있다. 나는 우리 대다수가 긴장을 풀고 기분을 전환하기 위해서 필요로 하는 소소한 무언가가 알리에게도 있으리라고 짐작한다. 희박한 확률이나마 복권에 당첨되어 여기를 벗어날 한탕을 꿈꾼다거나.

이제 나도 뉴욕에서 살 만큼 살아서 개중에는 뉴욕을 몹시 싫어하는 사람이 있다는 것을 안다. 과밀한 인구, 소음, 교통, 물가, 집세, 지저분한 보도, 곳곳에 마마 자국처럼 구멍난 도로, 그리고 아픔만 남기고 다 가져간, 여자 이름으로 불리는 허리케인까지.

이곳의 삶을 사랑하기 위해서는 일종의 무조건적인 사랑이 요구된다. 하지만 뉴욕은 시간을 주면 기억에 남는 만남으로 반드시 보답한다. 최소한도. 이것만은 기억하라. 먼저 묻고, 함부로 붙잡지 말며, 부탁합니다, 고맙습니다, 라고 정중하게 말하라. 항상 고맙다고 말하라. 당장 무언가를 돌려받지 못한다 해도. 언젠가는 돌려받을 것이므로.

*

힘든 하루를 보낸 여인

일기에서

2013. 6. 2

오늘 저녁 알리의 가게를 방문했다. 그를 못 본 지 꽤 됐다. 두 달쯤.
"내 친구, 왔군요." 알리가 나를 보자마자 웃으며 인사했다.
내가 어디 좀 다녀왔다고 하자 알리가 바로 끼어들었다. "나도 그랬어요. 하루, 이틀, 사흘, 나흘"—손가락으로 꼽으며—"열이틀 갔어요. 파키스탄, 고향에. 가족 봤어요. 아주 오래전에 가고 못 갔어요. 내 결혼식, 그게 마지막이었죠. 십구 년, 됐네요."
나는 그것 참 멋지다고 말해주었다. "가족도 데리고 갔어요? 아이들도?"
"아니, 아니. 나 혼자. 내 동생 놀래줬습니다." 그러고는 그 작전을 어떻게 했는지, 어떻게 원래 계획보다 나흘 먼저 도착했는지, 자세한 사연을 들려주었다. 갈아탔던 각각의 항공기편에 대해서, 환승할 때마다 얼마를 대기했는지, 어디에서 묵었는지, 그리고 문 뒤에 숨어 있다가 튀어나가 동생을 "기절할 뻔"하도록 놀래준 마지막 순간까지. 다른 세 형제와 여동생도 이 작전에 함께했다고 한다. 이 이야기를 들려주는 내내 알리의 얼굴에 함박웃음이 가득했다. 내 얼굴이 그랬듯이. 알리가 부모님이나 아내, 자녀들이 아닌 형제들에 대해 이야기하는 것이, 가족 간의 그 특별한 유대가 가슴 뭉클했다.
그 마음을 나는 안다.
알리와 내가 이야기하고 있을 때 몸 좋고 키 큰 흑인 남자가 가게로 들어와 복권을 샀다. 복권을 들여다보던 그에게 우리 대화가 들렸나 보다. "그건 약과죠." 그는 참지 못하고 끼어들었다. "저는 열다섯 아이 중 하나예요. 열다섯!" 그러고는 들릴락 말락 한 목소리로 말했다. "우리 아빠는 자제가 안 되는 사람이었어요. 하고한 날 밖으로 돌았죠. 어딘가에 우리도 모르는 자식을 또 겁나 많이 만들어놨을지도 몰라요. 아이티 사람들이 원래 좀 그렇잖아요."

알리가 도중에 말했다. "그게 제삼세계 사람들의 특징이에요. TV도 없고 영화도 없고 비디오 게임도 없고, 아무것도 할 게 없어요. 그래서 아이를 낳는 거예요."

흑인 남자가 웃음을 터뜨렸다. "맞아요. 할 거라곤 섹밖에 없다고요." 그는 손에 복권을 쥐고 또 보자고 인사했다. 그러고는 허리가 직각으로 굽은 왜소한 노인이 안으로 다 들어올 때까지 문을 잡아주었다. 노인은 지팡이를 계산대에 기대 세웠다. "돌아왔군." 그는 이렇게 말하면서 알리를 흘겨보았다.

"예, 맞습니다. 영감님 돈 제가 다 챙기려구요."

허리 굽은 노인이 웃었다.

알리는 돌아서더니 손을 뻗어 말보로 레드 담배를 꺼냈다.

추가한 기록

14번 스트리트에서 믹스테이프를 팔고 있는 젊은 남자를 보았다. 흔하디흔한 풍경이어서 보통 때면 그냥 지나치는데 오늘 밤엔 왠지 발길이 멈춰졌다. "하나 살게요." 나는 5달러 지폐를 지갑에서 꺼냈다.

"거슬러 드립니다, 선생님." 젊은 남자가 제안한다. 과도하게 정중하다.

"그 안에 선생님 것 20달러 주시면 10달러 드립니다."

내가 웃었다. "거슬러 주신다고? 친절도 하셔라. 아니, 됐어요. 5달러 줄게요." 나는 그에게 지폐를 주고 CD를 받고 물었다. "사진 한 컷 찍어도 될까요?"

"제 사진을요? 그러세요."

나는 그의 사진을 찍었다.

그는 CD를 건네면서 내 눈을 들여다보았다. "이거 사고 싶으신 거 맞아요?"

"아뇨. 꼭 그런 건 아니에요." 내가 대답했다.

그러고는 CD를 돌려주었다.

"고맙습니다, 선생님."

2013. 7. 4

마법처럼 아름다웠던 7월 4일.

많은 이웃—남녀노소 모두—모여 옥상에서 구경하는 불꽃놀이, 아름답고 신나는 정경. 도시 풍경이 우리 뒤에 있다. 예쁘게 노을 진 하늘은 민트그린으로 바뀌고 있다. 은빛 감도는 푸른 허드슨 강 위로 떠 있는 선박들. 상쾌한 바람, 그 공기 속엔 행복이 감돈다. O와 내가 아파트에서 대마에 취했기 때문만이 아니라, 누구라도 느낄 수 있는 것이다. 모두가 느끼고 저마다 한마디씩 얹었다. 이 아름다운 정경에 대하여.

O가 난간을 잡고 구경하면서 생각이 떠오르는 대로 말로 옮기는데, 흡사 병례사를 구술하는 듯, 마음의 눈에 보이는 '과잉된' 이미지를 명징

하고 적확하고 상세하게 묘사한다. 이는 시지각 손상의 답례로 O가 받은 한 가지 '선물'이다. 트라이앵글 공원이 어떻게 옥상 난간에서 튀어나온 것처럼 보이는지, 하늘을 바라보면 망막에 생긴 얼룩 때문에 어떻게 "눈송이"가 떠다니는 것처럼 보이는지, 시력을 상실한 까닭에 시야 한구석이 어떻게 뚝 잘려나가 보이는지, 그리고 이 잘려나간 시각이 어떻게 "울퉁불퉁한 사다리꼴 마분지"처럼 보이는지를.

이제 O는 환각을 보고 있다.

푸르스름한 하늘에 겹겹이 포개진 글자와 문자의 단편들, 머리기사를 읽을 수 없는 신문, 그리고 또 있다. "하부 모서리를 섬세한 트레이서리고딕양식 창의 그물처럼 촘촘한 장식 격자 문양으로 장식한 육각형 건축물, 거대한 남근을 달고 있는 거인만 한 나, 테라코타에 새겨진 색색의 무늬와 자줏빛…."

O는 잠시 멈추고 이 환상적인 이미지 속에 침잠한다. 그러고는 열정적으로 선언한다. "대뇌피질! 대뇌피질은 천재야!"

이웃들이 들었을까? 아무래도 들었을 것이다. 나는 O의 끓어 넘칠 듯한 절규에 웃음을 멈출 수 없었다.

O의 이야기를 가만히 들으면서, 한편으로는 우리를 에워싼 아름다움—O가 노을을 일러 말했듯이, "아름다움의 공격"—을 온몸으로 받아들이면서 나는 두 가지를 생각했다. 하나는, 어떻게 O의 머리에 그 많은 것이 들어갈 수 있는지, 어떻게 그렇게 많은 것을 알 수 있는지. 또 하나는, 우리 둘이 어쩌면 이렇게 다를 수 있는지. 내 뇌에서 일어나는 것은 사고와 이미지의 흐름이 아니라 느낌과 감정이라는 점에서 나는 주위에 있는 사람들의 이야기에 귀를 기울였다. 우리 뒤에 있는 소년들의 역동성, 우리 바로 옆 노부부에게서 흘러나오는 말

다툼, 그리고 내 안에서 일어나는 복잡한 느낌까지. 나는 아는 것으로 치면 O의 근처에도 미치지 못하고 결코 O만큼 똑똑하지 않지만, 나는 많이 느낀다. 이렇게 내가 느끼는 것 일부가 O에게 묻어 달라붙고, 그가 아는 것 일부가 내게 묻어 달라붙는다. 우리는 두 마리의 개처럼 몸을 문지르며 서로의 냄새를 서로에게 옮기고 있다.

2013. 7. 25 라인베크에서

O : "지금부터 내가 쓰지 않은 이 책에 대해서 작은 거 한 편 쓸 거야. 다 쓰고 나서 수영하러 가자."

그는 책상에 앉아 노란 메모장을 앞에 놓고 만년필을 손에 들고 작업에 착수한다. 나는 본채로 들어간다.

네 시간 뒤 :

비가 퍼붓는다. 억수 같이 쏟아지는 빗소리 말고는 아무 소리도 들리지 않는데, 문간에서 모기장 덧문이 쾅 닫히는 소리, 이어서 발소리가 들린다. O다. 수영복 차림으로 한 손에는 지팡이, 다른 손에는 우산을 들고 희색이 만면하여 별채에서 걸어오고 있다. "글 다 썼어!"

나는 반바지와 속옷을 벗어던지고 함께 걷는다. 나는 알몸이다.

수영복 입은 올리버는 장대비를 뚫고 물속으로 들어간다. 우리는 빗속에서 헤엄친다. 수영장의 수면이 마치 거센 파도 치는 바다 같다.

"세상에 이만 한 게 없어요." 내가 말한다.

"그렇지! 최고지!" O가 말한다.

2013. 8. 1

오늘 아침의 O, 유독 연약해 보였다. 허약에 가까울 정도로. 방 건너편에서 보아도 느낄 수 있었다. 그는 잠에서 깨니 머리가 무겁고 불쾌한 기분이 든다며 내 배에 머리를 비볐다. 그러고는 욕조에 물을 받아주겠느냐고 물었다.

허약함에 관하여

무력함은 아니다
아직은
스스로를 건사하는 데 필요한 것을
하지 못하는 상태도 아니다
그러나 이 생각이 한 걸음 한 걸음 내딛을 때마다 따라온다
다음 발걸음이
최후의 발걸음이 되지 않기를
쇠약이 가까웠을 때는
조심이 최선의 방어
예전에는 그토록 간단하던 것인데
욕조에서 나오는 데에도
고차원 수학과
고등 생화학 지식이 요구된다
그러나 몸의 감각기관들은 알고 있다
몸이 느끼는 것에 정교하게 조율돼 있기에

어떤 것도

세상 그 어떤 것도

물속에 몸을 담그고 있는 것보다

큰 기쁨은 없다는 것을

2013. 10. 16

나는 욕조에 잠겨 있고 O는 변기에 앉아, 그동안 생각하고 글로 써온 것에 대해 이야기하고, 이야기하고, 또 이야기한다. 개인사에 관한 짤막한 글들로, 아마도 회고록에 들어갈 것으로 보인다. O는 깔고 앉을 베개 두 개와 아주 크고 빨간 사과를 들고 왔다. 입을 크게 벌리고 큼직하게 한 입 벤다. O가 한참 동안 씹는 모습을 바라본다. 다 끝났을 때 내가 말한다. "나도 한 입 베어줘요." O는 한 입 크게 베어 입으로 물고는 내 입 속에 그 조각을 넣어준다. 우리는 이야기를 계속한다. 나는 뜨거운 물을 더 튼다. O 한 입, 나 한 입, 계속 사과를 나눠 먹는다. 잠깐 정적이 흐른다. 그러더니 O가 불쑥 말한다. "지구 행성에 빌리랑 함께 있어서 참 기뻐. 그렇지 않았다면 너무 외로웠을 거야."

나는 손을 뻗어 그의 손을 잡는다.

"나도 그래요." 내가 말한다.

2013. 12. 9

짧은 샌프란시스코 방문 : 뉴욕과 비교하니 얼마나 예쁘고 깨끗하고 얼마나 덜 혼잡해 보이는지 (그리고 얼마나 작은지) 모르겠다.

월요일 밤에 나의 옛 아파트에 들렀다. 아직 내 물건이 일부 남아 있긴 하지만 지금은 친구의 친구, 크리스천이 살고 있다. 몇 년 만이다. 기시감 비슷한 묘한 느낌이 밀려온다. 익숙함과 잊혀짐이 뒤섞인 복잡한 감정이다. 잊혀짐이라는 단어가 있는지는 모르겠지만.

크리스천과 대화가 끊기지 않도록 마음을 쓰면서 동시에 살금살금 방에서 방으로 돌아다닌다. 이 집이 어떤 곳이었는지, 무슨 의미였는지, 스티브와 내가 살았던 이곳의 기억을 되짚고 급히 뉴욕으로 이사하느라 두고 간 물건과 가구를 살펴보는 시간을 가졌다. 오, 저건 우리가 썼던 테이블, 저건 우리가 썼던 식탁, 저건 우리 스탠드, 우리가 이케아에서 샀던 스탠드. 그리고 벽에, 내 사진이 붙어 있었다.

나도 모르게 말이 밖으로 나와 스스로도 놀랐다. "저 사진 내가 찍었는데."

크리스천은 고개를 끄덕였다. 마치 자신이 더 잘 안다는 듯이.

"그리고 이 소파, 이것도 내 거." 소유권을 주장하려는 의도는 아니었다. 그저 내 물건, 우리 물건을 알아보려는 것뿐이었다.

크리스천이 거실 벽장을 열었다. 저 책들! 저건 내 책이고(아직도 내 것인가?), 저건—전부 과학소설이다—스티브의 책이었다. 내 마음속에서는 그냥 문을 닫아버리고 싶었지만 어쩐지 계속 봐야 할 것 같은 의무감을 느꼈다. 옆방에 있는 다른 벽장에도 가보았다. 상자며 서류 따위가 미어터질 듯 엉망진창으로 뒤엉켜 있었다. 너무나 많은 인생, 너무나 많은 세월이 저 안에 쟁여 있다. 문을 닫았다.

침실에도 가보았다. 침대를 제외하고는 깔끔하게 정리돼 있고 꽤 널찍했다. 또다시 "저건 내 침대였어."(아직도 내 것인가?) 좋은 침대였다. 스티브가 죽고 일 년 지나서 샀던 침대로, 이걸 어떻게 뉴욕으로 가져갈까 생각했지만 동시에 놀랍게도—정말 나 스스로 놀랐는데— 여기에 두고 떠났다. 그냥 그대로 두고. 내가 어떤 범죄라도 저질렀던 양. 필사적으로 도망쳐 나온 양. 어쩌면 그랬는지도 모르겠다.

나중에 후회했지만(왜 그런 말을 했던 거지?), 나도 모르게 크리스천에게 스티브가 어떻게 죽었는지를 설명하고 있었다. 그 방에서 죽었다고. 크리스천은 다정하고 상냥했고, 얼굴에 친절함이 묻어나오는 사람이었다. 크리스천은 모르몬교도다. 아주 젊고 금발에 키가 크고 미남이었다. 내가 도착했을 때 그는 우유를 마시고 있었다. 지금쯤이면 악몽을 꾸고 있을지도 모르겠다. 나와는 더 이상 다를 수 없이 다른 사람이지만, 어쨌든 지금은 내 삶의 방식이 남아 있는 공간에서 살고 있다. 내가 처음 그 집에 이사했을 때가 크리스천의 나이였던가? 기억나지 않는다.

거실 벽장문에 달린 전신거울을 보았다. 스티브가 죽은 뒤, 밤이면 몽롱하게 취한 채로 나쁜 생각하지 않으려고 있는 대로 소리를 키워놓고 끝나지 않는 음악에 맞추어 춤추고, 춤추고, 또 춤추는 나를 바라보던 곳. 그 느낌이 지금까지도 내 몸에 남아 있다.

우리는 창고로 갔다. 크리스천이 내 짐과 내 짐이 아닌 것을 알고 싶어 했다. 자기 물건을 놓으려면 짐을 치워야 할 것 같다고. 물건이 많지는 않았다. 제도용 책상, 군데군데 파손된 등의자, 선반, 망가진 복사기. 모두 내 것이었다(아직도 내 것인가?).

나는 주저하지 않고 말했다. "전부 버리세요."

이틀 뒤 크리스천이 출근했을 때 다시 아파트를 찾아갔다. 떠나기 전에 몇 가지 처리할 것이 있었다. 홀로 아파트에 있으니 슬프기만 한 것이 아니라 끔찍했다. 스티브만 없는 게 아니라 위층에 살던 짐과 비키도 없고, 아래층의 콘래드도, 복도 끝에 살던 로빈 부부도, 3층의 제피와 엘레나도 없다는 것을 알고 있었기 때문이다. 모두 이사했거나 이 세상을 떠났다.

나는 상자에 책을 담아 필요한 사람 가져가라고 복도에 내놓았다. 남아 있던 스티브의 옷도 버렸다. 트렁크, 반바지 체육복, 남방 등 너무나 스티브가 떠올라서 차마 버릴 수 없던 옷가지들. 하지만 지금은? 내가 그걸로 뭘 할 수 있겠는가? 그렇다고 다른 사람이 그걸 입고 있는 모습을 상상하는 것도 싫었다.

나는 내키지 않았으나 선반에서 "스티브의 유골단지와 소지품"이라고 써놓은 커다란 갈색 종이봉투를 내렸다. 한때 우리 것이던 소파에 앉아 봉투 안에 든 물건들을 살펴보았다. 눈물이 흘렀다. 그의 유골을 뿌리고 난 다음 단지 안에 스티브가 쓰던 머리빗, 시계, 안경 등 그의 소지품을 넣어 유골단지를 일종의 타임캡슐로 만들어두었던 것이 이제야 기억났다.

운전면허증, 여권, 가족사진, 스냅사진 속의 스티브를 보고 또 보면서 스티브가 얼마나 미남이었는지, 그의 모습이 어떻게 변해왔는지, 세월과 HIV, 약물이 그의 얼굴을 어떻게 바꿔놓았는지를 느꼈다. "이게 내 것이었지. 스티브가 내 것이었어."(아직도 내 것인가?)

모든 것이 가냘프고 연약하게만 느껴졌다. 이 두툼하고 어설픈 손이 자칫 잘못 건드렸다가는 다 바스러질 것처럼. 그의 사진까지도. 아니, 사진이 특히 더. 두려움이 느껴졌지만 한편으로는 애틋한 마음으로, 스티브가 체육관 갈 때 가방에 넣고 다니던 작은 비닐가방을 열었다. 그 안에, 마치 하루도 지나지 않았다는 듯, 그의 체육관 자물쇠와 검 몇 개, 체육관 회원카드가 들어 있었다. 죽기 전날 밤 그가 운동했던 일이 떠올랐다. 어떻게 할지 갈피를 잡을 수 없었다. 전부 버려야 하나? 보관해야 하나? 결정할 수 없었다. 그래서 결정하지 않았다.

나는 유골단지를 다시 종이봉투 안에 넣고 원래 있던 선반에 돌려놓았다. 그리고 벽장문을 닫았다. 주방으로 가서 긴 물잔에 물을 가득 채웠다. 그리고 단숨에 들이켰다. 물잔을 식기세척기에 넣고 밖으로 나왔다. 나는 택시를 불러 공항으로 가자고 했다.

*

겨울 나무

나무의 한 해

A YEAR IN TREES

샌프란시스코에 갔다 오고 얼마 뒤, 어떤 사람이 내게 스티브를 잃고 어떻게 이겨냈는지 물었다. 그토록 사랑했고 그토록 오래 함께 살았던 사람을. 내 대답은 두루뭉술했다. 말해주고 싶었지만 너무 이상하게 들릴 것 같아서 말로 설명하기가 어려웠던 것은, 내가 전에 알았던 나무 몇 그루로부터 슬픔을 견디고 살아내는 법에 대해 많은 것을 배웠다는 이야기였다. 내가 심은 것이 아니니 내 나무는 아니었다. 뉴욕으로 옮긴 후 처음 얻었던 아파트 창밖에 나무가 몇 그루 있었다. 그 나무들에게 보살핌이랍시고 내가 해준 것은 사계절의 과정을 오롯이 지켜봐준 것뿐이었다.

처음 이사 들어왔을 때가 4월, 아직 날은 춥고 가지는 앙상했다. 북동향으로 난 6층의 내 방에서 맨해튼이 중간에 가로막히는 것 없이 보였다. 격자 창살을 통해서. 창 앞에 서 있는 나무 다섯 그루는 생김새가 제각각인, 아름답다고 하기는 힘든 나무였다. 이웃집 조경설계

사가 말해주기를 가죽나무종이고, 흔한 도시 잡목이라고 했다. 하지만 나는 아름다움을 바라지 않았다. 키 크고 강하고 그 자리에 있어주기만 하면 충분했다. 알아보니 가죽나무의 학명 에일란서스Ailanthus는 '천상의 나무'를 뜻하는 인도네시아어에서 온 것이었다.

나는 창문에 차양이나 커튼을 치지 않았다. 아침 해와 함께 깨어나 침대에 누운 채로 일 분쯤 나뭇가지를 구경했다. 어떤 아침에는 나뭇가지들이 이파리처럼 가볍게 바람에 떠다니는 것처럼 보였다. 하늘이 험악해지면 검게 흐느적거리는 형상이 너덜너덜해진 신경종말 같았다.

스티브가 죽은 지 이 년, 그의 부재에 어느 정도는 적응했지만, 여전히 이따금씩 강렬한 비통함—프로이트의 탁월한 표현으로, '고통스러운 불쾌감'—을 경험하곤 했다. 가끔은 옛날 사진을 꺼내 딱 한 장만, 딱 일 분만, 그냥 딱 한 번만 보자는 유혹에 떨었다. 재발하기 일보 직전의 약쟁이처럼. 하지만 나는 저항했다. 그럴 때마다 거센 바람의 악천후 속에서도 꿋꿋이 서서 견디어내는 나무들을 바라보았다.

5월이 끝나갈 무렵, 움이 트고 잎이 났다. 시야는 완전히 가려졌지만 대신 푸릇푸릇 우거진 차양을 얻었다. 잎의 출현과 더불어 찾아온 또 하나의 전개. 부드럽게, 날카롭게, 그런가 하면 다시 온화하게, 무수하게 변주하며 엇박으로 바스락거리는 소리—왕실 초청 연주를 앞둔 5인조 중창단의 목 풀기 연습 같은. 저 아래 길로 다니는 사람들에게는 들리지 않을 멜로디를 간직하고픈 마음에 그 바스락거리는 소리를 옮겨 쓰려고 해봤지만, 알파벳 스물여섯 자로는 모자라다는 사실만 확인했을 뿐, 헛수고였다.

비가 잦은 여름은 내가 붙여준 이름 '나무TV'를 보기에 완벽한 계절이었다. 하루는 뇌우가 맹렬하게 쏟아질 때 가까스로 집에서 빠져나왔다가 큰 가지들이 빗줄기에 헝겊인형처럼 휩쓸리는 광경을 보았다. 작은 가지들이 창문을 격렬하게 때리고 있었다. 앞뒤로 휘몰아치고 쿵하고 창을 때리고 스르르 미끄러졌다가는 다시 높이 솟아 휘몰아치기의 연속이었다. 나는 꼼짝없이 '나무TV' 앞에 붙들렸다. 비와 바람과 번개의 협공에 누가 봐도 약세인 나무들이 이제는 체념한 채 폭풍과 싸우지 않고 그대로 자기를 맡기고 있었다.

이것이 바로 그들이 단련하는 방법, 이 종이 진화해온 길이었다. 오로지 살아남기 위하여.

나무는 잎이 다 떨어졌을 때 가장 아름답다는 사실을 처음 알아본 사람이 나라고 하기는 어려울 것이다. 정정한다. 그럴 수도 있다. 내 나무들은 잎이 창백한 노랑으로 변하고 고양이 오줌을 연상시키는 냄새를 뿜기 시작했다. 어떤 면에서는 새로운 준거틀을 마련하는 것이 최선일 수 있다. 내 파트너는 10월 어느 아침에 죽었다. 어쩌다 정확한 날짜를 잊고 지날지는 몰라도, 나에게 그날은 맑고 파란 하늘 아래 병원에서 집으로 돌아오던 길, 쨍한 공기, 일렬로 아름답게 서 있는 무성한 가로수의 계절로, 틀림없는 가을로 기억될 것이다. 시간이 흘러 그의 유골을 뿌리게 되었을 때, 나의 다섯 누이가 내 곁에 있어주었다. 나무들이 황금색과 팥죽색으로 반짝이던 어느 산림보호지구였다. 나는 스티브의 유골을 어느 미국삼나무 밑둥에 파묻었다.

겨울이 오면서 잎이 떨어지기 시작했다. 배경은 다시 전경으로 바뀌고, 내 방 창밖의 풍경이 돌아왔다. 어느 날 아침, 해가 떠오르면서 크라이슬러 빌딩의 그림자가 메트라이프 빌딩 위로 드리우면서 날씬하고 거무스름한 손가락이, 마치 간지럼을 태워 깨우려는 듯, 그 가느다랗게 가로로 난 홈을 쓸고 지나는 광경이 내 눈에 포착되었다. 순간 내가 맨해튼 섬 전체를 통틀어 이 광경을 본 유일한 사람이리라는 확신이 들었다.

나뭇잎은 여러 주에 걸쳐서 한 잎도 남기지 않고 다 떨어졌다. 가지는 크리스마스까지 고등학교 졸업무도회에서 온 말린 꽃 장식 같은 것으로 덮여 있을 것이다. 새들이 왔다. 실제로 이주하는 중인지는 알 수 없다. 그렇다고 생각하고 싶었다. 새들이 가지에 앉아 쉬면서 깃털 고르는 모습을 보며 나도 이곳의 난민이라는 사실을 새삼 깨달았다.

나무들에게 회복력이 있다는 사실이 더는 나를 놀라게 하지 않는다. 그럼에도 이 계절의 첫 번째 심각한 폭설 때 이들이 그 충격을 견뎌내는 모습은 경이로웠다. 바람이 팀파니 울리듯 웅웅 울었고, 눈이 무섭게 쏟아졌다. 무섭게 쌓이는 눈에 가지들이 다 부러질까 조마조마했다. 눈물방울보다도 작은 저 눈송이에 어떻게 그런 무게가 실릴 수 있을까? 자정 무렵, 맨해튼은 사라지고 없었다. 그 자리에는 구름으로 위장한 평화로운 신세계가 열려 있었다. 이 세계를 나는 에일란서스라 부르련다.

임대계약 갱신 문서가 그 2월에 날아왔다. 나는 이스트사이드 쪽에서 더 크고 더 저렴한 아파트를 찾아서 이 집을 떠날 계획을 세웠다. 떠나기 전날 밤, 펑펑 울었다. 여기가 그리울 것이다. 다음 날 잠에서 깼을 때, 침실 창밖으로 보이는 나무들이, 밤새 꽁꽁 얼어붙기라도 한 것처럼, 꿈쩍도 하지 않았다. 내 파트너의 마지막 모습을 연상시키는 으스스한 광경이었다. 나는 생각을 밀어내고는 침대보를 벗기고 두 손을 배에 얹었다. 나도 저 나무처럼 가만히 있다고 나에게 말하고, 그런 느낌이 자리 잡을 때까지 그대로 있었다. 팔다리는 움직이지 않고, 들숨과 날숨 따라 윗몸만 천천히 올라왔다 내려왔다 했다. 체념으로 내맡기지도, 저항하며 버티지도 않기. 그저 가만히 있기. 그저 있기.

일기에서

2014. 1. 6

내 생일이다. 쉰셋. 선물로 하루가 시작되었다. 올리버가 생일 축하합니다, 노래를 불러주었다. 노래하는 그의 목소리에 기쁨이 넘쳤고(놀랍게도 음이 맞았고), 올리버 특유의, 그러니까 머리를 내 어깨에 비비면서 내 품 안에 파고드는 기분 좋은 포옹을 선사했다. 나는 그의 등을 긁어주었고. 올리버는 또 손으로 쓴 카드와, 그의 전통에 따라, 작은 병에 든 새 원소, 원자번호 53인 아이오딘을 준비했다. 그는 병을 조심스럽게 열었다. "한번 훅 마시면 빌리의 모든 감각이 맑아질 거야."

"정말 말한 대로 되기를요." 내가 말했다.

2014. 1. 9

O, 편두통을 겪고 있지만 성가셔하지도 않고, 오히려 매혹되어 아파트 안을 서성이며 걸어 다닌다. "이 아우라가 방 전체를 밝혀주지 않는 것이 늘 신기했어." O가 전에 아우라의 색깔이 경찰차의 경광등만큼 밝다고 말해준 적이 있는데, 그 얘기를 듣고 나니 나도 한번만 보면 소원이 없겠다는 생각마저 들었다. O가 나를 보며 씩 웃는다. "미안하지만, 지금 빌리는 일종의 테크니컬러 계열의 화려한 암점으로 덮여 있어."

2014. 2. 1

오후 4시에 체육관에 같이 가려는지 물으려고 O의 아파트에 들렀는데, 그는 침대에서 파란 담요 아래 몸을 둥글게 말고 평화롭고 달콤한 잠에 빠져 있었다. 나는 혹시라도 깨어날까 싶어서 몇 분 동안 기다려 보았다. 헛기침도 몇 번 해봤지만 기척이 없었다. 너무나도 평온한 그. 불현듯 깊은 사랑과—왜인지는 모르겠으나—슬픔이 와락 밀려왔다. 목이 메어왔다. 나는 쪽지를 한 장 남겨두고 체육관으로 갔다. 나중에 요가 수업이 끝나고 나오니 체육관 2층에 있는 O가 보였다. 무척이나 가뿐해 보였다. 그는 한 시간 동안 잤다고 했다. "다정한 쪽지, 고마웠어." O가 말했다.

아버지날

ON FATHER'S DAY

최근 시애틀로 아버지를 뵈러 갔다. 아버지가 나를 알아보지 못하고 아버지와 같은 사단 소속 동료 병사라고 생각했지만 나는 괜찮았다. 지난 몇 년 동안 아버지의 집이 된 치매 요양원을 베닝 요새라고 생각하시는 것이 오히려 기뻤다.

"헤이스 중위, 인사 올립니다! 뵙게 되어 반갑습니다." 내가 말했다.

"만나서 반갑소." 아버지가 손을 내밀었고 우리는 악수했다. 90세가 된 아빠, 구부정한 자세로 휠체어에 앉아 있었다.

이번 방문은 요양원이 문 닫기 직전에 이루어졌다. 아버지는 폐렴과 경미한 뇌졸중으로 입원해 있었다. 지금은 호전되었지만 나의 다섯 누이 말로는 아버지가 전과 달라졌다고 한다. 하루 종일 소리 없는 깊은 잠에 빠져 있고, 일체의 약물 치료를 중단한 상태라고. 이것을 안락 치료라고 부르는데, 호스피스 전 단계이다.

내가 뉴욕에서 막 도착했을 때는 6시, 저녁식사가 끝난 뒤였다. 직원들이 입소자들을 잠옷으로 갈아입히며 취침 준비를 하고 있었다. 97세에 밝은 눈동자를 지닌 소피는 긴 소매에 목깃이 높이 올라온 긴 비단잠옷을 입고 있었다. 머리색부터 전신이 은백색으로 빛나는 소피는 크리스마스트리 꼭대기에 올리는 천사처럼 보였다. 평생 잠옷을 입지 않은 아빠는 트렁크와 티셔츠 위로 육십 년 동안 입어온 가운을 걸치고 있었다. 이 가운은 웨스트포인트미국 육군사관학교 1949년 학번 시절에 쓰던 담요로 만들어 각종 군대 배지가 주렁주렁 달려 있다.

아버지는 저녁식사 시간에도 주무셨다고 조무사 한 사람이 말해주었다. 그는 덮힌 음식을 가져와 TV 구역 근처 탁자에 놓아두었다. 슬로피조간 소고기를 토마토 소스로 볶아 둥근 빵 사이에 넣어 먹는 미국식 햄버거였다. 아버지는 잠깐 보더니 물었다. "나랑 나눠 먹겠어?"

나는 누이들과 저녁 약속이 있다고 말하려다가 "좋죠"라고 말하고 절반을 받았다. 햄버거 빵이 보드랍고 따뜻했다. 아버지는 세 입에 다 먹었다. 내가 채소를 드셔야 한다고 말하자 '제정신이냐?'라고 묻는 듯 얼굴을 찡그렸다.

직원들이 분주히 오가면서 각 입소자에게 야간 복용 약과 수면제를 나눠주는데, 약을 아이스크림 한 스푼에 섞어서 가져왔다. 직원들은 입소자들에게 아주 상냥했고, 입소자들도 상냥하고 고마운 마음으로 응했다. 간호사 한 사람이 들러서 아버지와 잠깐 대화를 나누었다. 약은 가져오지 않고 대신 같이 먹으라며 바닐라 아이스크림을 한 통 주었다. "존과 저는 안 지 오래된 사이예요. 그렇죠, 존?"

그녀는 예뻤고, 딸기빛 도는 금발에 눈화장이 진했다. 아버지는 아무 대답이 없다가 그녀가 돌아서자 들으라는 듯 큰소리로 말했다. "나를 이름으로 불렀어." 그러고는 혼잣말로 한마디 더 했다. "사람들 사이에 내 명성이 퍼지고 있는 모양이군."

아버지는 매력적인 여자를 알아볼 줄 아는 남자였다. 웨이트리스나 계산원은 물론 심지어는 수녀한테도 추파를 던지곤 했다. 그럴 때마다 나는 당혹스러웠다. 반면에 나는 매력적인 남자에게 눈이 꽂혔다. 삼십 년 전 이 사실을 부모님께 털어놓았을 때, 아버지는 충격받고 당황해서 어쩔 줄 몰라 했다. 그도 그럴 것이, 나는 아버지에게 유일한 아들이었다. 나는 이십 대를 샌프란시스코에서 살았고, 우리는 오랫동안 편지로 설전만 주고받았을 뿐, 얼굴도 보지 않고 전화 한 통 하지 않고 지냈다. 결국에는 타협점을 찾았지만.

아버지는 이 일에 대해서 아무것도 기억하지 못한다. 치매의 한 가지 축복이랄까. 대신 우리가 나누는 대화는 주로 베닝 요새에서 받던 낙하훈련과 한국전쟁 중 수행했던 낙하작전에 관한 이야기이다. 전투 도중 부상으로 한쪽 눈의 시력을 잃은 뒤에도 아버지는 계속해서 야간 낙하 작전에 투입돼 적진에 침투하곤 했다. 우리는 또 수영에 대해서도 이야기했다. 최근 들어 내가 아주 열중하는 일이라고—올리버와 나는 일주일에 두세 번 함께 수영한다. 나는 내가 생각하던 것보다 더 많이 아버지를 닮은 것 같다. "저, 웨스트포인트 수영팀에서 뛰지 않으셨나요?" 내가 물었다.

"주장." 아버지가 굼뜨게 대답하더니 덧붙였다. "아마 그랬을 거야."

우리가 대화하고 있는데 다른 입소자가 휠체어를 타고 우리가 앉아 있는 테이블로 다가왔다. 그녀는 우리를 정원의 잡초 대하듯 무심히 쳐다보고 앉아 있더니 대뜸 물었다. "누구예요?"

아버지는 대답하지 않았다.

"저는 존의 아들입니다." 내가 말했다.

“자네가 내 아들이라고?” 아버지가 말했다. “자넨 내 아들이 아니야.” 아버지는 갑자기 혼란스러워 하면서 믿지 못하겠다는 표정으로 말했다.

“맞습니다. 예, 저희는 같은 보병대 소속이었습니다.” 내가 말을 정정했다.

아버지는 고개를 끄덕이다가 그대로 고개를 숙이고 잠들었다.

내가 아버지의 휠체어를 밀고 TV 구역을 지나가는데, 조무사 카산드라가 소피와 다른 몇 사람과 앉아서 떠들썩하게 〈제퍼디미국의 TV 퀴즈 프로그램〉를 시청하고 있었다. 카산드라가 아버지를 자기 옆으로 모셔오라고 해서 휠체어를 밀고 갔더니 휠체어 손잡이를 잡아 더 가까이 끌어당겼다. 그 바람에 아버지가 잠에서 깼다. 그녀는 아버지의 눈을 응시했다. 아버지의 뇌, 저 깊은 곳까지 들어가겠다는 듯이. “존? 자녀가 몇 명 있으세요?” 카산드라는 아버지에게 또박또박 차분하게 묻고는 웃어 보였다.

아버지는 잠시 생각하다 대답했다. “여섯? 여섯일걸요?”

“맞아요.” 카산드라가 웃으며 대답하고는 그 눈빛으로 또 물었다. “그럼 아들과 딸이 몇 명씩이죠?”

“딸이 넷, 아들이 둘이오.”

“몇 명이라고요?” 아버지의 손을 잡고 바라보는 카산드라의 표정이 그렇게 자애로울 수가 없었다.

“딸 다섯, 아들 하나요.”

카산드라가 웃었다. 아버지도 웃었다. “그럼 아드님 이름이 뭐죠?”

“윌리엄.” 아버지가 말했다. “윌리엄이오.”

나는 아버지의 어깨에 팔을 얹고 몸을 기울여 머리에 입을 맞추었다. 아버지가 나를 올려다보는데, 이런 표정이었다. '당신 대체 뭐하는 거야? 나한테 입을 맞춰?' 아버지가 내게 손을 내밀었고 우리는 악수했다. 군인 대 군인의 악수였다. 나는 작별 인사를 했다.

"또 보세." 아버지가 말했다.

일기에서

2014. 3. 2

나는 시간을 의식하지 않으며 아무것도 서두를 것 없이 O가 연주하는 피아노를 들으며 소파에 누워서 신문을 읽었다. 몇 번은 읽던 신문을 내려놓고 눈을 감고 오로지 음악에만 귀를 기울였다. 나는 O의 피아노 소리를 사랑한다. 연주하면서 흥얼거리는, 그 음이 맞지 않는 콧노래 소리도. O가 연주를 하다 말고 그 특유의 걸음걸이로 다가와, 그 특유의 몸짓으로 소파에 몸을 굽히고는, 그 특유의 손짓으로 동물원의 동물 다루듯 나를 어루만진다. 나를 만지려고 쇠창살 안으로 뻗은 그의 손(아니, 그 반대일까? O가 철창에 갇혀 쇠창살 밖으로 주둥이를, 아니면 상체를, 아니면 앞발을 내밀고 나를 느끼고 싶어 하는 걸까?).

"이리 와요, 예쁜이." 나는 급기야 O의 손을 잡아서 내 쪽으로 당겼다.

2014. 5. 2

해가 떨어져 날이 어둑어둑해졌을 때 알리의 가게에 고개를 들이밀고 인사를 건넸다.

알리가 손을 내밀었고 우리는 악수했다. "내 친구."

우리는 함께 가게 밖으로 나와 8번 애비뉴의 끝이 보이지 않는 시끄러운 공사에 대해서 이야기했다. "내가 세어봤는데, 아홉 번이에요. 이

도로를 파헤친 게." 알리가 말했다.

알리가 담뱃가게 주인이 바로 옆 문구점을 사들였다고 말해주었다. 이제 이 블록 안에서 상점 세 곳이 그 주인 것이라고.

"8번 애비뉴의 왕이군요." 내가 농담조로 말했다.

알리가 고개를 끄덕였다.

"하지만 알리가 여전히 시장님이죠."

알리가 길 건너편 가게를 가리켰다. 저 중에서 세 집이 창문에 임대 간판을 내걸었다고. 유기농 빵집이 바로 전에 문을 닫았다. "사이좋게 지냈어요. 여기 오래 있었는데." 그는 잠시 멈추었다 말을 이었다. "열다섯 사람이 일자리를 잃었어요. 가게가 문을 닫게 돼서 말이에요. 일자리 구하느라 고생할 사람이 열다섯 명이 생겼단 말입니다." 알리는 그 사람들 대부분이 학생이거나 미등록 외국인 노동자였다는 사실을 지적하면서 고개를 절레절레 저었다.

"이건 옳지 않아요."

2014. 6. 3

일요일. O가 바짝 깎은 내 옆머리에다 코를 위로 아래로, 앞으로 뒤로, 강아지처럼 비벼댔다("목초지 같다"고 말했다). 그리고 이번에는 정수리로 똑같이 했다.

"사람은 왜 이런 행동을 할까?" O가 말했다. 그 안의 과학자가 갑자기 고개를 내민 것이다.

"기분 좋은 느낌이니까요." 내가 즉각적으로 대답했다.

그는 웃음을 터뜨렸다. 하긴 너무나 뻔하고 단순하기 짝이 없는 대답이었다.

"그것도 아주 흥미로운 점이지." O가 다시 생각을 이어갔다.

"기분 좋은 느낌이나 감정이 동물로서 우리가 내리는 모든 선택에 영향을 미칠까? 어떤 행동을 하니 기분이 좋다, 그래서 그 행동을 다시 한다, 이것이 우리가 쾌락을 학습하는 과정이다. 또는, 어떤 행동을 하니 느낌이 좋지 않다, 그래서 우리는 그 행동에는 위험 또는 위기가 따른다는 것을 학습한다. 이런 건가? 우리의 인생은 느낌과 감정의 지배를 받는가?"

"제 인생은 그래요." 내가 대답했다.

O는 내 말이 들리지 않는 듯했다.

"식물에게도 느낌이 있을까?" O가 말했다.

그는 내가 답을 알고 있기라도 한 듯이 나를 보며 계속 말했다.

"식물에게도 분명히 느낌이 있어. 단 우리만큼 빠르게 느낌에 반응할 수 없어. 식물은 땅에 뿌리를 내리고 있기 때문이지. 식물도 움직이는 것은 맞지만 동물이 움직이는 속도에는 못 미치지. 나무가 자라는 데는 때로 몇 년이 걸리고, 꽃이 피는 데는 며칠이 걸려. 그렇다면 속도가 식물과 우리의 차이를 만드는 걸까? 이 속도 능력이? 어떤 덩굴식물이 기어 올라가는 것을 저속도로 촬영하면 실로 이 녀석이 움직이는 현장을 눈으로 확인할 수 있어. 하지만 동물이 주변 환경의 위협이나 변화에 반응하는 속도에 맞추려면 천 배는 더 빨라야 하지. 그 속도가 우리 사람의 속도이고."

O는 고개를 갸우뚱하고 방의 한쪽 모서리를 응시하는 듯했다.

"네, 어쩌면 속도가 본질일지도요."

2014. 6. 15

O : "나는 주체의 경계가 무너지는 경험을 좋아해. 빌리의 손이 내 손 위에 포개져 어디까지가 내 몸이고 어디부터가 빌리의 몸인지 불확실한 순간…."

2014. 7. 22

지난 밤 주방에서 우리 둘을 위한 저녁을 준비하는데 생각이 찾아왔다. 지금이 내 생애 가장 행복한 시간이라고.
나는 생각을 멈추었다. 정말인가?
나는 느껴지는 감정을 관찰하면서 하고 있던 저녁 준비를 이어갔다. O가 내내 뭔가를 이야기하고 있었는데, 나는 속으로 생각했다. 그래, 맞아, 정말이야.

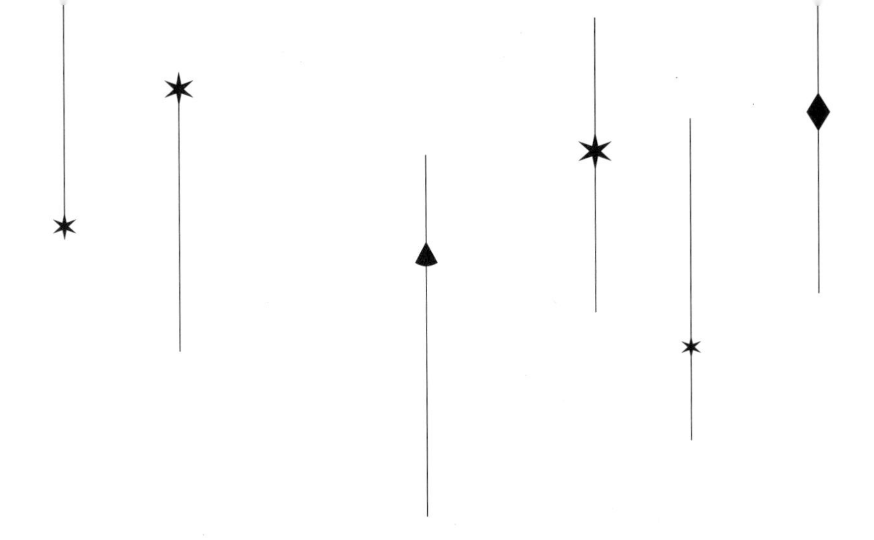

PART III
HOW NEW YORK BREAKS YOUR HEART
뉴욕이 우리 마음을 아프게 할 때

*

유리창 너머의 연인

일로나와 함께한 오후

MY AFTERNOON WITH ILONA

방문하기로 약속한 3시 정각, 일로나의 아파트 입구에서 초인종을 눌렀고, 윙 하는 소리와 함께 문이 열렸다. "이제 거의 다 왔어요." 내가 2층에 올라왔을 때 계단통 위에서 일로나의 목소리가 들려왔다. 엘리베이터가 없는 건물이었다. 아흔다섯 된 일로나가 하루에도 예닐곱 번씩 세 층을 걸어서 오르내린다. "그래서 청춘을 유지하는 거예요." 일로나가 말한다.

일로나는 이틀 전에 전화를 걸어 선물을 주고 싶다고 했다. 내가 그녀의 사진을 인화해 선물했는데, 그 사진에 대한 답례라고 했다. "반 시간이면 돼요." 일로나가 말했다.

현관문이 빠끔 열리고 일로나가 내다본다. 주황, 파랑, 초록 꽃다발 같은 일로나의 얼굴, 입술은 빨간 리본 같다. "들어와요, 들어와요, 편하게 있어요." 나는 비좁은 틈으로 간신히 끼어 들어갔다. 문이 겨우 한 뼘 정도만 열린 것은 거기까지밖에 열리지 않기 때문이다. 잔뜩 쌓인 물건들이 문이 활짝 열리지 못하게 막고 있는 것이다.

일로나는 집이 너무 작다고 했다. 일로나 자신처럼(그녀는 키 147센티미터에 체중은 40킬로그램도 되지 않을 작은 사람이다). 그러면서 덧붙이길, "뭘 봐도 놀라지 말아요", 했는데 경고인 동시에 초대로 들리는 말이었다.

그랬음에도 나는 움찔할 수밖에 없었다. 방은 내가 상상했던 것 이상으로 작았다. 한 칸짜리 작은 방에, 절반짜리 욕실에, 주방은 없고 창문도 하나뿐이었다. 방문 바로 왼쪽에 다리를 높인 더블침대가 있었다. 책, 잡지, 상자 따위가 첩첩이 쌓여 탑을 이루고 있었다. 침대 맞은 편에는 역시 무슨 물건들인지조차 알 수 없는 물건들로 둘러싸인 작은 의자가 좁다란 해자 안에 포위된 작은 섬처럼 보였다. 벽에는 바닥에서 거의 천장까지 또 물건—상자, 책, 의류, 그림—들이 쌓여 있고 알록달록한 풍경화와 초상화 캔버스들이 세워져 있었다. 문과 마주 보는 벽면은 거울이 붙어 있었지만, 사 분의 삼까지 물건으로 덮여 있어 거울은 꼭대기밖에 보이지 않았다.

나의 묘사만 보면 이 작은 공간이 어떤 저장강박증자의 집으로 생각될지도 모르겠다. 그렇다면 내가 그릇된 인상을 준 것이다. 이 작은 방은 비록 엄청난 짐으로 채워져 있지만 광기나 망령의 기색 같은 것은 전혀 느껴지지 않았다. 전부 색채가 풍부하고 부드러운 천, 옷, 모자 같은 물건들이었다. 집 안에서는 상그러운 냄새가 풍겼고 깨끗했다. 모든 것이 적재적소에 있었으며, 그녀에게 더 이상의 필요한 것은 없을 듯했다. 이 집은 그저 예순여섯 해를 여기에서 살아온 사람의, 예순여섯 해의 가치를 간직한 물건들이 모여 있는 공간일 뿐이다.

"와줘서 고마워요." 일로나가 다정하고도 친절하게 인사했다.

나는 금방 터널에서 빠져나와 눈부신 햇빛에 적응하는 사람처럼 여전히 얼떨떨했다. 나는 초대해줘서 고맙다고 인사한 뒤 허락을 받아 카메라와 가방과 재킷을 그녀의 침대 위에 내려놓았다.

일로나는 공원에서 사진 찍을 때보다 더 편안한 차림이었다. 목둘레에 시퀸 장식이 달린 갈색 카프탄긴소매에 발목까지 오는 아랍 전통 도포을 입고 밝은 오렌지색 머리에 파란 챙모자를 썼고, 발은 맨발이었다. 또 일로나는 속눈썹이 아주 특별했는데, 자신의 오렌지색 머리카락으로 만든 1인치쯤 되는 기다란 속눈썹이었다.

일로나는 바로 본론으로 들어갔다. 내가 여기에 온 것은 그저 친목을 위한 방문이 아니다. 일로나가 나를 그리겠다고 했기 때문이다. "빌리가 내 사진을 찍어주었으니 이번에는 내가 빌리를 그림으로 그려주려고요." 일로나는 그러면서 침대 옆 '섬 의자'를 가리켰다. "여기 앉아요. 빛이 이쪽이 더 좋을 거예요."

나는 웃음이 나왔다. 침대 위 말고는 그야말로 비집고 앉을 틈도 없었기 때문이다. 내가 도와드릴 게 있는지 물었지만 일로나는 단호히 말했다. "없어요." 나는 이 자그마한 여인이 내가 앉을 수 있도록 의자 위에 쌓아둔 물건을 치워 또 하나의 더미를 만드는 과정을 잠자코 지켜보았다. 그녀의 움직임은 느리고 떨렸지만—일로나에게는 일종의 파킨슨성 손발떨림증이 있었다—목적의식이 뚜렷했다. "자요, 이쪽으로 앉아요."

시키는 대로 앉으니 일로나가 얼굴을 찡그렸다. "너무 높군요. 보시다시피 내 키가 무척 작잖아요."

나는 키득키득 웃으면서 고개를 끄덕였다.

나는 일어났다. 일로나가 의자 위에 쌓여 있던 책과 잡지를 더 덜

어냈다. "좋아요. 이 정도면 되겠어요." 일로나가 말했다.

나는 앉았다. 일로나가 실눈을 뜨고 나를 이리저리 쟀다. "좋아요, 이제 거의 됐어요." 다정하면서도 신명 나는 목소리였다.

일로나가 나와 마주 보고 앉았는데, 나와 무릎이 닿을락 말락 했다. 나는 왼발을 의자 하단의 가로대에 올렸다. 일로나는 자신 왼쪽의 물건 빼곡한 선반을 살펴보더니 한참을 숙고한 뒤 연필 세 자루를 골라 나무 걸상에 올려놓았다. 다른 칸에서는 작고 두툼한 도화지를 한 장 골랐는데, 32절 크기였다. 그리고 작은 스프링노트를 꺼내 그 위에 도화지를 올렸다.

"좋아요. 이제 편안하게 있어요. 긴장 풀고." 나는 약간 뒤로 기대 앉았다.

"아니, 쉬라는 얘기는 아니고, 어깨 힘 빼요."

"이렇게요?"

"그래요, 그렇게 하면 되겠어요. 하지만 안경은 벗어야 해요. 자, 창밖 내다보지 말고. 나를 봐야 해요. 빌리의 눈을 그릴 거니까."

"제 눈을 그리신다고요?"

"아유, 그래요!" 일로나는 더 이상 아무 말도 하지 않았다. 내 눈? 한쪽만? 내가 예상한 것은 이런 것이 아니었다. 일로나는 연필을 들고 내 얼굴을 오랫동안 관찰했다. 나는 일로나의 눈을 응시했다. 그녀는 전신의 떨림 때문에 몸이 조금씩 움직였고 그럴 때마다 은귀고리가 살랑살랑 흔들렸다. 그러고는 도화지에 선을 몇 줄 긋고 다시 고개를 들고 심각한 표정으로 나를 응시했다.

"안경을 쓰지 않아도 잘 보이시나 봐요?" 내가 물었다.

"그래요. 어쩌다 밤에 책 읽을 때 쓰기도 하지만, 그때 말고는 필요

없어요. 칠 년 전에 백내장 수술을 받았거든. 그때부터 그래요."

"그림을 그린 지는 얼마나 되셨어요?" 내가 물었다.

일로나는 고개를 들고 연필을 내려놓더니 침착하게 웃으며 단호하게 말했다. "작업하는 동안은 말할 수 없어요. 얘기는 나중에 하죠. 빌리는 말해요. 빌리에 대해 듣고 싶어요. 지금 이 순간은 당신이 세상에서 가장 중요한 사람이에요."

나는 일로나의 말에 조금 놀랐고, 가슴이 찡했다. 사실은, 지난 며칠 동안 나 자신에 대해서 막연하게 아주아주 기분이 좋지 않았다. 평소의 내 상태이긴 하다. 그러다 보니, 이 작은 방, 바로 눈앞에 마주 앉은 아주 아담한 몸집의 연로한 예술가가 얼마 남지 않았을 자신의 시간 중에서 반 시간 또는 그 이상을 온전히 나에게 내주었다는 생각에, 진심으로 감동했다. 당신이 세상에서 가장 중요한 사람이에요, 나는 생각했다.

"고마워요." 내가 속삭여 말했다.

"천만에요." 일로나가 쾌활하게 답했다. "자, 빌리의 이야기를 들려줘요."

그래서 이야기했다. 어린 시절 살았던 워싱턴 주의 작은 마을에 대해, 파트너가 죽은 뒤 뉴욕으로 옮긴 일에 대해, 내 책과 글 쓰는 일에 대해, 그리고 몇 해 전에 사진을 시작하게 된 일에 대해. 몇 번은 일로나가 순수한 호기심에 단순한 질문을 던지기도 했지만("뭐에 관한 책인가요?" "가족은 지금 어디 살아요?" "스티브는 어떻게 죽었어요?") 주로 듣기만 하면서 손은 계속 그림을 그렸고, 이야기는 내가 했다. 평소의 나는 말을 하는 쪽이 아니라 듣는 쪽인데.

말을 하는 동안 몸을 움직이지 않고 일로나를 정면으로 응시한 시선을 유지하기 위해서 무던히 애를 썼다. 일로나가 이런 나의 노력을 알아주었다. "빌리는 좋은 모델이군요. 움직이고 싶을 텐데 말이에요." 한번은 이렇게 칭찬했다.

"고맙습니다." 내가 말했다.

"천만에요." 일로나의 대답은 아주 정중했고, 집중을 기울인 태도에는 변함이 없었다.

안경을 쓰지 않아서 일로나의 행동이나 동작이 잘 보이지 않았는데, 중간에 한 번씩 공책을 한 손으로 든 채로 그림을 그리곤 했다.

"가끔씩 눈을 가늘게 뜨는데, 그건 그림 전체를 보기 위해서죠." 일로나가 설명해주었다.

일로나의 말은 무척 인상적이었다. "자연은 너무나 대단하죠. 이 세상에 똑같은 눈동자를 가진 사람은 단 한 사람도 없답니다." 일로나가 그림을 그리면서 발견한 사실이었다. 그러면서 누군가의 눈동자를 그리는 것은 특별한 친구한테만 해주는 일이라고 했다. 나는 규칙을 깨고 그림을 그린 지 얼마나 되었는지 물었다. "적어도 50년은 됐죠." 일로나가 대답했다.

고개는 끄덕거렸지만 나에게는 거의 이해의 수준을 넘어서는 일이었다. 그녀는 예전에 테네시 윌리엄스의 눈을 그려주었다고 말했다.

"빌리는 눈이 참 아름답군요. 평소 안경을 쓰고 다녀서 몰랐어요."

나는 시선을 움직이지 않은 채 일로나의 이야기를 들었다.

일로나는 말하면서 계속 그림을 그렸다. "지성이 보여요. 그리고 눈동자 뒤로는, 끝까지 파고드는 집요함이 있어요."

나는 살짝 고개를 끄덕였다. 이것도 사람을 읽는 일이라는 점이 이해가 되기 시작했다. 일로나는 한동안 말없이 그림에 몰두하다가 눈을 가늘게 뜨고 보았다. "빌리의 눈에는 즐거움이 있어요. 하지만…, 집중력, 굉장한 집중력도 있어요. 강렬해요. 어마어마하게 강렬해요. 이 정도의 강렬함은 본 적이 없는 것 같군요."

모델이 되어주는 모든 사람에게 하는 말일까? 설사 그렇다 해도 괜찮았다.

슬픔, 외로움, 내가 때때로 어떤 감정을 느끼는지도 보일까? 느끼는 감정이 보인다는 말도 할까? 하지만 조용한 방 안, 아흔다섯 살의 예술가와 함께 있는 그 순간, 나는 외롭지 않았다. 내가 세상에서 가장 중요한 사람처럼 느껴졌다. 나는 일로나에게 나의 어머니도 예술가였다고, 다섯 누이와 나를 그리곤 했다고 말했다.

일로나는 고개를 들고 웃었다. "그것 참 멋지군요."

"멋진 분이셨어요." 내가 꿈꾸듯 말했다. "제가 운이 좋은 사람이었어요." 나는 일로나에게 우리 집의 지하실 전체가 화실 같았다고 말했다.

일로나는 어머니가 살아 계신지 물었다. 나는 아니라고 했고, 일로나는 고개를 끄덕였다.

나는 아버지는 어머니와는 굉장히 달랐지만, 군인이자 참전용사에 술과 도박을 즐기던 강인한 아일랜드 사람이라고 말했다. 지금은 많이 쓰지 않는 말이지만 아버지는 집안의 가장이었다. 두 번이나 파산했지만, 우리 남매가 모두 학교를 졸업할 때까지 부양하셨다. 이 점에서도 나는 운이 좋은 사람이었지, 하고 생각했다.

나는 일로나에게 결혼은 했는지, 자녀는 있는지 물어볼까 하다가 말았다. 조만간 다시 사진을 찍어드리고, 그때 그녀 자신에 대해서 이야기해달라고 청해봐야겠다.

일로나는 중간중간 연필을 내려놓고 손가락으로 선을 문지르거나 작은 지우개로 무언가를 지웠다. 연필들은 모두 오렌지 색조였다. 일로나의 머리와 속눈썹 색깔보다 좀 더 밝은 색깔이었다.

"거의 다 됐어요." 일로나가 말했다. 내게 전화했을 때 20분가량 걸릴 것이고, 길어야 반 시간이 될 것이라고 말했던 기억이 났다. 일로나 옆에 있는 초록색 디지털 시계를 보니, 과연 약 20분이 지나 있었다.

일로나는 동작을 멈추고 연필을 내려놓고는 그림을 유심히 보더니 미소 지으면서 고개를 끄덕거렸다. "자, 여기요. 빌리의 눈이에요." 일로나는 이렇게 말하면서 내가 볼 수 있도록 그림을 돌렸다.

안경을 찾아 착용했다. 나는 말문이 막혔다. 눈의 묘사가 정확하고 정밀했을 뿐만 아니라 분명하게 나의 눈이었다. 나는 알아보았다. 그 작은 종이 위에 그려져 있는 것은 눈 하나뿐이었지만, 나의 나머지 얼굴도 거기에 있는 듯했다. 신체의 그 한 부위만 가지고도 내 얼굴 전체가, 내가 보였다.

솔직히 고백하자면 놀랐다. 아무런 기대도 없었고, 일로나가 그림을 그린다는 사실도 몰랐다. 하지만 그녀의 그림은 실로 훌륭했다. 섬세하고 예술적 감성이 살아 있었다.

일로나는 내가 기뻐하는 것을 알고 손뼉을 쳤다. "경이로워요!" 일로나는 그림을 자기 방향으로 돌렸다. "이렇게 아름다운 눈을 본 적이 있냐고요!" 일로나는 거듭 감탄했다. 일로나의 말은 자신의 솜씨를 칭찬하려는 것이 아니라 눈 자체에 보내는 찬사였다.

나는 민망해서 웃었다. "고맙습니다. 이런 선물을 주시다니, 뭐라고 말하면 좋을지 모르겠어요."

"천만에요. 빌리가 찍어준 사진 선물, 고마웠어요. 우리가 친구가 되는 것 같아 기뻐요. 자." 그러더니 일로나의 말투가 바뀌었다. "이제 스프레이를 해야겠어요. 그래야 그림이 번지지 않아요." 일로나가 바니시 스프레이를 건네며 말했다. "이것 좀 흔들어줄래요? 빌리가 나보다 훨씬 힘이 세잖아요."

나는 일어나서 스프레이 깡통을 흔들었다. 달그락달그락. 귀에 익은 쇠공 소리와 페인트, 바니시 스프레이 깡통들이 나란히 놓여 있는 걸 보니 어린 시절 우리 집 지하실 선반이 떠올랐다. 일로나 옆에 서 있으니 내가 거대하게, 그러니까 링에 오른 TV의 레슬러 같은 익살스러운 근육질의 장신 거인처럼 느껴졌지만 실상은 그렇지 않다. 내 키는 170밖에 안 된다.

"이제 그만!" 일로나가 목청을 높였다. 내가 딴생각에 빠져 너무 흥분했었나 보다. 나는 바니시 스프레이를 일로나에게 돌려주었다. 일로나는 비좁은 문틈을 비집고 복도로 나가서 그림에 스프레이를 칠해가지고 돌아왔다. "한참 건조시켜야 돼요. 자, 이제 뭘 좀 마실까요? 커피? 보드카? 내가 만들 줄 아는 건 이 둘뿐이에요."

"보드카요!" 내가 말했다. "건배는 꼭 해야죠."

일로나가 활짝 웃었다. "좋아요!"

일로나는 아파트 오른쪽 구석으로 가서 웅크리고 앉더니 물건을 뒤지기 시작했다. 나는 거기가 '주방 구역'이리라 짐작했다. 가스레인지나 오븐, 보통 크기 냉장고 없이 토스터 하나뿐이었지만. "아주 특별한 보드카로 고르려고 해요. 시락 보드카, 알아요?"

"아니오. 멋진 이름이네요." 일로나가 보드카 따르는 모습이 보였다. 비행기에서 서비스할 때 주는 보드카 병과 닮았다.

일로나가 아주 작고 파란 잔을 가져왔다. 골무 두 개쯤 되는 크기의 작은 잔에 보드카가 가득 채워져 있었다. 우리는 챙, 잔을 부딪쳤다. "새로운 우정을 위하여." 일로나가 말했다.

"우정을 위하여." 그리고 두 사람은 홀짝홀짝 보드카를 마셨다.

✶

일로나 로이스 스미스킨의 그림

*

내 아파트 창가에 선 일로나

일기에서

2014. 9. 4

올해 여름 중 가장 더운 날이다. 후덥지근하고 지독하게 습하다. 이 도시에 아직도 보여줄 뜨거운 맛이 남았다는 듯이. 열기는 사람들을 까칠하고 심술궂게 만들지만 거꾸로 결속을 높이기도 하는데, 엘리베이터에서, 택시 안에서, 길에서, 사람들이 동병상련으로 심경을 토로하면서 서로를 다독이는 것이다. '다 지나갈 겁니다'라거나 '가을이 머지않았어요'라거나. 한편, 이런 날씨에는 스모그와 열기 덕분에 노을이 기가 막히게 아름답다. 하늘을 물들인 빛깔을 무어라 표현할 수 있을까. 분홍의 기억이랄까, 분홍의 재현이랄까.

나는 땀에 흠뻑 젖어보겠다는 마음으로 산책을 나섰다. 우선 알리의 가게에 들렀다.

"안녕하십니까, 선생님." 나는 알리가 내게 하는 인사를 흉내 내며 말했다. 우리는 악수를 했다. "어찌 지내세요?"

"피곤해요." 알리는 사장이 자리를 비워 한 달 동안 하루도 쉬지 못했다면서 다음 주에나 하루 쉴 수 있을 거라고 말한다.

가혹한 얘기였다. "그래서, 쉬는 날은 뭐할 거예요? 그냥 집에서?"

알리는 고개를 끄덕였다. "잠 좀 자고 먹고…." 그러고는 어깨를 으쓱했다. "하지만 계획을 세울 수가 없어요. 무슨 일이든 생길 겁니다. 그러면 휴가는 날아가고, 그럼 어쩝니까? 만사 그르치는 거죠. 계획은 당일 세우는 겁니다." 알리는 분명하게, 힘주어 말했다. "미리 하는 게 아니라."
나는 맞는 말이라고 맞장구쳤다. 하루에 하루씩 살아가면 된다. 미리 과하게 고민하지 말고.
"그래요, 내 친구, 바로 그거예요."

8번 애비뉴와 제인 스트리트가 만나는 모퉁이, 신호등이 빨간불로 바뀌었다. 주점 태번온제인 출입문 옆 긴 의자에 앉아 있는 남자가 눈에 들어왔다. 그는 손에 나무토막 한 조각과 접이칼을 들고 있었다. 궁금해서 견딜 수 없었다. "뭐하고 계십니까?" 내가 물었다.
"나무토막으로 조각하고 있습니다."
멋진 대답이었다.
내가 다시 질문했다. "뭘 만들고 계십니까?" 그리고 옆에 쭈그리고 앉았다.
남자는 일흔다섯쯤, 아니면 좀 더 들어 보였고, 작고 마른 체형에 야구 모자를 쓰고 있었다.
"아, 편지칼이 될 것 같소."

나는 그냥 고개 끄덕였지만, 속으로는 두 가지 이유에서 훌륭하다 생각했다.
하나는, 이 무지막지한 나무토막을 깎아 가늘고 우아한 무언가를 만든다는 점(끝나려면 아직 멀어 보이지만), 그리고 또 하나는 남자가 만들고 있는 것이 편지칼이라는 점이다. O에게는 여러 자루가 있고, 한때는 모든 가정의 필수품이었으나 이제는 잊혀가는 물건. 문자메시

지나 이메일을 여는 데 편지칼이 필요한 것은 아니라는 얘기야 두 말하면 잔소리겠지만 말이다.
내가 그에게 찬사를 보냈더니 남자는 당혹스러워하는 듯했다. “그저 내가 하는 일인걸요. 나는 목공하는 사람입니다.”
나는 행운을 빌고 편지칼이 만들어지는 모양을 꼭 보고 싶다고 말했다. “다음에 밤에 한번 찾아오겠습니다.”
“좋아요. 내가 그때까지 살아 있다면 말이지요.” 남자가 말했다.

레프트뱅크북스 진열창에 놓인 존 디디온의 《공동 기도서A Book of Common Prayer》에 눈길이 닿는 순간, 내가 열여섯 살 시절, 워싱턴 주 스포캔에 있던 B. 달튼 서점의 계산대 바로 옆 신간 진열대에서 이 책을 발견하던 그 순간으로 돌아간 것 같은 기분이었다. 이 책의 첫 페이지는 지금도 읊을 수 있다. “내가 그녀의 증인이 되어주리라….” 안으로 들어가봐야 했다. 내가 이 서점을 특별히 좋아하는 것은 여기가 밤늦게까지 문을 열기 때문이다. 내가 이곳을 좋아하는 것은 직원들이 절대로 친절한 법이 없기 때문이다. 내가 이곳을 좋아하는 것은 옛날 책을, 그것도 대부분 초판본을 팔기 때문이다. 여기서 말하는 ‘옛날’이란 60년대와 70년대, 나의 시절을 말한다.

이 서점에 들어갈 때마다 직원이나 주인이 쳐다보는데, 누가 들어가든 침입당했다는 듯한 눈길, 자신을 방해했다는 듯한 눈길이다. 가끔은 정말로 방해를 하는 경우도 있었다. 누군가와 한창 대화하는 중이었거나 책을 읽고 있을 때는. 그리고 거의 확실한데, 내가 들어갔을 때 직원은 서점 뒤쪽에서 나를 빤히 쳐다보았다.

"아직 영업하시나요?" 문을 닫기 전까지는 영업을 한다는 것을 알지만 그래도 물었다.
직원은 고개로 그렇다고 답했지만, 이번 한 번만 특별히 봐주는 거다, 하는 눈빛이었다.
나는 발끝으로 조심조심 걸어서 뒤쪽으로 갔다. 직원은 서가에 책을 꽂는 작업에 몰두하고 있었다. "저 디디온 책, 좋아 보입니다." 내가 말했다.
직원도 동의했다.
얼마인지 물으니 35달러라고 했다. 나는 그 책의 초판을 갖고 있는데도 사고 싶었다. 꼭 갖고 싶었다. 새것처럼 보였고, 내 것보다 새것이었다. 하지만 계속해서 가게 안을 둘러보았다. 내가 아는 표지가 무척이나 많았다. 해리 에이브럼스미국 최초의 미술책 전문 출판사 에이브럼스 북스의 설립자가 펴낸 방대한 에드워드 호퍼 연구서(전에 이 책 있었는데, 어떻게 됐지?)가 보였고, 시집 코너 끝부분에는 보호용 비닐커버 안에 《아리엘》실비아 플라스의 동명 시가 수록된 1965년도 출간 시선집이 있었다.

《아리엘》. 오, 《아리엘》. 마음속에서 깊디깊은 슬픔, 달콤 쌉싸름함, 어떤 기억이 느껴져 눈물이 쏟아질 것만 같았다. 달리 그 감정을 표현할 길이 없다. 스티브를 꿈에서 보았을 때 느꼈던 바로 그 감정. 상실감. 하지만 무엇의 상실인가? 젊음? 시?

직원이 정리하고 있던 서가에서 책 대여섯 권이 와르르 떨어졌다. 실내가 조용했기 때문에 소리가 크게 들렸고, 익숙한 소리였다. 서가에서 균형 잃은 책이 옆으로 쓰러지는 소리, 물질로서 책이 지닌 무게감. 기분 좋은 소리, 귀에 익은 소리, 마음에 위안이 되는 소리. 저 소리만으로도 책이 존재해야 할 이유는 충분하다고 나는 생각했다. 책이여 우리 곁에 영원히 있을 지어다.

나는 그《아리엘》을 꺼내 몇 쪽을 읽었다. "아빠, 아빠…." 미소가 지어졌다. 이 시의 힘은 변하지 않았다. 시집에 수록된 시의 제목들, 내가 한때 잘 알았던 시들을 훑어보면서 슬픔은 어느덧 고마움으로 바뀌었다. 고마움을 느끼는 나의 의식, 이라고 나는 속으로 생각했다.

2014. 9. 13

새벽 4시에 비명—고함이 아니라 비명—과 빵빵대는 자동차 경적 소리에 깨어났다. 얼마 전 본 폭력적인 영화가 촉발한 악몽인 줄 알았다. 하지만 창밖 열한 층 아래에서 올라오는 소리가 너무 생생했다. 나는 침대에 누워서 귀를 기울였다. 아수라장. 무슨 일인지 내다보지 않고도 충분히 느낄 수 있었다. 사람이 많이 모여 있는 듯했다. 결국 침대에서 일어나 창밖을 내다보았다. 주유소였다. 차량이 줄지어 서 있고, 대여섯 대가 주유 중이고, 서너 명이 싸움의 중심인 듯했다. 유니폼을 입은 젊은 남자가 보인다. 주유원이다. 다른 둘이 서로를 향해 고함을 지르고 허공에 삿대질하고 주먹질하면서 상대를 위협하고 있다. 사람들이 한 젊은 여자를 둘러쌌는데, 이 여자가 주유원한테 표독스럽게 욕을 하고 소리 지르고 폭력을 휘두른다. 사람들이 모여들어 싸움을 말리다가 도로 물러난다. 주유소 마당에서 사람들이 이리 몰리고 저리 몰리면서 싸움이 계속되었다. 잠시 조용해져 싸우는 사람들이 갔나 보다 싶었더니 다시 시작된다. 여자가 땅바닥에 패대기쳐졌다가 또 다른 누군가가 패대기쳐진다.

보고 있기 괴로웠다. 멀리서 보니 짐승들 같다. 사람의 말소리와 끔찍한 욕설만 없었다면 짐승들의 싸움으로 착각했을 것이다.

뉴욕은 사람을 어떻게 절망시키는가? 이것이 하나의 답이다. 폭력으로, 증오와 분노로.

술을 너무 많이 마신 탓도 있다. 새벽 4시에 알코올이라니.

나는 에어컨을 켜 소음을 묻어버리고 자낙스를 반 알 먹고 다시 잠들었다.

★

웨스트 4번 스트리트의 경찰관

그의 이름은 라힘

HIS NAME IS RAHEEM

"아랍 이름입니다." 그가 말했다. 어제 오전 중에 라힘이 쇼핑용 손수레 세 대짜리 자신의 캐러밴을 주차했다. 각각의 수레에는 내가 사는 길 건너편 8번 애비뉴에서 수거한 깡통과 유리병을 터질 듯 채운 자루들이 사람 키 높이만큼 실려 있었다. 마치 자기 소유 주차 공간인 양 버스 차선을 다 차지하고 있을 정도로 그는 대범했다. 누구라도 그냥 지나칠 수 없을 장관이었지만, 사람들은 그에게 고개 한 번 돌리지 않고 지나쳐갔다. 아니, 어쩌면 그는 거기에 실재하지 않았을지도 모른다. 극한의 열기와 습도—그날 기온이 90도섭씨32도가 넘었다—에 시달렸기 때문에 라힘을 보면 신기루라고 생각할 수도 있을 것이다.

어느 날 업타운의 병원에 예약이 있어서 가는 길에 그를 처음 보았다. 그는 고물 자루로 햇빛을 가리고 우유상자 위에 잠들어 있었다. 충분히 가까이 다가가기도 전에 머릿속에 벌써 사진이 그려졌다. 나는 카메라에 손가락을 대고 렌즈 뚜껑을 주머니에 넣으면서 발 빠르게 다가갔다. 그러고는 그의 정면에 웅크려 앉으면서 얼굴을 프레임에 넣고는 찰칵. 한 방, 두 방, 세 방, 네 방. 마치 밀렵꾼이 된 기분이었다. 아니, 밀렵꾼 맞다. 남자가 잠에서 깨더니 성을 냈다. "내 앞에서 당장 꺼져!"

이런 내가 부끄러워 쥐구멍에라도 숨고 싶었다. 허락 없이 남의 사진을 찍는 것은 내가 절대로 하지 않는 행동이었다. 내 잘못이라고, 남자에게 사과했다. 남자는 말 대신 눈빛으로 욕하는 듯 나를 바라보았다. 지하철에 탄 후 찍은 사진을 보았더니 살아 있는 무언가가 포착된, 좋은 사진이었다. 하긴, 밀렵꾼들도 자기네가 훔친 상아에 대해 분명히 이런 식으로 말할 것이다. 그래도 사진을 삭제하지는 않았다.

그날 오후 집으로 돌아오는 길에 내가 있는 곳에서 한 블록 떨어진 그 자리에 그대로 있는 그를 보았다. 나는 물을 한 병 사서 그에게 다가가 건넸다. 빈 물병은 수백, 수천 개 가졌지만, 물이 들어 있는 병은 없었을 테니까.

"오늘 물 충분히 마셨습니까?" 내가 물었다. 나를 기억했는지 알아봤는지 모르겠지만 고마워하며 물을 받았다. 물을 다 마시면 빈 병 자루에 하나 더 보태려나 모르겠다.

이제 뭐할 건지 물었다. 그는 최종적으로 가는 곳은 드웨인리드 약국이라면서 거기에서 자루를 내고 환불받는다고 했다. 맨해튼에는 브롱크스와 달리 재활용센터가 없고, 약국들은 물량을 한꺼번에 다 받아주지 않아서 한 약국 갔다가 다음 약국, 또 다음 약국으로 가야 한다고 했다. 이 캐러밴을 끌고 이 약국에서 저 약국으로 이동하려면 몇 시간에서 길면 며칠까지 걸릴 것이다. 쇼핑용 손수레들이 연결돼 있지 않아서 한 줄로 견인할 수가 없고, 한 번에 수레 한 대씩 끌어야 하는데, 끄는 동안에도 다른 수거자가 (그는 마약하는 놈들이라고 했다) 낚아채지 않도록 눈은 나머지 두 대에서 떼면 안 된다고 했다. 그의 설명은 사무적이었다. 원래 다 이렇게 하는 것이라는 듯이. 지금은 날이 너무 뜨거워 잠시 쉬고 있다고.

"드실 음식은 있어요? 오늘 밤 잘 곳은요?"

그는 고개를 끄덕였다. 이번에도 매우 사무적으로. 이런 것은 걱정할 일도 아니라고. 이때 내가 그의 이름을 물었고, 그가 라힘이라고 말해주었다. 나중에 그 이름이 '자비롭다'는 의미라는 것을 알았다.

나는 내 이름은 빌리라고 말하고 라힘에게 뭔가 도움이 될 만한 것을 주고 싶다고 했다. 10센트짜리 동전 하나 요구한 적 없는 그에게 또다시 무례를 범하고 싶지 않았다. "그래도 괜찮겠죠?"

라힘은 고개를 끄덕였다. 나는 20달러를 주었다.

"사랑과 평화, 할렐루야." 그는 나긋이, 기도문 읊듯이, 진지하게 말했다. "축복을 빕니다." 내가 묻자 이제는 사진 찍어도 좋다고 말했고, 몇 장 더 찍었다.

내가 그에게 길에서 생활한 지 얼마나 되었는지 묻자 십육 년 되었다고 답했다. 여하간에 먹을 것과 잠잘 곳 구하는 것은 문제가 아니라고 했다. 전혀 어려운 일이 아니라는 말이었다. 문제는 경찰인데, 사람을 성가시게 하고 쓰레기 들고 돌아다니지 말라고 하고, 더 심한 경우도 있다고 했다. "여기 1억 2천만 달러짜리 아파트에 사는 사람들은 그래요. '내 건물에서 나가! 그 더러운 것들을 쓰레기통에 갖다 버리지 않고 뭐해? 경찰을 부르겠다!' 말로만 끝나지 않아요! 개놈들. 그럼 또 경찰들하고 실랑이를 해야 하죠."

라힘은 중얼거렸다. "그리니치빌리지는 게이들이 모여 살 때 훨씬 인간적이었어요."

이 말에 내가 키득거리고 웃었다. 내 생각에도 그랬을 거라고 대답했다. 내가 그 시절에 여기 살았더라면 얼마나 좋았을까.

"사람들은 내가 법을 모를 거라고 생각해요. 나도 법 알아요. 내 권리를 잘 안다구요. 나는 불법적인 건 하지 않아요. 난 약쟁이가 아니라고요. 나에겐 이 일을 할 권리가 있단 말이에요." 그는 이렇게 말하고는 우리 대다수가 쓰레기라고 부르는 그 자루 더미를 둘러보았다. "이건 내 일입니다! 내 일!" 라힘의 목소리에는 진심이 담겨 있었다.

그 순간, 뉴욕의 거리에서 빈 병과 깡통을 수거하고 쓰레기통을 뒤지는 모든 사람이 달리 보였다. 아담한 체구의 아시아 할머니들, 때로 온가족이 같이 다니는 사람들, 페루 사람들, 아프리카 사람들, 장대 양 끝에 자루를 매달아 어깨에 지고 다니는 사람들. 그들은 우리 대다수가 너무 게을러서 또는 너무 바빠서 또는 너무 부자라서 생각조차 하지 않는 일을 도맡아 처리해주는 사람들이었다.

라힘의 이야기는 계속되었다. "나는 그자들한테 말합니다. 그 건물을 소유한 자들이요. '당신은 뭘 합니까? 나는 지구를 구하고 있어요! 당신들은 이 행성을 위해 무얼 하고 있습니까?'"

일기에서

2014. 9. 14

O가 한 경비원으로부터 알리의 가게가 있는 골목의 담뱃가게에 지난 주에 강도가 들었다는 소식을 듣고 왔다. 강도들이 닥친 것은 일요일 늦은 밤 문 닫기 직전이었다. 얘기를 들으니 알리가 걱정되어 O와 함께 가서 어떻게 되었는지 물었다.

"문에 붙어 있습니다." 알리는 '수배' 전단을 가리키며 말했다. 감시 카메라에 찍힌 입자 거친 이미지였다. "강도놈들이 총을 들고 테이저총을 써서 그를 묶고 돈, 담배, 복권을 가져갔어요."
"그 사람 지금은 괜찮아요?"
알리는 어깨를 으쓱했다. "괜찮아요."
정신이 딴 데 팔린 사람처럼 초점 없는 알리의 표정이 무기력하게 보일 정도였다.
어쩌면 이 일에 대해 이야기하느라 지쳤을지도 모르겠다. 나처럼 놀란 사람들이 와서 이것저것 묻는 게 넌더리가 났을지도 모르겠다. 담배며 술이며 복권 따위를 파는 가게에서 혼자서 일한다는 것이 얼마나 위험한 건지 아직도 모른다는 말이오? 당신들 대체 어디까지 순진할 셈이오?
O와 나는 신문 한 부와 아이스크림 하나를 샀다. "9달러요." 알리가 말했다. "9달러." 그는 올리버를 보고 말했다. "성냥은요? 박사님도 성

냥을 드릴까요?"
O는 고개를 끄덕였다.
알리는 성냥 두 갑을 던졌다.

이 성냥은 아무것도 없는 흰 바탕의 민짜였다. "성냥." 내가 말했다. "이제 '감사합니다'는 인쇄하지 않나 봐요?"
알리는 여전히 표정이 얼음장처럼 굳어 있었다. "아무도 '감사합니다'라고 말하지 않으니 성냥도 마찬가지죠."
"그런가요?"
"세상에 변하지 않는 건 없죠." 알리의 말에서는 아쉬움이든 무엇이든 여하한 감정의 기미도 느껴지지 않았다.
"세상에 변하지 않는 건 없군요."

2014. 9. 20

"빌리는 자신이 사고하고 있다는 것을 깨달을 때가 있나?" O가, 시골 별장으로 가는 차 안에서, 느닷없이, 말한다. "나는 내가…, 의식의 신경기반을 보고 있는 것 같은 느낌이 들 때가 있어…."
"그래요?"
"특별한 경우이긴 하지만, 의식이 활동을 시작하면. 이건 분명히 볼 수가 있지. 그 활동은 대개 자발적이지만, 그건 자신을 대신한 자발적인 활동이지. 자신이 겪는 문제, 자신이 떠올리는 의문 등에 대해서 말이야." O는 잠깐 멈추었다가 다시 자신의 사고로 돌아왔다.
"이건 창의적인 비행이다…. 비행, 무척 멋진 말이야."

"음, 저도 그 말이 마음에 들어요…. 당신에겐 무엇이 그 비행을 촉발하나요?"

"놀라움, 신기함, 경이로움…."

"그렇군요."

2014. 9. 25

워싱턴스퀘어 공원에서 사진을 찍은 뒤 집으로 돌아오는 길에 지름길로 가려고 웨이벌리 플레이스에서 옆 골목으로 빠졌다가 길 건너에서 챙그랑챙그랑 리듬—그의 몸짓에서 음악이 나오고 있었다—을 타며 걷는 한 사내를 보았다. "오늘 몇 번째 만나는 겁니까?" 사내가 반갑게 외쳤다. "스물다섯 번? 서른 번? 거기에 지금 또? 굉장하군요!"

날이 어두워지고 있어서인지 잘 보이지 않았다. 전에 본 사람인가? 가능한 일이다. 아무튼 다른 공원에서 3주 전에 벤치에 앉아서 애정행각을 벌이는 한 십 대 커플 사진을 찍은 적은 있으니까. 이 도시도 때로는 이렇게 작게 느껴질 수 있다.

나도 맞장구쳐주었다. "서른 번? 아니, 서른 번은 아니고, 열일곱 번일걸요!"

"그건 최소한이고요. 세다가 잊으셨나 보네." 젊은 사내가 말했다.

나는 길을 건너 사내에게로 갔다. 행색이 남루하고 비쩍 마른, 스물셋이나 스물넷쯤 되어 보이는 젊은이는 야구모자를 깊이 눌러 써서 얼굴이 거의 보이지 않았지만 경계심으로 번득거리는 눈빛은 감추지 못했다. 약이든 술이든 취한 상태였다. 미남이었고, 이름이 빌리라고 했다. 나는 사진을 찍어도 되는지 물었다.

"무슨 사진 하는데요?"

나는 대답해주었다.

"보여줘요. 좀 보여주세요."

나는 휴대폰을 꺼냈다. 빌리가 큰 소리로 이의를 제기했다. "휴대폰 말고! 그 빌어먹을 휴대폰 말고요!" 그러고는 속삭임에 가까운 조용한 목소리로 말했다. "카메라요. 아저씨 카메라에 있는 사진으로 보여줘요. 아저씨가 가장 최근에 찍은 사진을 보여줘요."

"좋아요. 잠깐." 나는 재생 단추를 누르고 뒤졌다. 어느 공원 벤치의 젊은 연인 사진이었다. 그는 내 손을 붙잡고 카메라를 얼굴에 바짝 갖다 댔다. 그 사진을 유심히 살펴보았다. 사랑에 빠진 젊은 남녀의 태평한 순간을 포착한 사진이었다. 나는 빌리의 머릿속에 무슨 생각이 떠오를지 궁금했다. 사진에서 자신의 모습을 보는 걸까, 아니면 완전히 다른 사람이라고 느낄까?

"더 보여줘요." 빌리가 말해서 더 보여주었다. 그는 고개를 끄덕였다. 인정한다는 뜻이었다.

그는 길 한복판에 서 있었다. "여긴 어때요? 우리가 사진을 찍는다면 최고여야 해요."

"그럼요. 물론이죠."

"아저씨가 찍은 어떤 사진보다 잘 나와야 해요."

내가 찰칵 누르려는 순간, 갑자기 빌리가 황급히 길을 건너더니 계단을 타고 지하로 내려갔다. 나는 가까이 가서 아래를 내려다보았다.

"빌리 아저씨, 아저씨는 이게 어떤 기분인 줄 알아요?" 그는 조그만 주머니와 라이터를 꺼냈다. "이거 피우는 거요?"

나는 그가 코카인을 말하고 있다는 것을 알았다. 고개를 저었다.

"어떤 것하고도 비교할 수 없어요. 천국 같죠, 이건. 이걸 피우면 뭐든 하고 싶어지고 뭐든 할 수 있어요. 옷을 다 벗고 쓰레기통으로 뛰어들어도 기분이 좋을 거라고요."

나는 빌리가 대마 꺼내는 것을 바라보았다. 카메라를 눈에 붙이고 사진을 찍기 시작했다. 빌리는 코카인을 섞은 대마에 불을 붙였다. 그러고는 깊숙이 빨았다가 내뿜었다. 그는 허공에 떠오르는 푸르스름한 연기를 지켜보았다.

그는 두 눈을 감고 드러누웠다. "저걸 사진으로 찍어주시면 좋겠어요. 저 연기요."

나는 다시 카메라를 들었고, 빌리는 다시 꽁초에 불을 붙였다. 나는 몇 장을 더 찍었다.

나는 속으로 생각했다. 그는 이런 모습으로 죽을 것이다.

2014. 10. 24 암스테르담에서

암스테르담에서 짧은 휴가를 보냈다. O가 가장 좋아하는 곳 중 한 곳인데, 나는 처음이었다.

지난밤, O가 한 동료와 저녁을 먹다가 나에게 혼자 나가보라고 모험을 해보라고 했고, 나는 실행에 옮겼다.

어디서부터 시작해야 할지 자신이 없었다. 식당까지 택시를 타고 가는

*

골목길의 빌리

것으로, 즉 혼자서 밥 먹는 것으로 시작하면 되겠다고 생각했다. 맛난 음식에 상냥한 웨이트리스가 있을 것이라고. 아니면 간밤에 했던 그대로, 컴컴한 술집에서 새벽 4시까지 있어도 된다. 아니면 호텔까지 쭉 걸어서 돌아오는 방법도 있다. 중간에 길을 조금 돌아서 홍등가를 관통해서 올 수도 있겠고. 하지만 이 계획들은 다른 날에 할 수 있을 것이다. 지금은 한 편의 짤막한 뉴욕 이야기가 준비돼 있다. 배경만 암스테르담으로 바뀐.

식사를 마친 뒤 나는 운하 가장자리에 앉아 어제 '그린 카페'에서 구한 대마를 한 대 피웠다. 나는 환상적으로 취해서 식당 건너편에 있는 술집으로 향했다. 이곳에서 일하는 웨이트리스들은 여기가 암스테르담에서 "최고"라고 했다. 술집은 불편할 정도로 붐볐다. 모두 근사하게 차려입은 젊은 멋쟁이들이었다. 나는 용케 벽 쪽 테이블에서 빈자리를 하나 찾았고, 그 자리에서 빼어나게 예쁜 두 젊은 여자와 대화를 하게 되었다.

잠시 이야기를 나눈 뒤 나는 휴대폰에 있는 사진들을 잔뜩 보여주었다. 그런데 대화가 시작된 지 얼마 되지 않아서 둘 중 한 사람, 폴린이, 긴 금발을 머리 위로 올리더니 난데없이 말을 던졌다. "당신한테 시를 한 편 써줄게요."
"정말요?"
폴린은 자신의 진심을 묻다니 기분이 상했다는 듯한 표정으로 단언했다. "물론이죠!"

나는 폴린에게 전에도 이런 일이 있었다고 말해주었다. 확실히 두 번 이런 일이 있었다. 두 번 다 뉴욕에서 길을 걷다가 생긴 일이었다. 폴린은 대수롭지 않게 받아들이는 눈치였다. 굳이 말하자면, 놀라워하는 기색도 아니었다.

폴린은 가방에서 펜을 찾더니 구석 자리를 찾아갔다. 폴린이 시를 쓰는 동안 다른 여자가 나와 이야기를 나누었다. 이야기 도중에 한 번씩 폴린을 돌아보면 폴린이 나를 노려보고 있었는데, 흉포함마저 느껴질 정도로 집중한 눈빛을 보니 시를 쓰는 사람이라기보다는 짐승을 잡으러 나온 사냥꾼에 가까웠다.
이십 분가량 흐른 뒤 마침내 폴린이 우리의 작은 테이블로 돌아와 전단지 뒷면에다가 쓴 시를 내밀었다. 그러고는 술집의 소음 속에서 방금 내가 산 술을 마시고 내게 시를 읽어주었다.

우리가 내린
모든 결정은
오로지 모른다는 사실을
인정하기 위한 것
읽고, 사색하고, 사람들과 대화하는 것이
우리가 내릴 수 있는 최선의 결정
왜냐면 그때부터
사람과
인생과
한 잔의 술을

즐길 수 있었으니까

인생을 사랑하는 법

배웠으니까

2014. 11. 2

여행에서 돌아왔다. 9시경 간단히 먹을 것을 사러 나가는 길에 알리의 가게에 들렀다. 가게 안에 손님이 너덧 명 있기에 그냥 갈까 하다가, 평소대로 우리의 인사—"안녕하십니까, 선생님"—를 주고받았고 들어가서 잡지 좀 살펴보겠다고 말했다. 그 자리에 그대로 있는데, 히피처럼 보이는 젊은 커플이 알리에게 복권에 대해서 몇 가지를 물은 뒤 100달러어치를 달라고 하는 바람에 나는 (두 사람이 돈이 많아 보이지 않았기에) 깜짝 놀랐다. 알리는 복권을 팔았고, 그들은 떠났다. 그리고 한 젊은 남자가 어슬렁거리며 들어오더니 가게 안을 둘러본 뒤 알리에게 말했다. "여기서 뭘 팝니까?"
"여기서 뭘 파냐니? 당신이 보기에 여기서 뭘 파는 것 같소?"

젊은 남자는 알리를 돌아보았다. 다른 대답을 기대한 모양이었다. 그는 바로 다시 돌아서더니 머리를 숙이고 잽싸게 문밖으로 나갔다. 나는 보던 잡지를 내려놓고 계산대 앞으로 갔다. "이상한 사람을 다 보겠군요. 저런 일 많이 겪어요?"
"무슨 일이든 겪지 않겠수?" 알리가 말했다.
가게 안에 있던 사람들이 다 나가고 복권 사려는 한 사람만 남았다. 내가 그 남자 옆에 서 있는 것을 보더니 알리가 말했다. "이 사람이 그 사람이야. 신문 기사. 내가 전에 말했던 그 사람."

"당신이 〈뉴욕타임스〉에 알리 기사를 쓴 그분이군요?" 다른 남자가 말했다.

"예, 맞습니다. 읽으셨어요?" 내가 손을 내밀었고 우리는 악수했다.

"당연히 읽었죠." 남자가 대답했다. "이 친구가 얼마나 신이 났는지!" 남자는 알리를 가리켰다. 알리는 기쁨으로 화사하게 빛나고 있었다. 하지만 야유하듯이 한마디 더했다. "근데 너무 친절하셨어요."

내가 무슨 뜻인지 물었다.

"알리 저 친구, 모두한테 그렇게 친절하진 않다고요. 나한테는 절대로 안 그래요. 내가 이 가게 드나든 지 예닐곱 해는 됐는데 말입니다." 남자가 웃으면서 말하는 것을 보니 알리를 놀리려는 소리였지만 진심도 없지는 않아 보였다. 남자는 나보다 몇 년 위 연배일 듯한데, 어쩌면 오십 대 후반쯤으로 보이고, 강인한 인상이었다. "말다툼도 크게 몇 번 했죠. 알리하고 나요. 정말이지, 너무 친절하게 쓰셨어요."

"무슨 말다툼을 했다고? 뭔 소리를 하는 거야?"

남자는 눈알을 굴렸다. "말만 해봐. 종교면 종교, 정치면 정치, 안 한 게 있나? 내가 말을 말아야지. 이러다 〈뉴욕타임스〉에 나오겠네, 안 그래요?"

알리가 이 말에 웃음을 터뜨렸다. "맞아. 다음 기사에 나오겠어. 말조심하자고."

나는 이 대화가 불편해서 주제를 바꾸고 싶었다. 남자에게 복권을 날마다 사는지 물었다. 남자는 현금을 한 다발 들고 있어서 그랬는지 방

어적인 표정이었다.

"예, 날마다 사요." 그러더니 더는 말하고 싶지 않은 문제를 다시 언급했다. 더 얘기했다가는 〈뉴욕타임스〉에 나올지도 모른다고. 그와 알리는 이 주제를 주거니 받거니 하면서 이야기를 이어갔다.

그 사이에 나는 주머니에서 카메라를 꺼냈다. 어쩌다가 그런 생각이 들었는지는 모르겠다. 갑자기 알리의 사진을 찍고 싶었다. "알리? 괜찮을까요…? 제가 알리 사진을 찍어도 될까요?" 나는 두 사람의 대화가 잠시 멈췄을 때 물었다.

"안 됩니다." 알리는 집게손가락을 흔들며 단호하게 말했다.

"알리는 허락하지 않을 겁니다." 다른 남자가 말했다. "나도 시도해봤어요. 나도 사진가입니다." 그는 나를 보고 말했다. "그건 이슬람교의 문제입니다."

알리는 대뜸 불쾌감을 표했다. "이건 이슬람교 문제가 아니에요! 내가 말했었죠. 사람 말을 듣지를 않으시네. 나는 '이슬람교의 문제' 같은 소리는 입에 올리지 않아요."

"무슨 말씀이십니까? 요 며칠 전에, 제가 사진 한 장 찍겠다고 했을 때, 옳은 행동이 아니라고 하셨잖아요. 사진은 조각상 같은 생명이 없다고요. 기가 없다고요."

나는 하고 싶은 말이 많았지만 알리의 말에 일시정지 단추가 눌려진 듯했다. 여기엔 생명이 없다, 사진에는 생명이 없다…. 나는 알리의 눈을 보고 정중하게 고개를 끄덕였다. 그 사이에도 남자는 계속해서 투덜거렸다. 나는 분위기를 전환하기 위해서 중간에 끼어들었다. 알리에게 나는 괜찮다고, 완전히 이해한다고, 사진을 찍고 싶으면 항상 먼저 찍어도 되는지 묻는 것이 내 원칙이라고 말했다. 나는 휴대폰에서 내 인스타그램 페이지를 찾아서 알리에게 한번 보라고 건넸다. 알리는 살짝 실눈을 뜨고 페이지를 내리면서 사진을 보다가 중간에 한 번씩 멈추고는 고개를 주억거렸다. “좋아, 아주 좋아.” 이렇게 중얼거리기도 하면서.

남자가 내게 몇 가지 질문을 던졌는데, 무엇에 관한 것이었는지는 기억나지 않고, 언뜻 알리가 휴대폰을 위로 들고 뭔가를 클릭하는 모습이 보였다. “자 여기요.” 그는 내게 휴대폰을 돌려주었다.

나를 찍었겠지, 생각했다. 잘했다 잘했어, 내가 제일 싫어하는 게 사진 찍히는 건데. 나는 휴대폰 화면을 건드려 카메라를 열고는 왼쪽 하단에 나타난 손톱만 한 축소사진을 보았다. 알리가 찍은 것은 내가 아니라 알리 자신이었다. 촬영 방향을 바꾸는 단추를 눌러 자신을 찍었던 것이다. 나는 알리에게 눈인사를 보냈다. 알리는 살짝 웃으며 화답했다. 필시 의도적인 행동이었다. 나는 무슨 말로 고마움을 전할까 생각하다가, 이내 하지 않는 것이 좋겠다고 판단했다. 남자가 또 법석을 떨 것이 분명했다. 나는 휴대폰을 주머니 속에 넣고는 알리와 악수하고—“안녕히 주무십쇼, 선생님!”—다른 남자와도 악수한 뒤 집으로 돌아왔다.

같은 밤, 한참 지나서, 11시 30분경에 알리네 가게에 다시 갔다.
“알리, 고마웠어요. 사진 고마워요.”

알리는 웃고 있었지만 진지했다. “그거 내가 절대로 안 하는 일이에요. 다른 사람한테는 절대로 해준 적 없어요. 빌리만 빼고. 이슬람교에서는 사진이 불가입니다. 가족끼리만 빼고요. 가족사진만 허용합니다.”

“이해해요. 다시 한 번 고마워요, 내 형제.” 내가 말했다.

악수로 인사한 뒤 나는 다시 집으로 향했다.

자기만의 모네

A MONET OF ONE'S OWN

월요일에 나는 출근을 제치고 두 조카를 데리고 메트로폴리탄 미술관에 갔다. 우리가 간 곳은 개리 위노그랜드 사진 전시회였다. 뉴욕에서 땡땡이치기에 이보다 나은 방법이 있을까.

유의어사전을 가지고 나오지 않은 것이 정말 안타까웠다. 얼마 지나지 않아서 어휘가 바닥나고 만 것이다. 예를 들면 맨해튼 거리에서 공중제비 도는 순간을 포착한 한 곡예사의 이미지에 우리 셋은 '놀라워'에서 벗어나지 못했다. 다음 사진에서도, 또 다음 사진에서도. 전시된 사진이 175장이 넘는데, 처음 열 몇 장을 보고 나서 우리는 이제 더는 이 감탄사를 쓰지 말자고 맹세했다. 아름답다, 믿을 수가 없어, 찬란해, 낯설어, 너무 슬퍼…. 결국 제2전시실에 이르러 우리는 다시 '놀라워'로 돌아오고 말았다.

"이건 정말이지 너무나…, 놀라워." 사진가가 되겠다는 꿈을 키워가는 열여덟 살의 케이티는 이 브롱크스 출신의 예술가가 길거리 사진의 귀재임을 증명하는 또 다른 예를 본 뒤 무력감을 느낀 듯 말했다. 나는 케이티의 심정에 충분히 공감하며 고개를 끄덕였다. 경찰 총격 문제, 에볼라 유행, 전 세계 곳곳에서 벌어지고 있는 내전, 비행기 추락 사건 등 다루기 어려운 문제로 골머리 앓는 세계에서 예술 작품을 표현하기에 합당한 어휘가 없다는 것이 오히려 적절하게 느껴졌다.

마지막 전시실에서 나는 케이티에게 어느 사진이 가장 마음에 들었는지 물었다. 케이티는 합당한 어휘를 찾지 못해 쩔쩔맸던 그 사진 앞으로 나를 데려갔다. 열네 살인 동생 에밀리는 주로 메트로폴리탄 미술관 소장 유럽 화가 작품선 쪽에 머물러 있다가 이 박물관 전체에서 자기가 가장 좋아하는 그림이라면서 보여주었다. 모네의 1919년 작품, 〈수련〉이었다. 에밀리는 처음 봤다고 했다.

나는 두 조카에게 한 가지 비밀을 방출했다. 그 작품들이 너희 것이 될 수 있다고. 어떤 노래와 사랑에 빠지는 것과 전혀 다를 것 없이, 어떤 예술 작품과 사랑에 빠져 그것을 자기 것이라고 주장할 수 있다고. 하지만 소유권이 저절로 오지는 않는다. 그 작품과 함께 시간을 보내지 않으면 안 된다. 아침저녁으로 매번 다른 시간대에 찾아가서 보아야 하며 그 작품에 온전히 주의를 쏟아야 한다. 그러한 투자는 볼 때마다 무언가 새로운 것을 발견하는 보상으로 돌아올 것이다. 그러니까 배경에서 그동안 보지 못하던 어떤 세부적인 묘사를 찾아낸다든가, 액자에서 잘라내려는 듯 보일락 말락 그려져 있는 사람이라든가, 그림이라면 모든 면을 다 칠하는 것이라고 생각하지 못하게 하려는 양 작가가 고의적으로 칠하지 않고 남겨둔 듯한 캔버스 상의 아주 작은 부분을 발견한다든가 하는 것이다.

이것은 비단 뉴욕에서만이 아니라 관람할 예술이 있는 곳이라면 어디가 되었든 누구에게든 해당되는 이야기이다. 내가 정의하는 예술은 상대적인 개념이다. 누군가의 모네는 가공하지 않은 원석일 수도 있고 어떤 무기 원소가 될 수도 있다. 자연사박물관은 누군가에게 입양되기를 갈구하는 아름다움이 가득한 곳이다. 온몸으로 깨어 있으라. 그다음 너덜거리는 이집트 미라가 시대를 뛰어넘어 말을 걸어올 때는 그냥 돌아서지 말라. 그대로 멈춰 있으라. 그와 함께 시간을 보내고, 그에게 적절한 이름을 붙여주라. 이제 네 것이다.

하나 서두르면 안 된다. 무엇보다도 흠뻑 빠져야 한다. 자기 것이 되면, 그때는 스스로 알 것이다. 두 해 전 전몰장병 추모일에 나는 많은 시간을 올리버와 함께 뉴욕현대미술관에서 보냈다. 미술에 관한 한 자칭 무지렁이인 올리버는 테이블을 가운데 두고 앉아 미술관 방문객의 눈을 응시하는 마리나 아브라모비치의 퍼포먼스의 가치를 이해하지 못해 애를 먹었고, 바넷 뉴먼의 거대한 선홍색 그림 〈인간, 영웅적이고 숭고한Vir Heroicus Sublimis〉에 이르러서는 추상미술의 가식에 악담을 퍼부었다.

이것이 실마리가 되어 올리버를 다른 층에 있는 다른 전시로 이끌었는데, 피카소의 장미빛 시대 전시회였다. 여기에서 올리버는 에드바르트 뭉크조차 다시 붓을 들고 싶게 만들 환한 미소를 지었다. 그는 피카소의 〈말 끄는 소년Boy Leading a Horse〉의 파수꾼이 되기로 작정한 양이 그림 앞에 서서 떠날 줄을 몰랐다.

"당신 거예요." 내가 말했다. "축하합니다."

나는 뉴욕으로 온 뒤로 내 소장품을 드문드문 하나씩 추가해왔다. 오 년 전에는 프랜시스 베이컨의 누드화를 획득했다. 메트로폴리탄 미술관에서 열린 회고전에서 만나 푹 빠져버린 것이다. 이 작품은 유럽 어느 미술관의 소장품을 대여한 것으로, 어쩌면 다시 보지 못할지도 모른다는 사실이 마음을 한층 더 절박하게 했다. 이렇듯 나의 베이컨 누드화와 나는 영원한 장거리 연애로 맺어진 관계이다.

보통 나는 사람들 눈에 잘 띄지 않는 구석에 숨어 있거나 작가 미상의 작품들에 끌리곤 한다. 중세 갑옷으로 무장하고 무명의 다이앤 아버스 노릇을 한다고나 할까. 나는 또 평상시 같으면 들어가지 않을 전시실로 굳이 들어가보기도 한다. 그러다가 최고의 전리품을 손에 넣는 일도 적지 않다. 나는 박물관 지도에 강력히 반대하며 그 안에서 길 잃기를 극렬히 옹호한다. 고전 걸작품을 찾아 직행하는 것도 잘못은 아니지만, 미로 같은 전시실 안을 이리저리 헤매다가 얼떨결에 어디인지 깨닫는 것이 훨씬 좋다고 믿는다. 어느 일요일 저녁, 오딜롱 르동의 꽃 그림과 마주 섰을 때 그랬던 것처럼. 르동의 그 꽃들은 물감이 아직 덜 말랐다고 장담할 수 있을 정도로 생생했다.

이런 식으로 예술을 소유할 때 가장 좋은 점은, 내 것이 네 것이 될 수 있고, 네 것이 내 것이 될 수 있다는 점일 것이다. 뉴욕 시민 절반이 에밀리가 선택한 모네의 〈수련〉에 우선권을 갖고 있다 해도 나는 놀라지 않을 것이다. 그런다고 해서 에밀리의 몫이 조금이라도 줄어드는 일은 없을 테니까.

나는 에밀리를 새로운 소유물 앞에 가까이 서게 했다. "에밀리, 너의 모네와 인사하렴. 모네, 이쪽은 에밀리."

에밀리는 아무런 어려움 없이 할 말을 찾았다. "안녕, 예쁜이." 에밀리가 속삭였다.

*

차 마시는 시간

일기에서

2014. 12. 1

O가 아끼는 괘종시계(O의 어머니 것이다)가 동네 모퉁이 시계 수리점에서 다섯 달 가까이 지낸 끝에 무사히 집으로 돌아와 칠팔 년 만에 처음으로 다시 돌아가고 있다. 작동은 꽤 잘된다. 말하자면 완벽하지는 않다는 뜻이다.

지난밤 어느 때인지 종 치는 소리가 들려 우리를 놀라게 했다. 그 소리가 익숙하지 않았기 때문이다. O와 나는 종 치는 횟수를 꼼꼼하게 세었다. O의 얼굴 가득 미소가 퍼졌다. "오! 그것 참 기묘하군! 전에는 4시에 열 번 치더니 지금은 9시에 일곱 번 치네."

우리는 이것이 꼭 연로한 부모하고 한집에 사는 것 같다며 웃었다. 조금 가물가물하고 가끔씩 길 잃고 한 번씩 틀리게 기억하는….

2014. 12. 21

일요일. 아주 추운 잿빛 일요일.

O와 나는 딱 붙어서 걸었다. 4번 스트리트에서 크리스토퍼 스트리트로, 인도와 굽잇길의 빙판과 균열을 주의하며 조심스럽게 천천히 걸었다. O는 기분이 좋았다. 마침내 자서전을 탈고했다. 원고를 크노프 출판사로 보낸 O는 큰 짐을 내려놓은 기분인 듯했다. 이 책에서 그는 자신의 성적 정체성과 사생활을 이야기했고, 우리 관계도 최초로 공개했

다. O가 해낸 것이다! 교정쇄가 그의 테이블에 놓여 있는데, 원고 뭉치 높이가 최소한 15센티는 된다. O는 이 책에 '나의 생애'라는 제목을 붙이고 싶어 한다. "당신의 전 생애를 설명해주는 책이군요." 내가 편하게 말했다.

"나의 부분적 생애에 대한 하나의 설명이지." 올리버는 신중하게 내 말을 정정하면서 '하나의'를 강조했다. "다소 누락된 게 없지는 않겠으나 그 안에 담긴 모든 것이 진실인."

우리는 4번 스트리트를 걸어 내려가 맥널티에 들러 커피를 샀다. 우리가 수많은 나날, 다양한 날씨와 다양한 햇빛 아래 걸었던 산책길….

"저 나무 좀 봐요!" 나는 걸음을 멈추고, 위를 올려다보는 올리버가 안정감을 느끼도록 그의 등을 손으로 받치면서 말했다.

"오 그렇군. 근사한 녀석이야." 그는 속삭였다. 키 크고 거대하고 옹이지고 가지가 사방팔방으로 뻗어 자란 나무였다. 나무 한 부분은 담쟁이로 덮여 있고, 몸통 아래쪽은 크리스마스 조명이 휘감겨 있었다.

"저 나무에서 많은 것이 자라고 있죠." 내가 말했다.

"그러게 말이지." O가 말했다.

우리는 계속해서 걸었다. 그는 말했고 나는 들었다. 아파트에서 그가 무심하니 던진 말이 마음에 남았다. "가만 보니 나는 적극적인 병리에 더 흥미를 느끼더군."

"'적극적인 병리'라니요? 그게 뭐예요?"

"반짝이는 지그재그 편두통 아우라, 틱, 경련, 간질 같은 것 말이야. 과도함, 비정상으로 비대한 생리 기능, 상실 아닌 부재의 현상."

무슨 말인지 알 것 같았다. 이치에 닿는 얘기였다. O의 생애야말로 비정상적으로 비대한 삶이 아니었던가. 산책하는 동안 O가 이 주제에 대해서 더 이야기했다. 나는 이것이 좋은 글감이라는 생각이 들었다. O가 생각해온 '일상의 신경생리학'에 수록될 또 한 편의 에세이로 아주 적합해 보였다. 우리는 진지하게 대화를 이어가면서도 볼거리 또한 놓치지 않고 수많은 멋진 조명과 장식을 보았다. "저 녀석들 발랄하네." 철난간 울타리에 달아놓은 초록빛 전구를 본 O가 말했다. 마당의 작은 나무에는 둥근 유리 전구들이 달려 있고, 문간에는 화관 장식이 화려했다.

우리가 그리니치빌리지에 산다는 것이 행복했다.
우리는 기억에 남는 산책을 이야기했다. "그 꼬마애 기억나세요? 그 인도 꼬마요." 내가 말했다. "제가 사진 찍었던 아이요."
"아, 그래. 그 녀석 기가 막히게 사진이 잘 받을 뿐만 아니라 포즈도 대단히 다양했지. 그렇게 타고난 아이라고 생각하나?"
나는 웃었다. O는 페이스북이나 인스타그램에 대해서는 전혀 알지 못했다.
"아니요. 저는 그게 환경이 유전을 압도한 확증적 사례라고 봐요."

O가 내 팔을 놓고 혼자 자유롭게 걸을 수 있도록 우리는 행인 없이 널찍하고 빙판 없는 길을 찾았다.
O는 블리커 스트리트에서 다시 내 팔을 잡았다. 나는 O를 내 왼쪽으로 이끌었다.
"어허, 이것 보게. 눈에 익은데 우리가 어디에 있는 건지 알 수가 없네." O가 말했다. 이 말을 몇 번이나 들었던가. O에게는 지리적 안면실인증이라 할, 지형인식불능증도 심각한 문제였다. 이제 그리니치빌리지에 관해서는 내가 O보다 더 잘 알 것이다. 내가 여기 산 지 오 년밖에 되지 않았다는 점을 생각하면, O의 상태가 보통 일은 아니다. 하긴 내가 걷기는 많이 걸어 다녔다. 거리 이름은 익숙하지 않을지 몰라도 어디에서 어디까지 어떻게 가는지는 꿰고 있다. 게다가 모르는 얼굴도 없고.

우리는 오른쪽으로 꺾어 크리스토퍼 스트리트로 들어섰고, 금방 맥널티가 나와 문을 밀고 들어갔다. 내가 세상에서 가장 좋아하는 곳 중 한 곳이다. 실내는 아늑하게 따뜻하고 붐볐다. 손님이 많아 더 따뜻했을 것이다. 우리 순서를 기다리는데 한 키 큰 여인이 올리버에게 말을 걸었다. "그 지팡이 진짜 마음에 들어요!"
올리버는 고맙다고 인사하고 여자가 손잡이를 보고 감탄하는 동안 지팡이를 들고 있었다. 빈틈 하나 없이 색색의 고무줄로 '차려 입은(O의 표현이다)' 손잡이였다.
"이거 다 모으는 데 얼마나 걸리셨어요?" 여자가 물었다.
"대략 10분요." O가 말했다.
"그렇게 대답하실 거라고는 예상하지 못했네요." 여자는 말하면서 웃었다.
"내가 수집해놓은 것이 워낙 방대해서요." O의 말에는 겸손한 자부심이 묻어났다.
O는 이 고무줄들이 지팡이를 어딘가에 기대놓았을 때 쓰러지는 것을 막아준다며 직접 시범해 보여주었다. "저의 물리치료사가 가르쳐줬답

니다!"

우리는 커피 3파운드약1.3킬로그램를 샀고, 조너선과 닉의 가족에게 선물로 줄 티백 한 상자와 고형차 두 덩어리, 그리고 워싱턴 디시에 사는 조카에게 크리스마스 선물로 줄 커피맛 사탕도 조금 샀다. 전부 해서 125달러를 지불했는데, 커피 가게에서 쓴 돈 치고는 적은 액수가 아니다.

O는 어느 모로 보나 낭비와는 거리가 먼 사람이지만, 드물게나마 이렇게 아낌없이 쓰는 날도 있다.

우리는 맥널티의 모든 직원들에게 고마움을 표시하고 명절 잘 보내시라 인사했다. 허드슨 강가는 매서운 추위로 인해 다른 거리들과 마찬가지로 행인이 없어 걷기가 쉬웠다. O는 쉴 새 없이 이야기를 이어가면서 수시로 그 특유의 입장을 밝히는데, 내게는 그것이 선언처럼 들리곤 했다. 가령 갑자기 이렇게 말하는 것이다. "가만 보니 나는 자동증automatism에 굉장한 흥미를 느끼더군."

나는 올리버의 옆구리를 쿡 찔렀다. "오로지 올리버 색스만 이렇게 말하죠!" O가 웃기 시작했다. "그래? 왜 안 되나? 정말로 흥미로운걸. 생체 항상성이 유지되는지 여부를 알려주는 특성이라고!"

2014. 12. 25

워싱턴 디시에 가 있는 O와 전화로 이야기했는데—"메리 크리스마스" 인사를 비롯하여 여러 가지—O의 목소리에 피곤한 기색이 역력했고, 자신도 상태가 좋지 않은 것 같다고 했다. 내일 집으로 돌아온다. O가 괜찮기를 바란다. 우리는 열흘 뒤에 여행 간다.

2015. 1. 12

지난밤 세인트크로이 섬에서 돌아왔다. 생일 기념 여행이었다. 나는 쉰넷이 되었다. 원소 제논의 원자번호에 해당하는 숫자로, O는 내게 제논 손전등 네 개를 선물로 주었다. 섬은 날씨가 따뜻하고 화창해서 스쿠버 다이빙을 즐겼고, 날마다 수영할 수 있어서 좋았지만, 그래도 집으로 돌아오니 안도감이 든다. O는 거기 있는 내내 상태가 좋지 않았다. 구역질이 심했고 피곤해 하고 잠을 많이 잤다. 여행 즈음해서 아예 취소할 뻔했다. 출발하기 이틀 전날 밤에 O가 "소변 색이 검다"고 말했다. 나는 믿지 않았다. O는 상태가 좋은 날에도 건강염려증 환자 수준인 데다가, O 스스로도 기꺼이 인정하는 사실이다. 하지만 O가 걱정이 큰 것을 보고 내가 확인해볼 테니 투명한 잔에 소변을 보라고 했다. 그런데 O가 소변을 들고 주방으로 왔을 때는 화들짝 놀랐다. 소변이 콜라 색이 아닌가. 세인트크로이 섬에서 쉬면 좋아질 것이라고 생각했지만, 그럼에도 O는 여행 출발 전에 진료 예약을 해두었다.

나중에 :

O가 주치의를 만나고 방금 돌아왔다. 주치의는 담낭에 뭔가 염증이 있는 것으로 보인다고, 어쩌면 담석일 수도 있다고 했다. 초음파를 했지만, 몇 가지 테스트를 더 진행하고 있다.

2015. 1. 15

O의 주치의가 전화해서 "이상한 것이 눈에 띈다"고, 어제 CT를 다시 찍었다고 했다. O를 오늘 오후에 봤으면 해서 방사선 전문의를 만나기 위해 내 차로 슬로언 케터링 암센터에 간다.

하지만…

BUT…

슬로언 케터링은 암 전문 병원이지만, 그래도 암에는 생각이 미치지 않았다. 나는 여전히 담석증의 가능성에 기대고 있었다. 최악의 경우에는 올리버가 담낭 제거술을 받아야 할 수도 있을 거라고. 의사가 젊은 전임의(이탈리아 사람이었던 것 같다)와 함께 진료실로 들어오던 장면이 기억난다. 그 젊은 전임의가 얼마나 긴장한 모습이었는지도. 의사는 바로 본론으로 들어가 CT를 면밀히 살펴봤으며 확진을 위한 생체검사를 받아봐야겠지만, 90퍼센트는 진단에 확신한다면서 좀 "힘든" 소식이 있다고 말했다. 의사가 그때 썼던 말, "힘든"을 기억한다. 그는 올리버에게 CT를 직접 보겠는지 물었다. 올리버가 물론이라고, 보고 싶다고 하자 컴퓨터 모니터를 켰다. 나는 일어나 올리버 뒤로 갔고, 올리버는 모니터를 볼 수 있도록 의자를 앞으로 바짝 당겨 앉았다.

올리버는 나중에 내게 그 스캔이 무얼 말하는지 바로 알았다고 말해주었다. 나는 그러지 못했고, 방사선의가 우리가 지금 보고 있는 것이 올리버가 구 년 전에 앓았던 포도막 흑색종의 재발이라고 설명해 주었을 때는 충격으로 얼어붙는 것 같았다. 그의 오른쪽 눈 색소세포에서 발생한 암이 시간이 흐르면서 간으로 전이되었고, 지금은 종양이 "덕지덕지 들러붙어 스위스 치즈처럼" 되었다고 했다. 모니터의 이미지를 확대하니 흰색 점—종양—이 펀치로 뚫은 구멍 하나 크기로 보였다. 이런 경우에는 암이 퍼졌을 가능성을 생각해야 하며 올리버의 연령을 고려했을 때 간 절제도 간 이식도 가능하지 않을 것이라고 말했다.

간을 이식한다고? 나는 생각했다.

올리버가 이 소식을 차분하게 받아들이는 모습이 뇌리에 또렷이 남아 있다. 마치 이미 예상하고 있었다는 듯한 태도였는데, 어쩌면 실제로 그랬을지도 모르겠다. 그는 고개를 살짝 갸우뚱한 채 턱수염을 톡톡 치면서 예후에 대해 물었고, 의사는 대답했다. "육 개월에서 십팔 개월입니다."

"효과적인 치료법은 없고요?"

의사는 없다고 말하지 않았지만, 있다고도 하지 않았다. 대신 무엇을 할 수 있는지 설명하고 가능한 모든 것을 시도할 것이다, 이미 종양 치료팀이 꾸려졌다, 방금 한 전문가와 통화를 마쳤다 등등 이야기를 이어갔는데 올리버가 말을 끊었다. 올리버는 "연명 자체를 위한 연명"에는 흥미가 없다고 말했다. 두 형이 (서로 다른) 암으로 죽었는데, 두 형 다 끔찍한 화학요법을 받았으나 마지막 남은 몇 달을 망쳤을 뿐 아무런 보람도 없었다며 후회했다고 했다.

"나는 글을 쓰고 생각하고 책을 읽고 수영하고 빌리와 함께하고 친구들을 만나고, 가능하다면 여행도 조금 하고 싶습니다." 올리버는 "무시무시한 통증"은 아니었으면 좋겠다고, 자신의 증세가 "굴욕적인"

상태가 되지 않았으면 좋겠다는 말을 덧붙였다. 그리고 더는 말하지 않았다.

문 옆에 서 있는 젊은 전임의를 보니 눈썹이 땀으로 흥건했다. 나의 오른손은 올리버의 어깨를 잡고, 왼손은 그가 앉은 의자를 붙잡아 내 몸을 지탱했다.

그다음 주에 올리버가 병원에서 받게 될 간 생체검사에 관해서 세부적인 논의를 했던 것은 분명하게 기억한다. 간호사 한 사람이 들어왔고, 우리는 몇 가지 서류를 검토해야 했다. 하지만 그 뒤로 이어진 나머지 논의는 거의 기억에 없다. 어찌 되었든 주차장으로 내려왔고, 내가 운전해서 집으로 돌아왔다. 날이 어둑했고 차는 느리게 움직였다. 오는 길에 올리버는 몇 군데 전화를 걸었고, 막역한 친구 오린과 케이트에게 차분하게 소식을 알렸다. 딱 한 번, 목소리에 강하게 감정을 실어 말했다. 케이트에게 그는 이제 막 탈고한 자서전이 인간적으로 가능한 한 빠른 시일 내에 출간되었으면 좋겠다는 의사를 분명하게 밝혔다. 원래의 출간 예정일은 아홉 달 뒤인 올해 가을이지만, 그 시점이면 "너무 늦어" 자신은 보기 어려울 것 같다고. 케이트는 출판사와 에이전트에 바로 연락하겠다고 답했다. 운전대에서 손을 뗄 수 있을 때마다 올리버의 손을 잡았던 것을 기억한다. 나는 우리가 함께하는 생활과 그의 삶과 나의 인생 전부가 내가 이해할 수 있는, 또 이해할 수 없는 방식으로 바뀌리라는 것을 느꼈지만, 말로는 표현하지 않고 그저 운전만 했다.

우리는 어느 목요일에 의사와 만났다. 그다음 날에는 정오에 평소 금요일에 하던 대로 수영을 하러 갔고, 함께 조용한 주말을 보냈다. 이야기 나누고 걷고 책 읽고 음악 듣고 애빙든스퀘어 재래시장에 가고 음식을 만들면서 우리는 각자 이 청천벽력 같은 소식을 받아들이고자 애썼다. 올리버는 동료 몇 사람과 상의했는데, 몇 해 전에 올리버의 안암을 치료했던 안과의가 이번에 촬영한 CT도 살펴보았다. 이렇게 재발하는 경우는 극히 드물지만 이번 예비진단이 대체로 정확해 보이며, 안타깝게도 치료 방법이 거의 남아 있지 않다는 것이 대다수의 일치된 견해였다.

토요일 밤에 우리는 대마에 취했다. 생각할 수 없는 것을 생각해야 하는 상황에서 약간 기분을 전환하자는 정도였다. 올리버는 대마를 피우고 싶어 하지 않았다. 그보다는 정식으로 파티시에 수련을 받은 내 제과사 친구 로라가 만든 식용 대마초 초콜렛을 선호했다. 이 초콜릿은 아주 맛있고 아주 강력했다. 올리버는 생기를 회복해 극도로 명랑하고 재미있는 사람이 되었다.

"뭐가 보여요?" 내가 소파에 누워 있는 그에게 물었다.

"이걸 다 말하려면 분 당 백 페이지는 필요할 텐데." O는 아무 감정 없이 대답했다.

잠깐 있더니 킥킥 웃음을 참지 못하며 보고를 시작했다. "방금 놀라운 지각 변화를 경험했어! 눈을 뜨고 있는데 내 전신에서 보이는 게 두 발뿐이잖아. 우스꽝스럽게 크고 편평한 내 인간적인 발. 얘네들이 눈부시게 환한 빛깔로 보이는 거야!"

"무슨 빛깔이었는데요?"

"오! 없는 빛깔이 없었지!"

우리는 많이 웃었다. 올리버가 그 자체만으로도—쾌감을 유발하는 신경화학물질을 자극하는 까닭에—사람에게 좋을뿐더러 나아가 커플로서 우리에게도 좋다고 말하는 웃음을. 본질적으로 해로울 것 없는 이 모든 기분 좋은 효과가 두어 시간 만에 약해지자 우리는 그의 거대한 욕조에서 음악을 들으면서 우리가 좋아하는 술 브레니빈을 홀짝거리고 함께 목욕을 즐겼다.

주말 동안 올리버는 이번에 진단받은 일에 대해서 "짧은 글 한편"을 쓸까 한다는 생각을 여러 차례 언급했다. 일요일 밤, 저녁을 지어 먹고 설거지를 끝내고 나서 올리버가 작은 메모장과 만년필을 손에 잡았다. 메모장 상단에 "슬프고 충격적이고 두려운 것은 맞다"고 쓰면서 단어마다 밑줄을 그었다. "하지만…."

올리버는 "하지만"은 자신이 아주 좋아하는 말이라면서 어원학적 동전 뒤집기 같은 낱말이라고 말하곤 했다. 어떤 주장이나 주제의 양면을 모두 고려하게 해주는 낱말일 뿐만 아니라, 수줍음과 우유부단함 못지않게 자신의 성격에서 큰 부분을 차지하는 매사에 밝은 쪽으로 생각하는 긍정적인 태도를 일깨워주기 때문이라고.

그 아래에는 희망적이어야 할, 그러니까 지독히도 운이 없다고 느끼는 것이 합리적일 바로 그 순간 운 좋은 사람이라고 생각해야 할, 여덟하고도 반 개의 근거를 목록으로 작성했다.

하지만,

1. (상대적으로) 편한 죽음

2. 시간—인생을 '완결할'

3. 사랑하는 사람들의 응원(빌리 등)

4. 책 출간(드디어 나 자신을 공개하는)

5. 더 많은 보람된 일

6. 허락된 쾌락

(6-A) MJ대마, 이제 합법

7. 현재로서 가능한 최고의 의료진, 최고의 치료 등

8. 정신과적 도움

나는 목이 메었다. 올리버가, 그리고 올리버와 내가 직면하고 있는 현실이 종이 위에 올리버의 언어로 너무도 실감나게 정리되어 있었다. 올리버가 자신의 생각을 그것도 그토록 침착하고 솔직하고 막힘없는 언어로 정리할 수 있다는 사실이 놀랍게도 느껴졌다. 침울함에 가까운 나와는 달리 올리버는 기질적으로 씩씩한 사람인데, 이렇게 목록으로 작성한다는 것, 그리고 세계를 배열하고 체계화한다는 것이 올리버가 사랑하는 주기율표와 다르지 않아, 그런 올리버의 성격을 그대로 보여주는 듯했다.

의사로서 그는 끔찍하게 연장된 죽음을 보통 의사들 이상으로 목격해왔으며, 모든 것을 고려할 때 더 고통스러운 죽음(가령 루게릭병이나 그의 《깨어남》 환자들에게 불행한 죽음을 안긴 뇌염후증후군이 그 전형적인 예가 될 것이다)이 있다는 사실을 잘 알고 있었다. 그렇기에 이 형태의 간암은, 뼈나 폐로 전이되지 않는 한, '상대적으로' 편한 죽음인 셈이다.

나는 이 목록 가운데 2번에 특히 더 고마움을 느낀다. 올리버에게도 말했듯이, "우리에게 시간이 있다는 사실에 감사해요. 적어도 더 많은 시간을 함께하게 될 테니까요. 얼마가 될지는 모르겠지만, 이번 주말뿐이라 해도요. 아니, 이번 주말이 우리에게 주어진 전부라 해도 스티브와 함께했던 마지막보다는 많은 시간이에요."

그는 내 뜻을 이해했고, 동의했다. 하지만 그에게 '시간'은 훨씬 더 많은 것을 의미했다. 자신이 원하는 방식으로, 그러니까 자서전을 통해 마침내 게이 남성으로서 자신의 정체성을 밝힘으로써 생을 '완결'할 시간, 책 나오는 것을 지켜볼 시간, 그동안 쓰고 싶었던 글을 쓸 시간, 주변을 정리할 시간, 예기치 못한 갑작스러운 죽음 또는 알츠하이머 같은 질환처럼 서서히 진행되는 죽음은 허락하지 않을 시간.

6번의 "쾌락"도 처음부터 중요했던 항목이다. 그의 장난기가 발동하여 "6-A"를 추가했는데, "MJ"—즉 마리화나 또는 대마초—의 의료적 사용이 이제 합법화되어 어떤 죄의식도 없이 즐길 수 있게 되었다는 뜻이다. 나는 이 목록을 잘 간직해두었다. 이 여덟하고 반 개 항목이 앞으로 남은 몇 개월 그를 (그리고 나를) 이끌어줄 지침이므로. 이 목록은 마찬가지로 그날 저녁식사 대화 때 탄생한 그의 에세이, 〈나의 생애〉의 기본 청사진이 되기도 했다.

이 작은 목록을 적은 지 이틀이나 사흘쯤 지났을 때 나는 올리버에게 어떤 글을 생각하고 있는지 물었다.

"글쎄, 한번 볼까…." 그는 잠시 멈추고는 이어갔다. "내 생각에는, 시작은 이런 말이 될 것 같은데…. 한 달 전 나는 건강이 괜찮다고 느꼈다. 하지만…, 지금은 나도 운이 다했다…."

"잠깐만요." 내가 중단시켰다. "펜 좀 가져올게요."

나는 펜과 메모장도 같이 가져와 올리버가 방금 말한 것을 휘갈겨 썼다.

"좋아요, 계속해요."

올리버는 처음부터 다시 시작했다. 이제 그의 목소리에 자신감이 들어갔다. "한 달 전 나는 건강이 괜찮다고, 심지어 아주 튼튼하다고 느꼈다. 하지만 나도 운이 다했다. 지난주에 간에 다발성 전이암이 생긴 걸 알게 되었다…."

그렇게 시작해서 올리버는 이 에세이를 끝까지 구술했고, 거기에서 거의 토씨 하나 바뀌지 않고 〈뉴욕타임스〉에 실렸다. 차이가 있다면, 원본에는 그가 좋아하는 철학자 데이비드 흄의 글을 더 많이 인용했다는 정도일 것이다. 나는 올리버가 지난 며칠 내내 머릿속에서 이 '글쓰기'를 해왔다는 것을 알 수 있었다. 그것이 지금, 그의 입을 통해 완벽한 짜임새로 단락에서 단락으로 술술 완성되는 것이다. 받아쓰면서도 믿기 힘들었다. 나는 올리버가 말하는 속도를 따라잡느라 있는 힘을 다해 손을 놀렸고, 그날 밤에 타이핑해서 아침에 그에게 가져갔다. 올리버가 이 초안을 며칠에 걸쳐 조금 손을 보고 케이트와 내가 교정을 봤지만, 우리의 첨삭은 반영되지 않았다. 올리버는 그의 감정이 너무 날것이 아닌가 우려했고, 아직 친구들과 가족 대다수도 듣지 못한 소식인데 매체에 발표하기에는 너무 이른 것 같다고 생각했다.

올리버는 실험적 치료를 시도하는 대신 색전술을 받기로 결정했다. 간에 있는 종양으로 혈액이 공급되는 것을 차단하여 암세포만 한시적으로(결국에는 다시 돌아온다고 의사들은 설명했다) 죽이는 치료법이다. 이 수술은 간의 양쪽에 각각 따로 두 번에 나누어 시행되며, 각

시술 사이에 몇 주간의 회복기를 둔다. '종양 부하암세포 수, 종양의 크기 또는 체내에 형성된 암의 총량'를 극적으로 줄여 활동적으로 생활할 수 있는 시간을 수개월 더 늘린다는 이야기였다.

첫 색전술 일정이 2월 중순으로 잡혔다. 우리는 올리버에게 입원 허가가 떨어질 때까지, 말 그대로 병원에 앉아 대기했다. 올리버가 갑자기 케이트와 나에게 지금이 그 글을 〈뉴욕타임스〉에 보낼 때인 것 같다고 말했다. 케이트와 나는 둘 다 이의 없이 바로 답했다. "좋아요." 나는 병원 화장실로 가서 내 휴대폰으로 우리 둘을 함께 담당하는 〈뉴욕타임스〉 편집자에게 전화를 걸어 기밀사항으로서 올리버의 말기암 진단 소식을 전했다. 올리버가 입원한 뒤 케이트가 이메일로 편집자에게 올리버의 글을 보냈고, 보내자마자 거의 즉각적으로 답신이 왔다. 이 글을 바로 다음 날 싣고 싶다는 얘기였다. 우리는 하루만 더 달라고, 먼저 올리버가 안전하게 수술받도록 하고 싶다고 요청했고, 그들은 동의했다. 올리버의 글 〈나의 생애My Own Life〉는 2015년 2월 19일자에 게재하기로 결정했다.

*

'나의 생애'

일기에서

2015. 2. 17

수술 후 회복 : O를 짧게나마 통증으로부터 벗어날 수 있게 하는 것은 내가 원소에 관한 책을 읽어줄 때뿐이었다. 간에 생긴 종양에 혈액 공급을 차단한다고 하면 어느 정도 온건한 처치로 들릴지 모르겠으나, 그런 침입을 당한 인체는 전력을 다해 저항하게 되어 있다.

올리버는 환자복을 자꾸만 벗어 던졌다. 통증이 너무 심해서 얇은 면 소재조차 불쾌감을 유발했기 때문이다. 젊은 간호사가 그것을 보고는 호들갑스럽게 올리버의 몸을 덮으려고 했다.
한번은 O가 분개해서 소리쳤다. "아니 사람이 병원에서 발가벗을 수 없다면 대체 어디서 발가벗을 수 있단 말이오?"
복도에서 한 간호사가 참지 못하고 웃는 소리가 들렸다. 내가 그랬던 것처럼.
마침내 모르핀이 약효를 발휘해 O가 잠들었을 때, 나는 그의 성기 부분을 수건으로 덮어주었다.
자정이 되어서야 겨우 입원실에 들어갈 수 있었다.

2015. 2. 24 — 6일 만에 퇴원해서 집으로 돌아오다

"침대에 좀 누워야겠어. 곁에 와서 나랑 이야기해요." O가 말했다.

나는 O 옆에 몸을 말고 누워 한쪽 팔을 그의 가슴에 얹고 한쪽 다리는 그의 다리에 얹었다. 그의 눈이 감겨 있어 잠든 줄 알았는데 아니었다. "어디까지가 내 몸이고 어디부터가 남의 몸인지 불확실할 때, 이건 원시적 속성일까, 아니면 고등진화의 흔적일까?"

나는 그의 머리가 내 가슴에 올라오도록 가까이 당겼다.

"양쪽 다 약간씩이죠." 내가 속삭여 말했다.

2015. 2. 27

〈뉴욕타임스〉 에세이를 읽은 독자들의 편지와 이메일 몇 통을 O에게 가져다주었다.

나 : "그 글들을 읽으니 기분이 어때요?"

O : "좋아!"

나 : "앞으로 800통 남았어요."

O : "전부 다 읽고 싶어."

2015. 2. 28

아침에 눈뜬 6시 20분, O를 들여다보았다. 놀랍게도 O는 침구 위에 누워 두 손은 배 위에 올리고 천장을 응시하고 있었다. 아니 이런, 밤새도록 저렇게 있었던 건가, 나는 생각했다. 한숨도 잠들지 못하고?

O는 내가 움직이는 소리를 듣고 문간에 내가 서 있는 것을 알아챘다.

"뇌간에 대해 생각하고 있었어." O가 힘 있고 또렷한 목소리로 말했다.

"그랬어요?" 나는 방으로 들어가 침대에 올라갔다. O가 오른팔로 나를 둘렀다. 느리고 고른 그의 심장박동 소리가 들렸다. 수영선수의 심장 소리가.

"응. 있잖아…." 그는 마음속으로 책장을 읽어나가듯 두 눈을 감은 채 자율신경계의 작용을 치밀하고 상세하게 기술하면서 이야기를 "전반적인 혼란감"이라는 주제로 수렴해갔다. 아주 미세한 변화—장이든 혈관이든 호르몬이든 신경계든 세포든, "그 사람을 괴롭히는 문제"가 "연쇄적인 불편함"을 유발하는 상태 말이다. 그는 편두통을 들어 이 개념을 설명했다.

O는 35분 동안 거의 숨도 쉬지 않고 이야기했다. 나는 일어나 녹음기를 가져올까 하다가 그의 사고 흐름에 방해가 될까 봐서 그만두었다.

마침내 잠시 멈추었다. "그러니, 이것 봐. 이게 아침에 떠올린 단 몇 개의 생각이라고." 그는 스스로 흡족한 듯 빙긋 웃었다.
"단 몇 개요." 나는 그의 뺨에 입을 맞추었다. "이걸 글로 써야죠." 내가 힘주어 말했다. "제목은 벌써 나왔네요. '전반적인 혼란감'이요."
O는 동의했다.
우리 둘은 30초쯤 함께 호흡만 했다.
"자, 빌리, 내게 친절을 베풀어줄래요? 내 물병에 물을 채워 오메프라졸 한 알하고 같이 가져다주겠어? 그리고, 내 안약도?"
"물론이죠. 그나저나 잠은 잘 잤어요?"
"아주 잘 잤어. 고마워."

2015. 2 날짜 없는 날의 기록

기쁘게도, 너무나 기쁘게도, 수영장을 다시 찾았다.

O는 레인 끝까지 헤엄쳐 가더니 나를 향해 말한다. "우리 더 하자."

나 : "좋아요!"

현재 우리의 삶을 이 세 마디보다 더 절실하게 정의하는 말이 있을까.

'우리 더 하자.'

2015. 3. 2

O가 생체검사 받은 그날, 알리의 가게가 문을 닫는다는 소식을 들었다. 뉴욕에서 벌어지는 흔하디흔한 이야기다. 건물주는 임대료를 올리고 사장은 가게 문을 닫아야 하는.

다행히 사장은 반 블록 아래에 '자매 담뱃가게'를 하나 갖고 있어서 알리는 이제 그 가게에서 일할 것이다. 그렇지만 그 가게도 살아남지 못한다면, 그걸로 끝이다.

"미국에서나 일어나는 일이죠." 알리는 몇 주 전에 이 소식을 말하면서 분노해서 욕을 쏟아냈다. "우리나라에선 어떠냐? 거기선 할아버지가 가게 주인이었으면 아버지가 그 가게를 물려받고 다음은 내 차례지. 여긴 어떠냐고!" 알리는 고개를 가로저었다. "여기선 십 년, 이십 년, 삼십 년을 소유했어도 자기 것이 아니라고."

나는 잠자코 들었다. 그의 말에 공감도 해주고 긍정적인 이야기도 해보았다. "마지막 날에는 파티를 여세요." 내가 말했다. "이웃 사람들이 모두 다 모일 텐데."

알리는 어이없다는 표정이었다. "망한 사람이 파티는 무슨! 그런 데 누가 오고 싶어 하겠어요? 파티는 성공했을 때 하는 거요. 파티는 2호점 신장개업할 때 하는 거라고."
"그러니까, 8번 애비뉴의 시장님이 새 청사에 취임하실 때란 말입습죠." 내가 놀리는 조로 말했다.
"그렇지." 알리가 말했다. "바로 그거지."

오늘 가게에 들렀을 때는 사람들이 내부를 부수고 들어내고 치우는 힘들고 먼지 나는 작업이 한창이라 난리통이었다. 알리와 바비, 가게 사장(말투 조곤조곤한 인도인 신사인데, 그의 이름은 기억나지 않는다), 모두 지쳐 보였다. 내가 안부를 물었다.
"다 엉망진창이죠." 알리가 말했다. "세상만사 쉬운 일이 없어요."
그래도, 그래도…. 알리가 세 사람을 가리키며 한마디 더 덧붙였다.
"무슬림 한 명, 힌두 한 명, 시크 한 명, 이 셋이 다 여기 있죠. 모두 같이 일한단 말입니다. 고국에서는 전부 싸우기 바쁜데 말이죠."

날짜 없는 날의 기록

자서전의 최종 교정쇄를 훑던 O,
교열 편집자가 제안한 문구들을 삭제하겠다고 고집했다. O가 쓴 특이한 낱말이나 용어를 정의하거나 설명해주는 문구들이었다.
"독자들에게 찾도록 하지!" O가 말했다. 독자에게 약간의 할 일을 주자는 것이다. 사전을 찾아보거나 도서관에 가라고!

2015. 4. 2

내가 실수로 방울토마토 상자를 바닥에 떨어뜨렸을 때 O의 반응 :

"예뻐라! 다시 해봐요!"

그래서 다시 한다.

O : "빌리 친구들이 얼굴 좀 보자고 아우성일 것 같은데."

나 : "글쎄요. 모르겠네요. 여기가 내가 있고 싶은 곳인걸요. 당신하고요."

O : "미쳤어. 하지만 고마워."

2015. 4. 22

O : "우리가 할 수 있는 최선은 지적으로, 창조적으로, 비판적으로, 생각할 거리를 담아 지금 이 시기 이 세계를 살아간다는 것이 어떤 것인지를 글로 쓰는 것이지."

✶

2015년 3월, 집에 돌아와서

내게 없는 모든 것

EVERYTHING THAT I DON'T HAVE

지금 하려는 이야기는 워낙 자주 있는 일이라 더 이상 내게 놀라움을 주지는 않는다. 그렇다 해도 당연하게 여기지는 않는다. 이번에는 4월의 어느 일요일이었다. 나는 사진을 찍으면서 26번 스트리트와 27번 스트리트까지 올라갔다가 그만 집으로 돌아가자는 생각으로 11번 애비뉴를 향해 걷고 있었다. 4시쯤 되었고, 반바지를 입어서 그런지 춥게 느껴졌다. 22번 스트리트를 건너다가 한 벽돌 건물 측면에 난 지표면 높이의 움푹 파인 비상구 공간에 쏙 들어가 느긋하게 옆으로 누워 통화 중인 젊은 남자를 보았다. 그는 그림 퍼즐의 귀퉁이 한 조각처럼 보였다. 거리는 텅 비어 있었다. 나는 그에게 다가가 카메라를 가리키며 입모양으로 말했다. "사진 찍어도 될까요?"

남자는 통화를 계속하면서 모나리자 같은 미소를 지으며 (눈동자도 모나리자처럼 짙은 색이었다) 차분하게 고개를 끄덕이는데, 마치 내가 다가오기를 기다렸다는 듯한, 그 통화는 내가 카메라를 들고 나타

날 때까지 그저 시간 때우기였다는 듯한 반응이었다. 가끔이지만 이렇게 사진이 마법을 부린 듯한 순간을 만난다. 마치 내가 와서 찍어주기를 기다리고 있던 것 같은 사진이 찍히는 날. 지금이 그 순간이었다.

나는 무릎을 꿇고 한바탕 찍었다. 남자는 여러 다른 자세로 움직였다. 나의 지시 없이도, 어설프게 모델 흉내 내는 것이 꼭 쥬랜더미국의 코미디 영화에 등장하는 주인공 슈퍼 모델 같아 재미있었다. 전화는 끊었지만 내 사진을 위해서 계속 통화하는 것처럼 행동하는 모습에는 그만 웃음이 터져버렸다. 그 행동을 시작하는 순간, 사진이 가짜로 보이기 시작한 것이다. 나는 촬영을 멈추고 남자에게 다가갔다.

"뭐하는 분이세요?" 남자가 물었고, 나는 답했다. 그는 자기 이름을 말했다. D로 시작하는 이름이었고, 자신을 예술가라고 소개했다. 말투에는 어디인지 알 수 없는 외국어 억양이 섞여 있었다. 남자는 바람막이 같은 그 아늑한 공간 안에서 옆으로 옮겨 앉았고, 내가 바로 옆에 앉았다. 우리는 옴짝달싹하지 못하고 허벅지를 붙이고 앉았고, 그 안은 바깥보다 훨씬 따뜻했다. 그렇게 있노라니 마치 오래전부터 알아온 친구 같은, 격의 없는 친밀함이 느껴졌다. 이름도 알아듣지 못했고 그 사람이 하는 말은 하나도 알아듣지도 못했지만.

남자가 내 사진에 대해서 물어서 휴대폰으로 내 웹사이트를 보여주었다. 그는 많은 사진을 유심히 보면서 별말 없이 중얼거렸다. "좋다, 좋다, 좋아…." 그러더니 자신이 그린 그림을 찍은 사진을 보여주었다. 기묘하고 강렬한 빨간 머리 여자 그림들이었다. 빨강이 아니라 "생강빛"이라고, 남자가 말했다. "생강이라고요." 자기는 생강에 병적으로 집착하는 사람이라고. 그러면서 빨간 머리 여자 사진을 보여주는데, 빨간 머리 부분을 계속 확대하니 순수하게 추상적인 이미지—금빛, 주황빛, 빨강이 아른거리는 원기둥 이미지—가 되었다. "그렇죠?" 남자는 고개를 가로저으며 경탄해 마지않았다. "이 빛깔의 원천은 무엇일까요. 우리가 그걸 이해하는 건 불가능합니다."

나는 이해했다. 그가 무슨 이야기를 하는 건지 이해했다. 나는 그에게 그렇게 확대한 사진을 그림 작업으로, 그러니까 생강빛 머리카락 추상화를 꼭 해보라고 말했다.

"당신을 사랑합니다." 남자가 무표정하게 말했다. "우리 결혼해요." 남자는 농담이었겠지만—옆에 앉는 순간 남자가 이성애자라는 것을 알았다—그 말에서는 어딘가 진심도 느껴졌다. 결혼 못 할 것도 없지, 나는 속으로 생각했다. 가령 그에게 영주권이 필요하다면 말이다. 이제는 남자가 남자와, 여자가 여자와 결혼할 수 있는 시대 아닌가. 그렇긴 하지만 아직도 이 사실이 놀랍다. 최근에 한 매력적인 남자를 만난 일이 있다. 이제 겨우 스물두 살쯤 되었을 도미니카공화국 청년인데, 말하다가 "나하고 내 남편"이라고 했을 때 나는 단어를 잘못 썼으려니, '남자친구'라는 뜻이겠거니, 생각했는데 아니었다. 그들은 결혼반지를 끼고 있었고, 시청에서 혼례를 올린 사이였다. 나는 속으로 생각했다. '스물두 살은 결혼하기에는 너무 어린 나이다. 남자건 여자건 상관없이.'

화가와 나는 한참 앉아서 각자의 휴대폰 속에 저장된 사진들을 서로 보여주었다. 뭐랄까, 남자아이 둘이서 각자 수집한 야구카드를 맞

바꾸는, 그런 상황처럼 느껴졌다. 비록 내가 아버지뻘은 될 만큼 나이가 많았지만. 그는 내게 브루클린에서 친구들하고 파티에서 찍은 사진을 보여주었다. 모두 거나하게 취해 보였는데, 일요일 오후 4시가 되도록 술기운에서 헤어나지 못할 것 같은 분위기였다.

그는 배낭을 뒤져 작은 클레멘타인 오렌지만다린귤과 감귤의 교배종 두 알을 꺼내 하나를 내게 주었다. "내가 당신 어머니 같네. 내가 잘 보살펴줄게."

나는 웃음을 터뜨렸고, 경계심이 걷혔고, 감동받았다. 너무나 낯선데 또 너무나 일상적으로 느껴졌다. 내가 말했다. "기시감을 느끼는 것 같아요."

그는 생각이 달랐다. "저한테 이건 향수입니다."

오렌지가 맛있었다. 그는 나와 내 책, 내가 쓰는 글, 나의 에이전트와 출판사에 대해서 여러 가지를 물었다. "제 에이전트 하실래요?" 그가 물었다.

"뭐라고요? 나보고 당신 에이전트가 되어달라고요?"

"나에게 없는 모든 걸 당신에게 원합니다." 그가 말했다.

이 말에 나는 멈칫했다. 무척이나 아름다우면서도 무척이나 무서운 말이었다.

"지금 나에게 있는 모든 걸 원할 리가 없어요. 내 말이 맞을 거예요."

나는 충동적으로 그의 머리를 쓰다듬었다. 머릿결이 무척이나 부드러웠다.

"이만 가봐야겠군요. 사진 하나만 더 찍을게요." 나는 그렇게 말하고 옆으로 가서 한 컷 더 찍었다. 바깥을 엿보는 옆모습이었다. 우리는 전화번호를 교환하고 언제 하루 만나서 그림이나 같이 보자고 약속했다.

"당신의 첫 전시회 개막식에 같이 가는 겁니다." 내가 말했다.

남자는 그러자고 했다.

우리는 작별하고 헤어졌고, 나는 걸어가면서 곧장 그 벽 속에 앉았던 젊은 남자에게 문자를 보냈다. "나에게 없는 모든 걸 당신에게 원합니다."

일기에서

2015. 4. 14

끊임없이 사진을 찍고 있다. 하루도 빠짐없이 찍고, 가끔은 수백 장을 찍는다.
밖으로 나갈 수 없다면, 뉴욕을 아파트 안으로 가져오는 수밖에. 길에서 만난 사람들의 인물사진으로 한다.
하루를 마칠 때쯤 O에게 내가 찍은 사진을 보여준다. 그는 자신이 쓴 것을 읽어준다. 그는 한꺼번에 대여섯 편을 작업하고 있다. 어린 시절에 그랬듯, 그의 손가락은 온통 먹물투성이다.

2015. 5 날짜 없는 날의 기록

우리 둘 다에게 강도 높은 창작과 생산의 시기. 어떤 날에는 내가 앤 섹스턴과 결혼한 실비아 플라스가 된 기분이다. 아니, 실비아 플라스와 결혼한 앤 섹스턴인가?
단 우울증이나 자살은 없이, 시만 있는.

2015. 5. 1

런던행 비행기 안. 런던에서 일주일 묵으면서 O의 친구와 친척들을 만날 계획이다. O에게는 어쩌면 마지막 기회가 될지도 모르겠다. 그런

다음 도싯Dorset에서 사흘 묵는다.
O가 《뉴 사이언티스트》에 실린 글을 읽는다. 개가 주인의 눈을 들여다볼 때 (그리고 그 역으로도) 옥시토신('사랑 호르몬')이 분비된다는 것을 증명한 연구에 관한 글이다. 동물과 그 주인들 사이에 형성되는 강한 유대를 이해하는 데 매우 도움이 되는 내용이다.
O는 잡지를 내려놓는다. "우리도 눈을 더 자주 들여다봐야겠어." 그가 말한다.
"지금 해요." 내가 말하고, 우리는 서로 눈을 바라본다.

2015. 5. 6

점심을 먹으면서 O의 조카사위 니키가 사십 년 전쯤 미래의 장인어른이자 O의 형인 데이비드의 집에서 처음 올리버를 만났을 때 이야기를 들려준다. 니키가 창밖을 내다보니 턱수염이 덥수룩하고 몸집 큰 남자가 정원 풀밭에 누워 있더란다. "뭐하고 계셨어요?" 그가 안으로 들어오자마자 니키가 물었다.
"장미로 사는 건 어떤 걸까 생각해봤지." 올리버가 답했다.

2015. 6. 4

행인이 거의 없는 어떤 거리에서 종이 바른 널따란 벽을 발견했다. 흥미로운 사진 배경이 될 듯싶었다. 나는 그 앞에서 한동안 빈둥거리면서 적절한 인물이 프레임 속에 들어오기를 기다렸다. 지나는 사람 한두 명을 시도해봤지만, 조화가 자연스럽지 않았다. 그러던 중 큰 키에

이국적인 외양의 생명체 셋이 다가오는 것이 시야에 들어왔다. 얼핏 아기 기린이 떠올랐다.

나의 고정 문구가 끝나기도 전에 무리가 말했다.
"당연 되죠." 그러고는 한데 모였다. 내가 "사진 안에 휴대폰은 안 됩니다" 규칙을 말하자, 다들 불평 없이 순순히 휴대폰을 주머니 안에 넣었다. "이거 심하다. 우리 방금 촬영하고 오는 길이거든요. 저 아래에서요." 한 명이 말했다.
"구찌요." 다른 사람이 말했다.
(퍽이나 구찌겠다, 나는 속으로 생각했다.)
무리한테서 대마초 냄새가 났다.

단체샷이 하나 나왔다. 그러고는 평소 같으면 하지 않았을 권위적인 어조로 말했다. "좋고. 이제 한 사람씩 단독컷 갑니다." 젊은 세 모델은 순순히 고개를 끄덕였다. 한 명이 나섰다. 그는 모나리자가 인쇄된 티셔츠를 입고 있었다. 내가 선글라스를 벗으라고 주문했고, 그는 따랐다. 그러고는 마치 자동초점 기능이 작동한 듯 얼굴의 요소요소 특징들이 한순간에 미소년의 이미지로 포착되었다. (어떻게 저렇게 하는 거지?) 내가 두어 장 찍자 그는 옆으로 물러나고 금발 친구가 그 자리에 들어왔다.

끝으로 셋 중 가장 키가 큰 청년(단연 이 무리의 리더로 보이는데, 굳이 말하자면 알파모델이라 불러도 되겠다) 차례가 되었다. 그는 잉글랜드인이었고, 위풍당당했다. "사진 속에선 이거 들고 있으면 안 되는

데." 그가 중얼거리는데, 두 손가락 사이에 끼여 있는 대마 꽁초 얘기였다. "한 모금 빠실래요?"

"좋지." 내가 말했다. 꽁초 맨 끝이어서 한 모금 빨고 끝내버렸다. 고교 시절에 친구들과 모여 피우고 몽롱해지던 일이 주마등처럼 스쳐 지나갔다. 우리는 대마는 대마 성분이 가장 농축된 맨 끝을 피워야 제맛이라느니, 폐 속에 가급적 오래 머금고 있어야 머리가 띵해지면서 환각을 볼 수 있다느니 하는 얘기를 떠들곤 했다.

그 얘기가 맞는지 어떤지는 모르겠지만, 카메라 렌즈에 잘생긴 잉글랜드 청년을 담아 사진을 연방 찍고 나니 뇌에 불이 들어온 듯, 눈에 들어오는 모든 것이 아름답게만 보였다.

2015. 7. 5

일광욕을 하기 위해서 옥상에 올라갔다. 선크림도 바르지 않고 모자도 쓰지 않은 민머리로 앉아 있었다. 이것이 바보짓이라는 것, 특히나 파트너가 말기 흑색종 환자인 사람이 할 짓이 아니라는 것은 안다. 하지만 개의치 않았다. 지난겨울이 지리하게 길고 추워 아직도 해빙이 끝나지 않은 것 같이 느껴졌다.

나는 그물침대에 벌렁 누워 온몸으로 해를 받았다.
뜨거운 열을 받다 보니 역설적으로 겨울의 맹추위, 살을 에는 듯했던 메마르고 차가웠던 1월과 2월과 3월을 생각하게 된다. 상실의 시간들.

O가 진단을 받고, 온갖 테스트와 두 차례의 수술을 받은 계절. 1번 애비뉴에서 얼어붙을 것 같은 바람을 맞으며 택시 잡으려고 발 동동 구르던, 운이 따르지 않던 밤, O의 침대 옆 접이식 침대에서 잠 청하던 밤들.

나쁜 기억이라고는 할 수 없다. 하지만…, 하지만….
몇 해 전에 보았던 〈60분Sixty Minutes〉 방송분이 생각난다. 이 회차에서는 외상 후 스트레스 장애에 효과가 있을 것으로 검증된 신약을 다루었다. 심적 외상을 남긴 일에 대한 기억을 지우게 함으로써 사람들이 이 장애를 딛고 새 출발하는 데 도움을 주는 약이라고 했다(적어도 내가 기억하는 바로는 그렇다). 〈60분〉의 취재기자가 제기한 핵심 질문은 이것이었다. 약을 먹어서 무언가를 잊을 수 있다면, 그 약을 먹겠는가?

그 방송을 본 뒤로 여러 해 동안 이 질문을 수도 없이 던져보았지만, 내 답은 변함없다. 아니, 그럴 생각 없다.
하지만 무언가를 잊고 싶지 않는 마음과 그것을 더 좋게 기억하려는 마음은 다르다.

2015. 7. 7

나는 하루에 팔굽혀펴기를 50회씩 두 번 하는데, 그럴 때면 O가 책상에 앉아서 그 번호에 해당하는 원소 이름으로 수를 세어준다.
"타이타늄22, 바나듐23, 크로뮴24, 망가니즈25, 철26, 코발트27…"

O가 새로 익힌 슈베르트 작품을 자랑스럽게 연주하면서 '양손 교차'를 어떻게 해야 하는지 멋들어지게 시범을 보여준다.
나는 감동받고 감탄하여 절로 박수가 나왔다.

2015. 7. 8

O의 여든두 살 생일을 며칠 남겨두고 최근 촬영한 CT와 관련해서 나쁜 소식이 왔다. 좋지 않다고. 예상했던 것보다 훨씬 나쁘다고.
종양이 다시 자라났을 뿐만 아니라 암이 신장과 폐와 피부로 퍼졌다. 색전술을 또 받을 것인가 여부는 이제 재론의 여지가 없었다…. 의사들은 펨브로 주사를 시작해볼 것을 권고한다. 아직 임상시험 단계에 있는 면역항암요법이다. 무섭다. O는 사람들에게 이 소식을 알리지 않고 계획대로 생일파티를 열고 싶어 한다. "오든이 늘 그랬지. 무슨 일이 있어도 생일은 기념해야 한다고." 그가 말한다.

날짜 없는 날의 기록

"안녕, 예쁜이." 나는 침실에 들어갈 때마다 O에게 말한다.

2015. 7. 9 O의 생일

그의 생일파티에서 :
O가 내게 1948년산 칼바도스를 갖다 달라고 부탁한다. 나무상자에 밀봉된 것으로, 몇 해 전 O가 선물로 받은 귀한 브랜디다. 내가 대신

병을 딴다.

나 : "한 잔 드시겠어요?"

O : "아냐." 그는 됐다고 하더니 한 모금 쭉 마신 뒤 눈을 감고 음미한다. "훌륭하군." 그는 이렇게 선언하고는 방 안을 둘러본다. "마실 분, 계십니까?"

그 칼바도스, 한 친구에게 주려고 했던 것인데 깜박했다고, 나중에 O가 내게 말한다.

*

첫 데이트

연필깎이

A PENCIL SHARPENER

"안녕하십니까, 선생님!" 내가 말했다.

"안녕하십니까, 선생님!" 알리가 웃으면서 말했다.

참 잘생겼다, 나는 속으로 생각했다. 잘 다듬은 콧수염, 매끈한 올백 머리, 〈화니 걸〉의 주인공 오마 샤리프의 파키스탄 버전이다.

"어떠세요?"

"다 좋아요." 알리는 계산대 너머로 손을 뻗어 나와 악수했다. 새 가게에서 일하기 시작한 뒤로는 마냥 행복한 모양이다.

바로 그때 한 손님이 들어와 아메리칸 스피릿 담배 한 갑을 주문했다. 이십 대 후반으로 보이는 금발 남자였다. 상의는 고전적인 담청색 줄무늬의 시어서커 재킷 안에 주름 하나 없이 빳빳한 와이셔츠, 하의는 밑단 접은 청바지를 입고 잭스페이드 캔버스 서류가방을 들었다. 아이폰 앱을 디자인할 것 같은 사람, 백만 불짜리 매력덩어리 같은 사람,

언젠가는 백만장자가 될 것 같은 사람.

그는 지갑을 꺼내다가 무언가를 기억해냈다. 나는 그 사람이 입을 열기도 전에 몸짓만으로도 충분히 예상할 수 있었다. "참! 잊어버릴 뻔했어요. 알리의 연필깎이도요!"

이건 예상하지 못했는걸. 아니, 저런 남자한테서 저런 말이 나올 거라고 누가 예상할 수 있겠는가 말이다. 나는 믿기지 않아 알리가 그 남자를 담뱃가게 뒤쪽으로 안내하는 모습을 지켜보았다.

연필깎이라고? 요즘 세상에 누가 연필깎이를 산다고? 그런 걸 파는 데는 있고?

알리가 내 생각을 읽었다. "문구점에서 넘겨받았어요." 알리 특유의 무표정한 얼굴로 말했다.

아, 그래, 6개월 전 알리네 사장이 인수한 그 망한 문구점 말이군. 돈벌이라면 클립이나 메모장보다야 복권과 담배가 나으리라, 짐작한다.

알리와 나는 말없이 그 시어서커 재킷을 입은 젊은 남자가 높은 선반에서 무언가를 내려 카운터로 들고 오는 것을 지켜보았다. 그렇다. 연필깎이, 자주색이었다. "마지막 남은 거였네." 그는 놀랍다는 듯 중얼거렸다.

내가 직접 물었는지, 아니면 그저 내 표정에서 질문을 읽은 것인지는 기억나지 않는데, 젊은 남자가 나를 보고 말했다. "이게 최고의 연필깎이거든요. 최고요. 다른 데선 이만큼 좋은 걸 못 찾아요."

나는 그의 말에 설득되어 고개를 끄덕이며 동의를 표했다.

"쓰던 게 다 닳았어요." 그는 알리를 보고 말했다. "그것도 여기 있는 마지막 거 아니었나요? 그날 제가 운이 좋았어요."

알리가 더없이 심드렁한 표정으로 대꾸했다. "지하에 수백 개 더 있어요."

나는 젊은 남자가 알리에게 물건 값을 지불하는 것을 보다가 아메리칸 스피릿 담뱃갑이 그의 재킷 줄무늬와 정확히 똑같은 담청색이고 그의 라이터와 정확히 똑같은 담청색이고 그의 빛나는 눈동자와 정확히 똑같은 담청색인 것을 발견했다. 의심할 여지없이, 머리끝부터 발끝까지 겉으로 보이는 모든 요소가 궁리되고 다듬어지고 전날 밤 시험을 거쳐서—셀카로 찍어 검토와 확인까지 끝내—이 이미지, 그러니까 〈매드맨1960년대 광고회사가 배경인 미국 드라마〉이나 〈안투라지연예계 뒷이야기를 다룬 미국 드라마〉, 〈디스 아메리칸 라이프미국과 미국인의 면면을 다루는 공영 라디오 방송 프로그램〉에서 튀어나온 듯한 인물로 연출된 것이었다. 나는 복고적 감각을 세련되게 발휘한 그의 아파트, 케이트스페이드 제품으로 치장한 여자친구, 테리어 애완견이 눈에 보이는 듯했다.

그럼에도 한 가지 의문은 가시지 않았다. "연필깎이는 왜죠? 연필은 왜요?"

"에이, 사람이 허점 하나씩은 있어야죠."

"명쾌한 답이네요." 내가 말했다.

젊은 남자는 "이만 안녕히" 하고 손 인사를 하면서 가게에서 나갔는데, 모르긴 해도 다음 행선지는 친구들이 기다리고 있는 바로 옆의 술집, 아트바가 아닐까.

나는 알리에게 인사하고 8번 애비뉴에 있는 동네 단골 식당으로 향했다. 애빙든스퀘어 공원을 통과해서 가는 길을 택했다. 공원에 들어서니 과거로 돌아가는 시간여행이 시작된다. 두 번의 시간여행. 한 번은 연철 가로등과 벤치가 놓여 있던 20세기 초의 뉴욕으로, 또 한 번은 내가 뉴욕으로 옮겨왔던 초기 잠들지 못하던 밤 나와서 서성이다 이 공원을 발견했던 2009년으로. 그리움이 파도처럼 밀려왔다. 가려던 식당으로 곧장 갈 수가 없었다. 나는 하릴없이 감정에 북받쳐 앉아 있었다.

공원의 조명은 아주 예뻤다. 가로등의 노란 불빛, 아파트 창문으로 보이는 불빛, 머리 위의 별빛까지(그렇다, 맨해튼에서도 별을 볼 수 있다). 문 닫기 직전 이 시각, 공원에는 몇 사람뿐이다. 아무도 휴대폰으로 통화하지 않고, 휴대폰을 보는 사람조차 없다. 벤치에서 뻗어 자는 노숙자 한 명, 속삭임으로 대화하는 연인 한 쌍, 개를 데리고 나온 남자 한 명, 그리고 오른쪽 끝으로 가로등 불빛 아래 시가를 입에 물고 책을 읽고 있는 검은 머리에 턱수염 기른 키 큰 남자. 그는 삼십 대 중반쯤 되어 보였다. 아내와 어린 딸이 집에 있으리라, 나는 상상했다. 지금은 자기만의 시간을 갖기 위해 몰래 빠져나왔으리라고. 시가의 길이가 4, 5센티미터밖에 남지 않은 것을 보면 나온 지 좀 되었을 것이다. 그는 남자다움을 내세우는 전형적인 남자, 뉴욕 남자였지만, 어쩐지 유럽인 조상들의 기상에 고취된 듯한 면모도 느껴졌다.

이 남자에게서 눈을 뗄 수 없었다. 가로등 불빛 아래 앉아 있는 모습, 아름다운 한 폭의 그림이었다. 시가를 깊이 빨아들이며 고개를 책에 묻다시피 몰입하는 이 남자, 아름다운 한 폭의 그림이었다. 왜, 왜, 카메라를 가져오지 않았을까. 이 장면을 사진으로 찍었어야 했는데. 나는 이제 와서 후회해봤자 소용없다고 스스로를 진정시키려 해봤지만, 되지 않았다. 하다못해 말이라도 걸어봐야 했다.

무슨 책을 읽고 있는지 물었다. 남자가 표지를 보여주었다. 《일 년 만에 기억력 천재가 된 남자Moonwalking with Einstein》였다. "기억력 향상에 도움을 주는 책이래요." 남자가 말했다.

나는 이해했다는 듯이 고개를 끄덕였지만 실은 그렇지 않았다. 뭘 기억하려는 걸까? 아기 때 일? 시 암송? 사실? 숫자? 또는 돈 버는 데 도움이 될 수치? 아니면 이런 밤에 대해서라도?

남자가 읽던 책과 남은 시가를 마저 즐기도록 나는 밤인사를 나누고 발걸음을 옮겼다.

걷다가 주머니에서 연필을 꺼내 일기에 쓸 몇 줄을 메모했다.

*

갱 단원

일기에서

2015. 7. 11

새벽 2시 30분. O가 몸을 뒤척이며 비몽사몽 중얼거리는 소리에 깨었다. "괜찮아요? 왜 그래요?"

"뜨거워! 너무 뜨거워!"

그의 몸에 손을 대보니 정말로 뜨겁고 축축했다. 실내는 서늘했다.

나는 이불과 침대보를 다 걷어내고 O를 거들어 잠옷 바지와 티셔츠를 벗기고 욕실에 가서 찬물로 수건을 적셔 왔다. 열이 떨어지도록 찬물수건을 이마에 올렸고, 그의 알몸도 구석구석 물수건으로 닦았다. 그러고는 마른 수건을 침대 위에 깔고 베갯잇을 갈고 물을 한 잔 가져왔다. 다음으로 자낙스 한 알을 둘로 쪼개 반 알을 주었다.

"자요. 이걸 혀 밑에 넣어요." 내 말은 요청이 아니라 명령이었다. 그는 내 말대로 했고, 나는 약가심하라고 물을 조금 주었다. 우리는 다시 침대로 돌아와 꼭 붙어 누웠다.

"스티브한테도 이렇게 해줬어?" 그가 물었다. "스티브가 밤에 식은땀 흘릴 때?"

"그랬죠." 내가 귓속말로 답했다. "그랬어요."

오늘 아침 식사 : 블루베리 한 대접. "한 알 한 알이 다량의 만족감을 주는군." O가 몹시 기뻐하며 말하더니, 다시 생각한다. "만족감을 계량화할 수 있다면."

2015. 7. 13

피곤해도 너무 피곤해 빨리 저녁 설거지를 끝내고 내 물건을 챙겨 평소보다 이른 시각에 이만 자러 가겠다고 인사했다. O는 그러라고 했다. 그도 무척 지쳐 있다. 우리는 입맞춤으로 인사했다. 침실로 향하는데 O가 책상에서 나를 불렀다. "내가 왜 매주 《네이처》와 《사이언스》 읽는 걸 좋아하는지 아나?"

나는 돌아섰다. "아뇨." 나는 고개를 저으며 대답했지만, 어리둥절했다. 아닌 밤중에 홍두깨 같은 소리였다.

"놀라움. 언제 읽어도 그 안에는 나를 놀라게 하는 무언가가 있어." 그가 말했다.

2015. 7. 15

O는 직접 초대한 사람을 제외하고는 더는 아파트로 찾아오는 손님을 만나고 싶어 하지 않는다. "나한테는 지루할 시간이 없다고!"

휴식을 취하지 않을 때면 새로 쓰는 글에서 손을 떼지 않는다.

메모장에 쓴 쪽글

7월 17일 목요일 : 라과르디아발 더럼행, 출발 @2:29 오후, 도착 @4:20 오후

7월 19일 토요일 : 더럼발 라과르디아행, 출발 @11:05 오전, 도착 @12:39 오후

2015. 7. 18

오후에 듀크 대학교에 있는 여우원숭이 연구센터 방문.

잠은 그럭저럭 잘 잤다. 새벽 3시에 O의 종아리와 발에 심한 경련이 일어나 깨기는 했지만. 발이 고통스러운 등쪽굽힘으로 굳어버렸는데, 어찌나 딱딱하게 경직됐는지 삼십 분을 주물렀더니 겨우 풀렸다. 탈수로 인한 증상일까? 그의 소변이 다시 검어졌다.

저녁 :

"지금까지 내가 본 가장 근사한 곳이야." 여우원숭이 연구센터에서 돌아오는 차 안에서 O가 조용히 말했다. "여우원숭이들의 넘치는 생명력, 참으로 아름다워…. 그들을 돌보는 이들의 헌신도."

2015. 7. 25

시골 별장에서 : O가 글 한 편을 끝냈고, 다른 두 편도 쓰고 있다. 적어도 두 편이다. "글쓰기는 어떻게 되고 있어요?" 내가 낮잠에서 깨어나 묻는다.

O가 새실새실 웃는다. "이게 멈추려 해도 멈춰지지가 않네."

그러고는 다시 글쓰기로 돌아간다. 나는 구경한다. 책상다운 책상은 없고 접이식 테이블뿐이지만, 그에게는 메모장과 그가 아끼는 만년필, 그리고 편안한 의자 하나만 있으면 된다. 그는 글쓰기에 완전히 몰입해서 이따금 혼잣말을 중얼거린다. 의식이 그의 펜촉보다 반걸음 앞서 간다.

얼마 뒤, 수영을 하러 간다. 저수지 물빛이 산뜻한 녹색으로 환하다. 물에 구리와 철 함유량이 풍부하기 때문이다.

"우리 지금 원소 속에서 헤엄치는 거예요." 내가 O에게 말한다. "구리 저수지요."
"멋진 생각이야." O가 배영을 하면서 혼잣말한다.

2015. 8. 1

O가 베토벤을 연주한다. 좀처럼 연주하지 않던, 길고 뇌리에 강렬하게 남는 곡들, 복잡한 곡들이다. 평소에는 바흐의 〈프렐류드〉만 끝나면 다시 시작하고 끝나면 다시 시작하곤 했는데.
걸으면서 O가 내 손을 잡는다. 몸을 지탱하기 위해서만이 아니다. 내 손을 잡고 싶어서 잡는다.

2015. 8. 4

병원에서 집으로! :
외과의가 O의 복부에 카테터를 삽입했다. 종양으로 인해 배에 차는 액체를 배출하기 위한 삽관 시술이다. O는 아파하고 불편해했고 심하게 메스꺼워했다. 의사들은 음식물을 섭취해야 힘이 난다고, 꼭 드셔야 한다고 말한다. 지금 O가 그나마 먹고 싶다는 생각이 드는 것은 게필테피시유대 율법에 따라 조리한 생선살 완자뿐이었다.
우리는 러스앤도터스에 주문하고, 다른 음식도 시도해보기로 했다.
지하철을 타고 어퍼웨스트사이드에 있는 머리네 철갑상어 가게에 갔다. 배달을 시켜도 되지만 솔직히 아파트에서 나오니 살 것 같았다. 비록 비가 와서 어둡고 습한 여느 8월 날씨였지만.

*

2015년 8월, 바흐 공부

줄 서 있던 여자가 내가 올리버 색스 이름으로 주문한 것 가지러 왔다고 말하는 것을 들었다.

"그 올리버 색스요?" 여자는 묻지 않고는 배길 수 없었다.

나는 끄덕인다.

"정말 훌륭하신 분이에요. 편찮으시다니 마음이 아파요."

계산대에 있던 나이 지긋한 유대인이 고개를 끄덕이며 중얼거린다.

"그렇습니다." 내가 지불하려는데 한사코 거절한다.

나는 눈물이 글썽해서 고맙습니다, 인사한다.

지하철역으로 가는데 계속 눈물이 나온다. 비가 와서 다행이다.

추가한 기록

O가 눈 감고 침대에 누워 있다. "사람들에게 보내는 편지가 머릿속에서 저절로 써지고 있어." 그가 설명한다. 친구들과 가족들에게 보내는 작별 편지 얘기다. 좀 있다가 그 편지들을 케이트와 내게 구술하기 시작하는데, 우리 손이 따라가기 어려울 지경이다. 쓰고 싶은 편지가 얼마나 많은지 모른다. 그런데도 하나하나가 다 그 사람에 대한 깊은 마음이 담긴 글이다. 물론 머지않아 그는 답장을 받기 시작할 것이다.

편지에 대해서 나도 생각이 많아진다. 나도 그에게 편지를 써야 하나? 어느 날 툭 뱉듯이 말했다. "내가 당신에게 편지하지 않아도 용서해주셨으면 좋겠어요."

"그게 편지의 첫 줄인가?" O가 씩 웃는다.

"그렇죠, 뭐…. 뭐라고 말해야 할지 모르겠는 편지죠. 당신이 내게 의미하는 그 모든 걸 어떻게 다 말할 수 있겠어요?"

"이리 와." O는 나를 가까이 불러 꼭 안아준다.

2015. 8. 10

O가 새 글, '안식일'을 쓰고 있다. 수시로 이런저런 부탁을 하는데, 항상 예의를 갖춰 말한다. "부탁이 있는데, 빌리의 그 작은 상자에서 뭐 좀 찾아주겠어?"

'작은 상자'는 O가 아이폰을 가리키는 말이다. 그는 이 이름이 너무 흉해서 발음할 수도, 말로 할 수도 없다고 생각한다. "그건 단어조차 아니야. 그냥 상표라고." O의 일침이다. 가끔은 〈스타 트렉〉에 나온 말처럼, '통신기'라고 부른다.
오늘 내게 찾아달라는 것은 라틴어 '눈크 디미티스nunc dimittis'의 뜻이다.
늘 그렇듯이, O에게는 애초에 사전 찾기가 필요 없다. 이미 그 정의를 적확하게 알고 있으니까. '눈크 디미티스'는 "예배의 마지막에 부르는 성가"다.

2015. 8. 11

(O에게 방해되지 않으려고) 침실 문 앞 바닥에서 자다가 O의 하품 소리에 깼다. 강아지의 하품마냥 사랑스럽기 그지없다.
"아주 달게 잤어!" 그와 같은 불면증 환자에게서는 좀처럼 듣기 어려운 말이다.

새벽 2시, O가 화장실에 가고 싶어 한다.
"날 안아요." 내가 알려준다. 그가 두 팔로 내 목을 감으면 내가 끌어당겨 침대 가장자리에 앉힌 다음 일으켜 세우고 안정감 있게 제대로 설 때까지 잠시 기다린다. 그러면서 그의 목에 키스한다. "이때가 하루 중 내가 제일 좋아하는 시간이에요." 내가 그에게 말한다.

O가 점차 내려놓고 있다. 하나하나 떠나보내고 있다. 본질적이지 않은 것들을. 게필테피시를 그토록 기뻐하며 그토록 맛있게 먹어치우더니 단 며칠 만에 이제 좋아하는 건 젤리뿐이다. "생선 완자는 이제 그만."

수영조차 더는 그의 마음을 끌지 못한다. "이쯤 되면, 위험도와 불쾌감이 수영으로 누리는 득을 크게 상회하지." 카테터를 삽입한 상태라서 감염 위험이 높아진 것이다.

가면 갈수록, 무의식적으로, 계속해서 눈을 감고 있는 시간이 길어진다. 음식을 먹을 때도, 말할 때도, 우리가 뭔가를 읽어줄 때도 두 눈은 감겨 있다. 마치 시력은 오로지 글쓰기만을 위해 아껴두겠다는 듯.
그렇다고 시종 무겁고 어둡기만 한 것은 아니다.
간밤에 밤인사를 하러 그의 방에 들어갔다.
"내 사랑." 내가 허리 굽혀 입 맞추는데 그가 말한다.
"잘 자요." 내가 말한다.
잠시 침묵.
"뭐라고 했지?" O가 묻는다.
"잘 자라고요."

"아, 난 또, '와!'라고 했다고. 뭘 보고 한 소린 줄은 모르겠지만 대단히 긍정적으로 들리더군."

우리는 키득키득 웃었다.

2015. 8. 15

O는 이제 읽기조차 쉽지 않다(돋보기와 책을 손으로 들고 있는 것을 버거워한다). 우리 가운데—케이트, 할리, 헤일리, 오린—누구든 곁에 있는 사람에게 읽어달라고 부탁한다. 직업 성우들이 녹음한 오디오북은 좋아하지 않는다. 전혀.

우리가 읽어주는 것은 H. G. 웰스의 단편들, 《수학을 만든 사람들》, 셜록 홈즈, 《율리시즈》 같은 책들이다.

"나 이거 정말 좋아요. 당신한테 책 읽어주는 거, 정말 좋아요." 내가 말한다. "당신하고 아주 가까워지는 느낌이에요."

O는 고개를 끄덕인다. "이게 또 하나의 애정 행위가 된 거야."

2015. 8. 15

새벽 3시, O가 어떤지 보려고 그의 방으로 들어가는데,

O : "어떻게 알았지…? 내가 깨어 있는지 어떻게 알았지?"

"나한테는 당신의 미소도 들려요." 내가 말한다.

O가 간밤에는 두 번 일어났다. 처음에는 같이 주방으로 갔다.

내가 그를 의자에 앉혀주었고, 과일젤리를 먹고 "상큼해!" 그가 중얼

거린다. 단백질 농축 우유를 몇 모금 마신다.

좀 지나 두 번째 깨었을 때 나는 침대에 앉아 있는 그에게 젤리를 가져다주었다. 잠이 덜 깨어 부스스한 그의 모습이 사랑스럽기만 하다. 나는 그의 맞은편 자리에 앉는다. 그는 잠시 말없이 있다가 아리송한 얼굴로 나를 본다. "우리 타야 하는 비행기가 있는 거 아니지?"

"아뇨." 내가 조용히 대답한다.

O는 싱긋 웃더니 엣설1958년 포드 사가 야심차게 내놓았으나 실패작의 대명사가 된 모델 자동차를 엄청나게 작은 구멍을 통해 붙잡으려고 발버둥치는 "맹렬하고 정신 나간 꿈"에 대해 이야기한다. 끝에 가서는 사람들이 문짝을 때려 부수고 차를 손에 넣었다.

"엣설 차 본 적 있어?" 그가 묻는다.

"사진에서만요."

"말도 안 되는 차였지." 그는 고개를 절레절레 흔든다.

2015. 8. 16

"나는 글쓰기를 사랑한다고 말하지만 정말 내가 사랑하는 것은 사고야. 그 쇄도하는 생각들, 뇌 안에서 만들어지는 새로운 연결점들. 게다가 어디선지 알 수 없이 불쑥 나타나는 생각들." 그는 미소 짓는다. "그런 순간들이면, 내가 이 세계를 얼마나 사랑하는지, 사고를 얼마나 사랑하는지가 절로 느껴져…."

2015. 8. 22

오늘 아침의 O : "내 수영용품들, 이제 버려도 돼. 쓸 만한 게 있으면 빌리가 챙겨도 좋겠고."

갑자기, 침대에서, 전보 같은 단문의 외침 : "원고! 원고 봐야 돼. 연필! 내 독서 안경!"
마음이 찢어진다.

2015. 8. 23

"색스 박사님, 어떤 소원이 있으세요?" 호스피스 간호사가 물었다.
"마지막은 어떻게 맞이하고 싶으신지요?"
"집에서요." O가 또렷하고 안정된 목소리로 대답했다. "고통이나 불편 없이, 여기 있는 친구들과 함께요."
저렇게 말할 수 있으려면 어떤 용기가 필요한 걸까, 나는 속으로 생각했다. 마땅히 그래야 하기에 아무에게도 주목받지 못하고 지나쳐버릴 용기. 그럼에도 영원히 간직할 용기.
"네, 좋습니다. 제가 최선을 다해 박사님의 소원을 지켜드리겠습니다." 간호사가 말했다.
"고맙습니다." O가 말했다.

2015. 8. 28

입맛을 완전히 잃은 O가 갑자기 점심으로 훈제연어와 호밀 크래커를

*

14번 스트리트의 카렌

먹을 수 있는지 물었다. 그러고는 침대에서 나오겠다고, '실내복'을 입혀 자신의 테이블로 데려다달라고, "내 피아노를 보게" 해달라고 했다. 우리가 접시를 가져왔다. 그는 놀랍도록 위엄 있는 몸짓으로 아주 느리게 한 번에 한 조각씩 조심스럽게 썰었다. 먹은 것은 겨우 세 입이었다. 내가 단것 좀 먹겠는지—아이스크림요?—묻자 그는 말했다. "아니, 배로 줘요." 그는 한 조각 먹고는 침대로 다시 데려다달라고 부탁했다.

2015. 8. 29

나는 그의 곁을 지킨다. 케이트와 모린(우리의 호스피스 간호사)과 내가 새벽 5시 30분부터 그의 침실을 지키고 있다. 모린이 다른 방에 있던 나를 깨운 것이 이 시각이었다.
"빌리, 빨리 와요. 박사님의 호흡이 달라졌어요."

호흡이 분당 3, 4회로 느려져 있었다. 호흡과 호흡 사이에는 긴 침묵이 흘렀다. 이제 의식이 없다. 그는 침대에 대각선으로 누워 있고 편안해 보인다. 많은 환자의 임종을 지켜봤던 모린이 이것이 마지막 단계라고 알려준다. 하지만 이 상태로 몇 시간 지속될 수도 있고 때로는 며칠이 될 수도 있다고 한다.

조금 전에 그의 침실을 둘러보니 침대보, 수건, 기저귀, 붕대, 각종 약, 산소 탱크, 의료 장비 따위가 방을 가득 채우고 있었다. 나는 물건들을 정리하기 시작했고 밖으로 치웠다. 전부 다. 그러고는 O의 책을 잔뜩 들고 와서 깨끗해진 침대 옆 탁자 위에 놓았다. 소철과 양치류 화분도 하나씩 갖다 놓았다. 케이트도 나를 도와 더 넓은 공간을 만들었고, 그 자리에 탁자를 하나 더 놓고 O가 사랑하는 광물과 원소, 그가 쓰던 만년필들, 은행 화석 하나, 회중시계를 놓았다. 다른 곳에는 O가 숭배하던 이들—다윈, 프로이트, 루리야, 에덜먼, 톰 건—의 책 몇 권과 여러 사진—그의 아버지, 오든, 열일곱 명의 남매와 함께 있는 어린 시절의 어머니, 이모들과 삼촌들, 형들—을 놓았다. 꽃과 양초도 갖다놓았다.

가슴이 무너질 듯 아프지만 평온하다.

지난밤 잠깐 눈 붙이기 전에, 그에게 필요한 것이 있나 해서 와보았다. 담요로 그의 몸을 감싸주고 이마에 입 맞추었다.

"내가 당신을 얼마나 사랑하는지 알아요?" 내가 말했다.

"모르지." 그의 눈은 감겨 있었지만, 아름다운 무언가를 보는 듯, 웃음을 띠고 있었다.

"많이요."

"좋아." O가 말했다. "아주 좋아."

"좋은 꿈 꿔요."

✶

올리버의 주기율표

집

HOME

일요일 새벽 4시경 장례식장에서 두 남자가 왔다. 두 사람 다 무척 다부지고 강하고 다소 억세 보였지만 그럼에도 온화함과 과묵함이 몸에 밴 사람들이었다.

그들은 침실에 들어가 올리버의 시신을 거두었다. 모든 절차가 깍듯하게 예를 갖추어 정중하게 이루어졌다. 인도나 도로에 아무도 없는 그 시각, 우리는 올리버를 들것으로 옮겼고, 그들은 대기해 있던 밴에 조심스럽게 그를 태웠다. 나는 마음 깊이 감사했다. 인적 없는 이 거리를 덮은 어둠과 온기에. 올리버의 몸을 덮은 벨벳 담요와 다르지 않은.

나는 올리버의 아파트를 대충 정리하고 내 아파트로 돌아갔다. 한 달여 만에 처음으로 내 침대에 누웠는데, 어쩐지 나한테는 너무 크게 느껴졌다. 6시쯤이었다. 눈을 감았다. 나는 피곤했고 고마웠고 평화로웠고 지쳤고 슬펐고 지혜로워진 것 같았고 늙은 것 같았다. 나는 마침내 해안에 다다른 오디세우스가 된 느낌이었다.

저녁 때 그날 처음으로 아파트를 나섰다. 그야말로 비가 퍼붓고 있었다. 억수 같은 장대비, 인도를 말끔히 청소해줄 그런 여름비였다. 이제 혼자서 뭘 해야 할지 알 수 없었다. 알리를 보러 가게로 찾아갔다. 알리가 잘 지내는지 물었다. "올리버가 오늘 죽었어요." 내가 말했다.

이미 친구들과 가족들에게 이메일을 몇 통 보냈지만, 이 세 마디를 입 밖에 소리 내어 말한 것은 처음이었다.

처음에는 내 말을 알아듣지 못한 표정이었다가 좀 지나서 이해했다. 그에게 올리버는 항상 박사님이었지 올리버가 아니었다. 그는 애도를 표하고 다정하게 나를 위로하고는, 우리를 위해 기도하겠다고 말했다. 나는 고맙다고 인사했다. 그리고 이색하게 일 분쯤 서 있는데, 알리가 계산대에서 나와 내 옆에 섰다. 가게에는 아무도 없었다. 우리는 함께 퍼부어대는 비를 바라보았다.

"비 올 확률 10퍼센트라더니!" 알리가 외쳤다. "10퍼센트? 이게, 이건 다 뭐냐고?"

"올리버예요." 내가 알리에게 말했다. "올리버가 우리에게 알려주려고…."

진심으로 믿은 건 아니었다. 하지만 그렇게 말하고 나니까 기분이 좋았다.

알리도 고개를 끄덕였다. "맞아요. 박사님이 말하는 거예요. '이제 모든 게 다 좋다.'"

차들이 붕붕 지나다닌다. 택시들, 순찰차 한 대, 또 한 대. 경광등이 번쩍이고 사이렌 소리가 요란했다. 알리는 못 말린다는 듯 고개를 절레절레 흔들더니 이야기를 들려주었다. "어느 날 밤 일이에요. 사이렌 소리가 나고 경광등이 번쩍거리더니 경찰들이 가게 앞에 차를 대더라고요. 여기 하나, 저기 하나." 그는 지점을 강조하며 모퉁이를 가리켰다. "난 생각했죠. '아무 일도 없는데, 내가 경찰을 부른 것도 아니고, 뭔 일이야?' 그런데 경찰이 차에서 나오더니 가게 안으로 걸어 들어오는 게 아니겠어요? 그 경찰이, 그 여자가 나한테 딱 이러는 거지."

"여경이었어요?"

"맞아요. 여자 경찰. 그 여자가 하는 말이, '복권 주세요.'"

알리는 그날이 복권 당첨금이 굉장히 높았던 때였다고 설명했다. 그러고는 히죽 웃고 고개를 저었다. 거기서 얘기는 끝났다는 듯이.

"잠깐만요. 제가 정리해볼게요. 긴급 상황은 없었다. 아무 문제도 없었다. 맞아요?"

알리는 태연하게 말했다. "맞아요. 아무 문제없고, 나는 아무 잘못 없고. 내가 법 없이도 살 사람 아니요? 암튼 그 여자가 복권을 한 다발 사는 거예요."

"그래서 어떻게 됐어요?"

"계급장 놀이를 하더군요. 200달러를 땄는데 자기 동료하고 나눠 먹는 게 아니겠어요?"

"알리한테 개평도 안 주고요?"

알리가 나를 보는 표정이, '이 동네 처음 오셨나? 제정신이오?' 하고 비웃는 듯했다.

"행여! 어림없지! 그냥 차에 오르더니 경광등을 지붕에 딱 올리고는 휑 가버렸다고."

나는 며칠 만에 처음으로 웃음을 터뜨렸다. "고마워요, 알리."

"별말씀을, 내 친구."

후기

우주 비행 임무를 다섯 차례나 완수한 베테랑을 만난 적이 있다. 그녀는 우주 비행에서 가장 멋진 일은 무중력이나 어마어마한 비행 속도가 아니라 수백만 킬로미터 상공에서 보는 지구의 모습이라고 했다. 그 지구가 얼마나 아름다운지, 보지 못한 사람은 상상하기 힘들 것이라고. 지구 궤도에 들어가면 태양이 하루에 열여섯 번 뜬다는 이야기도 해주었다.

내가 뉴욕에 대해서 느끼는 것도 이와 상당히 비슷하다. 나의 뉴욕 생활을 돌아보고 이 책을 쓰기 위해서는 떠나 있어야 한다고 생각했다. 이 책의 원고 대부분은 올리버가 세상을 떠나고 여섯 달 뒤 로마로 가서 다섯 주 동안 쓴 것이다.

어느 저녁 나는 테베레 강가를 걸었다. 평소 걷던 시스토 다리를 건너 파르네세 궁전을 거쳐 가는 산책길이었는데 신호등이 초록으로 바뀌었을 때 마음이 바뀌어 서쪽으로 방향을 틀었다. 오른쪽으로 주세

페 마치니 다리에 올라 홍예의 날개가 만나는 지점에서 멈추어 섰다. 사람들은 로마가 크고 거칠고 억센 도시라고 말하지만, 나는 그렇게 생각하지 않는다. (그 사람들 뉴욕에는 와보고 하는 말인가?) 나는 로마가 정 많고 마법 같은 곳이라고 느꼈다. 땅거미 지는 하늘은 장밋빛 황금빛 자줏빛이 아련하게 어우러진 천상의 빛, 사진으로는, 나아가 어떤 말로도, 담아낼 수 없는 빛이다.

나는 윗옷에서 펜을 꺼내 너덜거리는 지도에다가 비망록을 적었다(가방, 주머니 다 뒤져보아도 종이 비슷한 것은 지도 한 장뿐이었다).

로마에 살 때는 파리에 살았으면 하고
파리에 살 때는 암스테르담에 살았으면 하고
암스테르담에 살 때는 아이슬란드에 살았으면 하고
아이슬란드에 살 때는 집에 돌아가고 싶어진다.
뉴욕으로.

집으로 돌아온 요즘 내가 가장 많이 듣는 질문은 ('어떻게 지내는가?'를 제외하면) '여기 계속 살 거야?' '뉴욕에 머물 거야?'다.

'머문다'는 건, 영원을 뜻하는 건가? 나는 되묻고 싶지만 묻지 않는다. 죽을 때까지 머물까? 아버지처럼 내가 너무 늙어서 몸을 건사하지 못할 때까지?

"당장은." 이게 내 대답이지만, 모르겠다. 정말 모르겠다. 마흔여덟 나이에 뉴욕으로 옮기면서 배운 것이 있다면, 그건 내가 아직은 새 장소에서 새 출발을 할 수 있더라는 사실이다. 하지만, 내가 여기를 얼마나 그리워할지 이미 아는데, 떠난다는 생각을 머릿속에 떠올리는 것만으로도 고통스럽다.

뉴욕 없이 살아간다는 생각조차 견딜 수 없다고, 그만큼 뉴욕을 사랑한다고 했던 웬디의 말이 기억난다. 우리가 할 수 있는 가장 슬프면서도 가장 낭만적인 말로 들린다. 뉴욕이 그 마음을 돌려줄 수 없기에 슬프며, 사람들이 사랑하는 사람—남편, 아내, 여자친구, 파트너, 애인—에 대해서보다도 더 자주 하는 말이기에 슬프다. 그들이 당신 없이 살아간다는 걸 상상도 할 수 없다고. 그런데 살아간다. 그들도. 우리도. 매일 아침 눈 뜨면 물음이 일어나곤 한다. 뭐하자는 거지? 살아서 뭐하게? 답은 정말로 하나뿐이다. 살아 있기 위해서.

2016년 8월 30일, 뉴욕

*

고가도로 아래에서

감사의 말

이 책을 쓰는 데 지원을 아끼지 않은 존 사이먼 구겐하임 기념재단과 레옹 레비 재단에, 생각하고 집필하는 데 필요한 시간과 공간을 허락한 블루마운틴센터와 로마의 미국학술원에 깊이 감사드린다.

친구들과 가족에게도 같은 신세를 졌다. 나의 멋진 에이전트 에밀리 폴런드와 그의 동료 에이전트 에마 패터슨, 두 사람 모두 지혜로운 조언을 아끼지 않았다. 〈뉴욕타임스〉의 담당 편집자 피터 카타페이노, 《버지니아 쿼털리 리뷰》에, 마음 넓은 나의 친구 스티븐 바클리, 두 번(과 더 많은 자리에) 함께 있어준 제인 브레이어와 폴 위소츠키와 멜라니 지머만, 최종 원고를 꼼꼼하게 읽어준 리사 가릭스, 블룸스버리 출판사의 발행인 조지 깁슨과 알렉산더 프링글을 비롯하여 재능과 인내심과 친절함을 갖춘 블룸스버리의 환상적인 편집부 모든 분에게 특별한 감사를 보낸다. 그리고 처음부터 나와 나의 작업을 믿어준 나의 오랜 편집자이자 친구 낸시 밀러에게 감사하는 마음으로 이 책을 바친다. 끝으로 지금은 고인이 된 나의 첫 에이전트, 위대한 웬디 웨일, 몇 해 전 내 눈을 마주 보면서 정말로 뉴욕 책 쓰는 걸 생각해야 한다고 말해주었던 그이에게 감사의 마음을 전하고 싶다.

인섬니악 시티-뉴욕, 올리버 색스 그리고 나

1판 1쇄 펴냄 2017년 9월 6일
1판 3쇄 펴냄 2022년 8월 5일

지은이 빌 헤이스
옮긴이 이민아
펴낸이 안지미

펴낸곳 (주)알마
출판등록 2006년 6월 22일 제2013-000266호
주소 04056 서울시 마포구 신촌로4길 5-13, 3층
전화 02.324.3800 판매 02.324.7863 편집
전송 02.324.1144

전자우편 alma@almabook.com
페이스북 /almabooks
트위터 @alma_books
인스타그램 @alma_books

ISBN 979-11-5992-119-3 03840

알마는 아이쿱생협과 더불어 협동조합의 가치를 실천하는 출판사입니다.